은행나무 소년

정도상

장편소설

창비

차례

슬픈 노래는 힘이 세다 • 6
어두워질 무렵 • 23
은행나무가 울다 • 41
골목길 돌아설 때에 • 58
티라노를 만나다 • 73
꿈, 영혼의 명령 • 84
다 괜찮을 거야 • 95
오, 주여 • 107
기억의 창고 속에서 • 119
11월 • 129
너의 침묵에 메마른 나의 입술 • 140
기다리는 마음 • 156
바람이 분다 • 165
사람의 그늘 • 184

배추흰나비처럼 • 197
크리스마스 선물 • 209
서울에 눈 내리네 • 220
집을 부수다 • 228
소년, 뱀파이어를 만나다 • 240
새벽의 기도 • 256
사치기 사치기 사뽀뽀 • 273
뱀파이어의 시간 • 281
은행나무의 땅 • 294
새로운 이야기의 시작 • 302

작가의 말 • 306

슬픈 노래는 힘이 세다

밤마다 은행나무 아래서 고양이가 울었다.

외할머니의 재봉틀 소리보다 고양이 울음소리에 더 짜증이 났다. 고양이는 배고픈 아기처럼 응애응애 울었다. 홀로 어두운 골목과 지붕을 떠돌며 엄마를 찾아 헤매는 새끼 고양이. 고양이 울음소리는 깨진 창문과 낡은 벽, 지붕을 지나 내 방으로 들어와 잠을 방해했다. 그리고 귀에서 가슴 깊은 곳까지 내려와 그곳에서 슬퍼지곤 했다.

슬픈 노래는 힘이 세다. '아빠하고 나하고 만든 꽃밭에'나 '엄마가 섬 그늘에 굴 따러 가면' 같은 노래가 그렇다. 풍금 소리에 맞춰 그 노래를 처음 배울 땐 나도 모르게 울 뻔했다. 노래를 부르면 울음이 터질 것만 같아 나는 입을 꾹 다물고 버텼다. 나는 슬픈 노래한테 지고 싶지 않다. 슬픈 노래한테 힘을 쉽게 빼앗기는 사람은 우리 외할머니다. 외할머니는 라디오에서 슬픈 노래가 나오면 구슬프게 따라 부르다 결국은 꼭 눈물을 흘렸다. 외할머니가 울면 나는 말없이 방으로 들어가 침대에 엎드렸다. 슬플 때에는 침대에 엎드려 가슴을 꾹 눌러주는 게 최고다. 그렇게 하고 있으면 조금이나마 슬픔이 가셨다.

'아, 정말 저 고양이 새끼들, 다 때려죽일 수도 없고!' 꿋꿋이 참다가 결국에는 벌떡 일어나 창문을 열었다. 골목길 가로등 불빛을 받고 홀로 서 있는 은행나무가 한눈에 들어왔다. 오백년 묵은 은행나무에는 여우 대신 고양이들이 와서 놀았다. 녀석들은 엉큼해서 사람이 없는 밤에만 슬금슬금 모여들었다. 고양이 두마리가 보였다. 한 녀석은 완전히 검고 다른 녀석은 흔히 보는 갈색 점박이였다. 그제 새벽에는 고양이를 향해 소리를 질렀다가 "어떤 씨방새야! 조용히 해! 니가 더 시끄러워!"라는 욕만 얻어먹었다. 언제나 검은 양복만 입고 다니는, 동네에서 주먹이 제일 센 박정철 형이었다.

박정철 형은 앞집에 사는데, 외할머니의 말에 따르면 바람 잘 날 없는 집이었다. 바람은 어떤지 모르겠지만 앞집 할머니가 할아버지한테 두들겨맞는 소리는 거의 매일 들었다. 비명 소리가 내 방 창문을 흔들 정도로 컸던 다음날 아침에도 앞집 할머니는 눈가에 시퍼런 멍을 달고 청소 일을 하러 나갔고 앞집 할아버지는 군복에다 빨간 모자를 쓰고 온몸에 잔뜩 힘을 넣고 외출했다. 궁금한 게 많았지만, 외할머니는 그런 데 신경 쓰지 말고 공부나 열심히 하라고 지청구만 주었다. 공부나 열심히? 외할머니는 세상에서 공부가 제일 쉬운 줄로 안다. 나는 그게 싫다.

창문에 불이 꺼져 있는 것을 보니 오늘도 박정철 형은 집에 없는 모양이었다. 나는 소리를 지르는 대신에 방 안에 굴러다니던 볼펜을 집어서 고양이들을 향해 단검처럼 던졌다. 갈색 점박이가 볼펜에 맞고 후다닥 지붕 위로 도망쳤다. 아싸, 기분이 좋았다. 창문을 닫고 잠을 자려고 했지만, 곧 고양이들의 운동회가 다시 시작되었다. 나는 베개를 집어던지고 거실로 나갔다. 오늘도 외할머니 이희자 씨는 옷감을 잔뜩 쌓아두고 재봉틀을 밟고 있었다. 외할머니는 나이 때문에 손이 느려서 일을 많이 하지 못하지만, 한푼이라도 벌어야 목구멍에 풀칠이라도 한다며 밤늦게까지 재봉질을 했다. 눈이 어두워 불량이 많이 나온다며 일감을 가져다주는 아주머니가 짜증을 내곤 했지만, 그래도 외할머니는 꿋꿋하게 버티며 아주머니를 어르고 달랬다.

나는 가끔 외할머니를 희자씨라고 불렀다. 내가 희자씨라고 부르면 외할머니는 처녀 시절이 생각난다며 수줍게 웃었다. 외할머니에게 처녀 시절이 있었다는 게 믿어지지 않지만, 어쨌든 외할머니가 수줍게 웃는 모습은 예뻤고 또 살짝 징그러웠다. 외할머니가 나를 보더니 재봉질을 멈췄다.

"희자씨, 고양이 새끼가 또 울어. 시끄러워 미치겠어." 나는 냉장고에서 냉수를 꺼내 마시며 툴툴거렸다.

"배 아파? 그럼 똥 싸." 코끝에 돋보기를 걸친 외할머니가 엉뚱하게 받아쳤다.

"고양이가 운다고!" 나는 외할머니의 귀에 대고 고함을 질렀다. 또 보청기를 뺀 모양이었다. 반짇고리에서 보청기를 찾아 외할머니의 귀에 끼우고 "고양이 울음소리 때문에 잠이 안 와" 하고 소리쳤다.

"은행나무가 우는 거여. 어여 자." 외할머니가 엉뚱한 말을 했다. 은행나무가 운다는 소리는 외할머니에게 처음 들어보았다.

"나무가 어떻게 울어? 희자씨는 아무것도 모르면서!"

"원, 녀석도. 크면 알아."

"나도 다 컸어!" '크면 알아'라는 외할머니의 말에 나도 모르게 소리를 빽 질렀다. 외할머니는 말문이 막힐 때마다 크면 안다고 우겼다. 나는 그게 정말 싫다. 외할머니는 모르고 있지만, 나는 사실 다 컸다. 삼년 전 11월, 그 사건이 일어났을 때부터 나는 빠른 속도로 자랐다. 키보다 먼저 마음이 자라는 것을 그 누구도 알아차리지 못했다.

나는 억울한 일을 당해도 잘 참는다. 그게 어른이다. 아무리 아프고 억울해도 다른 사람 앞에서는 절대 울지 않는다. 대신에 언제가 되었든 반드시 받은 만큼 돌려주겠다고 복수를 맹세한다. 복수는 복수를 낳는다고 하지만, 낳으라지 뭐, 그까짓 거. 나는 다른 사람 앞에서 흘리는 눈물은 쪽팔림의 상징이라고 생각한다. 울어서 무언가가 해결된다면, 한강 물이 넘치도록 울 자신도 있다. 눈물은 주먹보다 힘이 약하고, 심지어는 째려보는 것보다도 효과가 적다. 눈물은 코피보다 더 치욕스러운 패배로 판정받는다. 코피가 나면 손등으로 슥 닦고 또 싸우면 된다. 하지만 눈물은 9회 말 투아웃 만루 상황에서 삼진아웃을 당하고 돌아서는 야구선수의 뒷모습과 비슷하다. 배트 한번 시원하게 휘두르지 못하고 가만히 서서 삼진아웃을 당하는 타자에게 박수를 보내는 관객은 없다. 비록 삼진아웃을 당해도 파울을 대여섯개는 날리면서 최선을 다해야 박수를 받는다. 그걸 알기에 나는 오직 혼자 있을 때만 울었다. 이불을 덮어쓰고 펑펑 울면 답답하던 가슴이 조금 풀렸다.

나는 새천년이 시작되던 용의 해에 태어났다. 그 덕택에 아버지가 작명소에서 받아온 '김우룡'이라는 이름을 쓰고 있다. '어리석은 용'이라는 뜻풀이 때문인지 애들은 나를 자주 '우롱'했다. 하지만 어른들은 아버지가 지어준 아명인 '만돌이'를 좋아해서 지금도 그렇게 불러주고 있다. 만돌이는 위대한 시인 윤동주의 동시에 나오는 어떤 아이의 이름이다. 나도 만돌이처럼 시험 보기 전에 전봇대를 향해 돌멩이 다섯개를 던지기도 했다. 다섯개를 다 맞힌 날도 있었지만 백점을 받은 적은 한번도 없었다. 그게 나의 불행이었다.

나는 대도시의 변두리에 살고 있다. 재개발지구 혹은 빈민지구라고 불리기도 하는데, 어울리지 않게 천사마을이라는 이름을 갖고 있다. 번지수가 산1004번지이기 때문에 생긴 이름이라고 들었다. 1004번지인 웃말과 1003번지인 아랫말 두 마을을 합쳐 천사마을이라고 부르기도 한다. 마을 사람들은 웃말이나 아랫말보다는 천사마을이라고 부르기를 더 좋아한다. 천사마을이 속한 포치동은 천사마을을 제외하면 우리나라에서 아파트값이나 집값이 제일 비싼 지역이라고 한다. 우리 집에서 내려다보면 멀리서도 오십층이 넘는 아파트가 숲을 이루고 있는 게 보인다.

사람들은 우리 동네를 천사마을이라고 부르지만 나는 천사를 본 적이 없다. 천사는커녕 술주정뱅이, 껄렁한 형들, 껌 씹는 누나들, 고집 세고 목소리 큰 노인네들, 막노동하는 아저씨들, 식당에서 일하거나 파출부로 일하는 아주머니들, 거리에서 붕어빵을 파는 사람들이 서로 어울려 산다. 새벽 일찍 포치동 곳곳을 돌아다니며 폐휴지를 주워 낡은 유모차에 싣고 돌아오는 할머니들도 있다. 천사마을 사람들은 새벽에 나가서 하루 종일 일하고 밤늦게 귀가했지만, 일을 할 수 있다는 사실만으로도 충분히 행복하다며 어깨에 힘을 주었다. 나는 세상을 잘 모르겠다. 열심히 공부하면 성적이 올라가는 것처럼 열심히 일하면 돈을 그만큼 벌어야 정상이라고 생각하는데, 세상은 참 이상하다. 내 머리로는 도무지 알아낼 방법이 없다.

마을버스 종점을 경계로 포치동과 천사마을은 정확히 나뉘어 있다. 포치동 사람들이 천사마을에 오는 경우는 거의 없다. 요즘 천사마을은 쉬는 시간의 교실처럼 시끄럽다. 재개발을 찬성하는 사람들과 대책 없는 철거를 반대하는 사람들이 서로 다투고 있다. 다투는 정도를 넘어 무섭게 싸웠다. 싸움의 한복판에서 외할머니는 한숨만 내쉬었다. 외할머니는 천사마을과 주변을 떠돌며 거의 육십년을 살았다고 한다. 전쟁이 끝나고 열몇살에 들어와서 지금까지 떠나지 않았다며 가끔 옛이야기를 해주었다.

동네 사람들은 우리 집을 은행나무집이라고 부른다. 집 바로 옆에 나이가 오백살이 넘은, 늙고 뚱뚱하고 키가 큰 은행나무가 서 있기 때문이다. 천사마을 사람들은 모두 이 은행나무를 사랑했다.

정초가 되면 은행나무 앞에 큰 상을 차려놓고 동네 어른들이 절을 했다. 제사가 끝나면 고등학생 형들 몇이서 잽싸게 돼지머리를 들고 튀었다. 중학생 형들은 고등학생 형들의 뒤를 따라 뛰었고, 나도 그 끝에 매달렸다. 그들은 빈집 중에서도 가장 번듯한 해피빌라 삼층에 모여 잭나이프로 돼지머리를 잘라 소주와 함께 먹었다. 나도 귀때기 한점을 얻어먹었는데 쫄깃한 게 아주 꿀맛이었다.

 우리 집은 여름에는 덥고 겨울에는 춥지만 마음만큼은 아주 편하다. 산 아래 보이는 아파트 단지에서 엄마 아빠와 함께 살 때만큼은 아니지만, 큰아버지나 외삼촌과 함께 살던 때에 비하면 천국이다. 큰아버지의 집은 운동장처럼 넓은 아파트였고 외삼촌의 집은 교회 삼층의 사택이었다. 거기에 비하면 은행나무집은 콧구멍보다 조금 넓은, 무너지기 직전의 초라한 시멘트 블록집이다. 주황색 기와는 색이 바랬고, 기와 틈새에 민들레나 개망초가 가끔 뿌리를 내렸다. 비가 많이 오면 깨진 기와 틈으로 빗물이 흘러들어 천장이 풍선처럼 부풀었다. 젓가락으로 천장에 구멍을 뚫으면 빗물이 오줌 줄기처럼 떨어져내렸다. 양동이에 빗물을 받으며 외할머니는 흘러간 옛 노래를 불렀다. 중얼중얼 노래를 부르다가 눈물이 나오려는지 치맛자락으로 코를 팽 풀기도 했다. 보다 못한 아랫집 침쟁이 할아버지가 목수인 아들을 시켜 지붕을 파란 비닐로 덮어주었다. 하지만 외할머니는 빚을 진다며 아주 불편해했다. 솔직히 말하자면 그것은 빚이 아니라 우정이었다. 외할머니한테 흑심이 있는 침쟁이 할아버지는 얼마 전에 나와 친구가 되었고, 단둘이 있을 때에는 말도 놓기로 했다. 사실 내가 친구를 먹자고 한 게 아니었다. 침쟁이 할아버지가 먼저 친구로 지내자고 말을 꺼냈다. 나는 무려 삼십초나 고민한 끝에 침쟁이 할아버지의 제안을 수락했다. 늙은 친구라 마음에 살짝 걸렸지만 없는 것보다는 있는 게 훨씬 나았다. 침쟁이 할아버지도 나만큼이나 철이 없었다. 그래서 나랑 친구가 될 수 있었다. 일흔이 넘은 나이에 내 친구는 외할머니를 애인으로 만들려고 불철주야 노력 중이다. 그 노력이 가상해서 내가 시간 날 때마다 놀아주고 있는 것이다.

　삼년 전 11월 셋째 주 토요일, 우리 가족은 역사유적 탐방 과제를 위해 소수서원을 향해 떠났다. 새벽에 출발했는데 안개가 짙었다. 안개가 자욱한 고속도로를 아빠는 조심스레 운전했고, 마침내 고속도로를 벗어나 좁은 국도로 들어섰다. 국도는 구불구불했고 안개 때문에 앞이 잘 보이지 않았다. 바로 그때 안개 속에서 시커먼 무엇이 불쑥 나타났다. 거대한 굉음과 함께 나는 캄캄한 어둠 속으로 빠져들었다. 사흘 뒤 병원 응급실에서 눈을 뜬 뒤에야, 중앙선을 넘어 빠른 속도로 달려오던 트럭과 정면으로 충돌했다는 것을 알았다. 엄마와 아빠, 여동생이 그 자리에서 즉사했다는 말을 들었지만 하나도 믿어지지 않았다. 그저 멍했다. 허공에 떠 있는 느낌이었고 멀미와 두통에 시달렸다. 졸지에 고아가 된 나는 그후로 두해 동안 큰아버지 집과 외삼촌 집을 떠돌다가 6학년으로 올라갈 즈음에 외할머니 집으로 왔다. 외할머니와 같이 살기 전의 이야기는 마음 깊은 곳에 꽁꽁 묻어두었다.

　내가 살던 포치동 주공아파트가 환히 보이는 천사마을로 오니 엄마와 아빠 생각이 더 간절해졌다. 내가 태어났을 때 엄마는 나를 외할머니한테 맡겼다. 유치원에 다닐 때에도 아침 일찍 외할머니가 우리 아파트로 와서 나와 동생을 데리고 유치원에 갔고, 유치원이 끝나면 천사마을의 외가로 우리를 데리고 갔다. 초등학교에 입학해서도 하루의 시작과 끝을 외할머니와 함께했었다. 비가 오나 눈이 오나, 교통사고를 당할 때까지 나와 동생은 아침마다 외할머니를 만났고 저녁마다 헤어졌다. 만나고 헤어지는 그사이에 엄마 아빠는 시장에서 악착같이 돈을 모아 주공아파트를 팔고 포치동에 더 큰 아파트를 장만했다. 아빠한테서는 늘 비릿한 고등어 냄새가 났고, 엄마한테서는 상큼한 수박 냄새가 났다. 그 냄새가 너무 그리웠다. 고아가 되니 언제나 마음이 고팠다.

"희자씨." 학교에서 돌아와 현관문을 밀고 들어오면서 외할머니를 불렀다. 외할머니는 거울 앞에 앉아 입술에 빨간 루주를 바르고 있었다. 가방을 거실 바닥에 던져두고 외할머니를 빤히 쳐다봤다. 어처구니가 없었다. 주름살 많은 얼굴과 빨간 루주가 서로 어울리지 않는다는 걸 일흔셋의 외할머니는 모르는 것 같았다. 물론 다른 할머니들에 비해서는 키도 크고 몸매도 날씬한 편이지만 빨간 루주만큼은 아니었다.
"희자씨, 그 루주 안 어울려."
"만돌씨가 간섭할 일이 아녀. 이래 봬도 배드민턴 코트에 나가면 복식 파트너 해달라고 남자들이 줄을 서, 줄을."
"남자가 아니라 늙은 할배들!"

"저놈의 자식이 그냥! 뚫린 입이라고…… 쫙 찢어버릴라." 외할머니가 귀엽게 눈을 흘겼다. 짝짝이로 그린 외할머니의 눈썹에 나는 그만 웃음이 빵 터졌다.

"근데 만돌이 너, 공부방엔 안 가고 왜 곧장 집으로 왔어? 또 뭔 일 저질렀어?" 외할머니가 갑자기 나의 약한 부분을 찔렀다. 나는 웃다가 순간 당황해서 말문이 막혔다. 빛이 지구를 도는 속도로 잔머리를 굴렸다. "어제도 안 가고. 수상해 너?" 빛이 미처 지구를 한 바퀴 돌기도 전에 외할머니가 치고 들어왔다. 잔머리 대왕의 자존심이 구겨지는 순간이었다.

"갈 거야." 자존심이 상해 나도 모르게 신경질을 부렸다.

"할미 약속 있어서 나갔다 올 테니, 공부방 가서 저녁 먹고 공부하고 와. 못된 놈들 꼬랑지나 따라다니지 말고."

"무슨 약속인데?" 외할머니가 집에 없으면 공부방에 가지 않아도 된다는 생각에 속으로 환호를 지르면서도 일부러 따지듯 볼멘소리로 물었다.

"귀신보다 무서운 게 사람이고, 사람보다 무서운 게 빚이여. 빚보다 더 무서운 게 이자고. 이자는 밤에도 쑥쑥 자라고 심지어 쉬는 날도 없단다. 그게 얼마나 무서운지 너는 아직 모를 것이다. 암튼 사람이 세상에 태어나 딱 한가지만 안하고 살아도 성공했다고 할 수 있는데, 주변 사람들한테 손 벌리지 않고 빚지지 않는 거, 그게 중요한 거여. 만돌이 너도 꼭 명심혀. 할미 빚 갚으러 나간다. 에휴, 늙으면 냄새가 나." 외할머니가 손목에다 향수를 뿌리며 말했다.

외할머니는 빚을 핑계로 침쟁이 할아버지와 데이트를 하러 나갔다. 야호, 나만의 세상이 온 것이다. 외할머니는 내가 미리 판을 깔아놓았다는 것을 몰랐다. 데이트가 성공적으로 끝나면 침쟁이 친구는 내게 양념통닭을 사주기로 약속했다. 통닭을 생각하니 기분이 좋아졌다. 그런데 뭘 하지? 순간 당황했다. 공부는 싫고 독서는 시시했다. 사실 집에는 읽을 만한 책도 없어 독서는 꿈도 못 꾸었다. 밖에 나가 놀고 싶은데, 같이 놀아줄 애들이 없었다. 학교에서 돌아오면 또래 애들은 보습학원이나 태권도장, 미술학원이나 피아노학원엘 다녔다. 천사마을에는 학원이 없어서 주공아파트 상가까지 가야 했다. 학원에 다니는 애들은 대부분 엄마 아빠와 함께 살았다. 엄마나 아빠 둘 중 하나가 없거나 아예 없는 애들 중에서 몇몇은 작은 공부방에 다녔다. 공부방에 다니는 애들은 가난한 천사마을에서도 더욱 가난한 형편의 애들이었다. 나도 그들 중의 하나였다. 그제는 공부방에서 예쁜 척하는 지혜를 한대 쥐어박았다. 나는 공주처럼 구는 여자애들, 스스로 예쁘다고 주장하는 애들이 제일 싫다. 꿀밤 한대 먹은 정도인데도 지혜는 공부방이 떠나갈 정도로 울었다. 6학년이나 되었으면 어리광을 그만할 때도 되었는데 지혜는 그게 안되는 모양이었다. 나는 선생님한테 혼나는 게 싫어 그냥 공부방을 나왔고, 어제도 오늘도 그쪽으로는 얼씬도 하지 않았다. 공부방의 김선생님은 버드나무처럼 생겼는데도 무섭기는 가시나무였다.

라면 냄비를 레인지에 올려놓고 내 방으로 들어가서 고물 컴퓨터를 켰다. 일단 게임을 하면서 무엇을 하고 놀지 궁리해볼 참이었다. 조금 느리긴 했지만 컴퓨터는 무사히 켜졌다. 오늘 학교에서 스마트폰으로 게임을 하는 애들을 봤는데, 뭐가 그리 재미있는지 수업하는 중에도 몰래 하는 것을 보고 호기심이 생기고 말았다. 언제나 호기심이 문제를 일으키는 주범이었다. 나도 구경해보려고 머리를 밀어넣다가 그만 짱구와 시비가 붙었다. 일단 붙기로 했으면 무조건 선빵이라는 싸움의 법칙을 성실하게 따랐다. 내 선빵에 짱구의 쌍코피가 터졌고, 덕택에 또 교실 뒤에 서서 손을 높이 들고 종례를 할 때까지 벌을 서야만 했다. 누가 뭐래도 고아는 싸움의 법칙을 잘 익히고 있어야 한다고 나는 생각한다. 고아는 지켜줄 사람이 아무도 없다. 누군가 도와줄 것이라고 생각하는 고아는 찌질이에 불과하다. 스스로를 지키기 위해서는 착하다는 말보다는 독하다는 말을 들어야 한다. 당장은 독하고 못됐다고 욕을 먹지만 나중에는 누구도 쉽게 나를 건드리거나 무시하지 못한다. 자존심을 지키는 것, 그것이 착한 것보다 훨씬 중요하다. 열번 착한 짓을 하다가 한번 못된 짓을 하면 욕을 바가지로 퍼먹지만, 열번 못된 짓을 하다가 한번 착한 짓을 하면 칭찬이 마구 쏟아진다. 뭐, 그렇다고 일부러 못된 짓을 찾아 하는 것은 절대로 아니다. 솔직히 나는 못된 짓과 착한 짓을 잘 구별하지 못한다.

  축구 게임을 하려고 마우스를 클릭했다. 창이 활짝 열려야 게임을 할 수 있는데 우라지게도 열리질 않았다. 속도가 느린 컴퓨터는 그야말로 깡통이나 다름없다. "제기랄!" 창은 끝내 열리지 않았다. 그사이에 냄비 안에서 물이 펄펄 끓고 있었다. 라면을 넣고 계란을 찾아봤지만 역시나 보이지 않았다. 그렇게 타령을 했는데도 외할머니는 계란 사는 것을 자주 잊어버렸다. 재봉틀에 라면 냄비를 올려놓고 냉장고에서 김치를 꺼내는데 문득 햄버거가 먹고 싶어졌다. 외할머니가 재봉질로 버는 돈으로 간신히 목구멍에 풀칠만 하는 처지라는 것을 모르진 않지만 햄버거가 먹고 싶은 것까지 말릴 수는 없었다. 먹고 못 먹고는 나중 문제였다. 괜히 심술이 나서 젓가락을 탁 내려놓다가 그만 라면 냄비를 엎고 말았다. 국물과 라면 가락이 재봉틀 옆에 쌓인 옷감 더미를 덮쳤다. 옷감에 벌겋게 스며드는 국물과 여기저기 흩어진 라면 가락을 보니 순간 눈앞이 노래졌다. 단순히 욕을 먹고 혼나는 수준이 아니라 옷값을 물어줘야 하는 사건이 터진 것이었다. 무엇보다도 외할머니가 "에미 애비가 있었으면 니가 이렇게 호래자식이 되진 않았을 텐데, 아이고 내 팔자야" 하면서 우는 것을 보게 되는 게 제일 싫었다. 나는 방정맞은 손모가지를 탓하며 얼른 치운다고 치웠다. 라면 가락은 어떻게 버렸지만 문제는 옷감을 벌겋게 물들인 국물이었다. 어떻게 할 도리가 없어 물든 것들만 골라 냉장고 앞에 쌓아두고 가만히 쳐다보고 있는데 스스로가 한심하고 화가 나서 집에 있을 수가 없었다. 우울하고 슬픈 마음으로 집에서 나왔다.

 칠이 벗겨진데다 아귀도 맞지 않는 파란 대문을 닫고 아랫동네를 내려다보았다. 멀리 아파트 단지가 아련하게 보였다. 한때 엄마 아빠, 동생과 함께 살던 동네였다. 문득, 어떤 이유였는지는 잘 기억나지 않지만 동생을 때렸던 순간이 환하게 떠올랐다. 그때로 돌아가면 절대로 동생을 때리지 않을 자신이 있는데. 후회가 밀려들었다. 두번도 아니고 딱 한번만 엄마 아빠, 동생을 만나고 싶었다. 가끔 꿈에 나타나 행복하게 어울리는 날들도 있었지만 아침에 잠에서 깨어나면 마음이 너무 지랄같았다. 그런 날에는 하루 종일 우울했다. 현실에서 딱 한번, 엄마의 품에 안기고 아빠와 전봇대를 향해 돌멩이 던지기를 하고 동생의 인형을 빼앗아 숨길 수만 있다면 얼마나 좋을까? 아, 무엇보다도 간절히 가족의 살을 만져보고 싶었다.

몸을 돌려 은행나무로 가보니 푸세식 변소에서 흘러나온 듯한 똥냄새 비슷한 구린내가 지독하게 풍겼다. 은행알이 익어서 나는 냄새였다. 냄새가 지독했지만 똥은 아니라 참기로 했다. 은행나무 둥치에 기대 햇살을 받으며 졸고 있던 고양이 한마리가 내 눈치를 슬슬 보았다. 크기로 보니 새끼였다. 주변을 살펴봐도 녀석의 어미는 보이지 않았다. "너도 고아니? 설마 아니겠지. 니 엄마가 곧 올 거야. 어디 가지 말고 가만히 기다리고 있어, 응?" 새끼 고양이한테 친절하게 말을 건넸다. 새끼 고양이는 모르는 척 내 눈길을 피했다. 나는 떠나간 가족을 생각하며 두 팔을 활짝 벌려 은행나무를 껴안았다. 은행나무는 엄마의 품처럼 따뜻했다. "엄마"하고 불러보았다. 엄마가 '만돌이 너, 어쩔래? 할머니 화내실 텐데?'라고 혼내주길 기다렸다. 하지만 은행나무는 엄마가 아니었다. 바람만 살랑 머리카락을 흔들고 갈 뿐이었다. '엄마 미워'라는 말이 튀어나올 뻔 했지만 꾹 참았다. 잠시 뒤 팔을 풀고 은행나무에 등을 기대 천사마을을 물끄러미 바라보고 있는데, 짱구와 어떤 아저씨가 불쑥 나디났다. 양복을 말끔하게 차려입은 아저씨였는데, 태도로 보아 짱구 아버지가 틀림없었다. 바보 같은 짱구 새끼.

"아빠, 저 새끼야!" 짱구가 손가락질로 날 가리키자 짱구 아버지가 성큼 다가오더니 냅다 내 뺨을 후려쳤다. 먼저 말로 타이를 줄 알았지 손이 날아올 줄은 몰랐다. 방심하고 있던 터라 피하지 못하고 고스란히 한방 먹었다. 뺨에서 불이 번쩍하고 코끝이 찡하니 울렸다. 눈물이 날 뻔했지만 꾹 참았다. 속으로 '짱구 너는 죽었어'라고 생각하며 짱구 아버지를 노려보았다.

"이 깡패 새끼! 어디서 함부로 주먹질이야! 어쭈, 이런 좆만한 게 어딜 노려봐? 야, 정말 세상 거꾸로 가는구만. 눈 깔아, 새끼야!"
짱구 아버지가 다시 주먹을 휘둘렀다. 이번에는 노련한 솜씨로 슬쩍 피했다. 고아가 되어 강호무림을 외톨이로 떠돈 지 어언 삼년, 소림사 똥개 삼년이면 염불을 외우고 태극권 흉내라도 내는 법. 주먹이 빗나가자 짱구 아버지는 길길이 날뛰며 화를 냈다. 양복 입은 신사가 쌍욕을 퍼부으며 나를 잡으려고 이리 뛰고 저리 뛰는 모습이 조금은 웃겼다.

"이 깡패 새끼, 잘 걸렸다. 오늘 아주 죽어봐라. 너 집이 어디야?"
잔뜩 약이 오른 짱구 아버지가 발길질을 하며 고함을 질렀다. 나는 요리조리 피했다.

"쟤 고아야, 아빠." 짱구가 즉시 일러바쳤다. 짱구 아버지는 헛발질을 멈추고 나를 쳐다보았다. 짧은 침묵이 흘렀다. 짱구 아버지가 나를 위아래로 훑어보았다. 더러운 벌레를 보는 듯한 눈길이라는 것을 나는 느꼈다. 지난 삼년간 저런 눈길을 너무나 자주 받아봐서 특별히 화가 나진 않았지만 기분은 똥 밟은 듯 더러웠다.

"어쩐지 싸가지가 없더라니. 애비 에미도 없는 후레자식이었네. 너도 인마, 앞으로 저런 놈이랑 놀지 마! 알았어? 가자!"

"거지 새끼!" 짱구가 의기양양하게 한마디를 보탰다. 짱구 아버지가 짱구의 손을 잡고 돌아섰다. 나는 분했다. 고아인 것은 맞지만 적어도 거지는 아니다. 내가 언제 구걸을 다녔단 말인가. 자존심이 구겨질 대로 구겨져 기분이 팍 상했다. 멸시를 당하고도 상대방을 편하게 보내는 것은 남자의 자세가 아니다. 나는 물컹물컹한 은행알을 몇개 주워 짱구 아버지와 짱구한테 던졌다. 은행알은 정확히 두 사람의 머리를 딱 맞혔다. 짱구 아버지가 몸을 돌리는 순간 나는 가운뎃손가락을 세워 뻑큐를 날렸다.

"저런 싸가지 없는 개새끼가 다 있나?" 짱구 아버지가 욕설을 퍼부으며 다가왔다. 나는 뒷걸음질을 치며 슬슬 약을 올렸다. 짱구 아버지의 얼굴이 벌겋게 달아올랐다. 나는 고양이처럼 날쌨지만 짱구 아버지는 살찐 강아지처럼 뒤뚱거렸다. 나는 요리조리 피하면서 사이사이에 은행알을 짱구한테 날렸다. 은행알이 짱구의 이마를 정통으로 맞혔다. 짱구가 이마에 묻은 은행알의 물컹한 껍질을 손으로 닦아내고 냄새를 맡아보더니 비명을 지르며 울었다. '찌질이 주제에 까불고 있어.' 짱구 아버지는 멧돼지처럼 씩씩거리며 나를 잡으려고 뛰어다녔다. 나는 잡히지 않을 정도로만 슬쩍슬쩍 피했다. 결국 저질 체력 때문에 짱구 아버지는 포기하고 돌아서야만 했다.

짱구 아버지가 언덕길을 내려가면서 짱구의 머리를 한대 쥐어박았다. 은행나무에 기대서서 언덕을 내려가는 두 사람을 바라보는데 아빠 얼굴이 떠올랐다. 저 아저씨처럼 아들이 누군가에게 맞고 오면 잘잘못을 따지기 전에 무조건 복수해주고 편을 들어주는 그런 아빠를 갖고 싶었다. 그렇게 싫어하던 아빠의 담배 냄새마저도 그리웠다. 엄마 냄새는 또 얼마나. 눈물이 핑 돌았다. '흡' 하며 숨을 가슴 깊은 곳으로 끌어당겨 눈물을 막았다. 아빠처럼 담배를 피워야겠다고 결심했다. 짱구와 짱구 아버지의 모습이 골목 아래로 완전히 사라지는 것을 보고 나는 집으로 도로 들어갔다. 갑자기 모든 게 시들해졌다. 내 방으로 들어가 침대에 엎드려 가슴속에서 꿈틀거리는 무언가를 꾹 눌렀다. 한참 동안 그렇게 엎드려 있다가 거실로 나와 라면 국물이 묻은 옷감을 세탁기에 넣고 돌렸다. 외할머니처럼 늙은 세탁기가 그렁그렁 소리를 내며 돌았다. 나는 짱구 아버지를 미워하지 않기로 했다.

어두워질 무렵

학교를 땡땡이쳤다. 사실 땡땡이를 칠 마음까진 없었는데 교문 앞에서 짱구 아버지가 짱구와 함께 학교로 들어가는 것을 보고 그냥 돌아섰다. 짱구 아버지가 무서워서 그런 게 아니라 귀찮아서 그랬다. 벌을 서는 것도 모자라 선생님은 분명히 외할머니를 모셔오라고 할 터였다. 그동안 학교에서 여러번 외할머니를 모셔오라고 했지만 나는 집에 가서 입도 벙긋하지 않았다. 외할머니를 모시고 가느니 차라리 학교를 영원히 가지 않는 게 훨씬 나았다.

포치초등학교로 옮겨오고 한달도 안되었을 때였다. 똘마니들을 거느리고 있는 수만이라는 애가 지혜의 머리카락을 잡아당기고 칼로 조금 잘랐다. 그래도 지혜는 묵묵히 참았다. 나도 지혜처럼 따돌림을 당하는 처지인데다 정의파도 아니어서 못 본 척했다. 수만이는 주로 천사마을 아이들만 골라서 괴롭혔다. 그중에서도 지혜를 집요하게 괴롭히고 따돌렸다. 뿐만 아니라 아이들에게 삥도 뜯었다. 수만이는 초고층아파트 단지에 살아서 용돈도 많은데 기어이 아랫말에 사는 홍바우에게 푸른 눈의 백룡 카드를 상납하라고 윽박질렀다. 홍바우가 카드를 상납하지 않자 걸레로 바우의 얼굴을 문지르기도 했다. 나는 유희왕 카드놀이를 시시하게 여겼지만 궁극의 카드인 푸른 눈의 백룡을 한장 갖고 있었다. 바우한테 줄까 고민했지만 아까워서 결국 주지 못했다.

나와 지혜는 점심시간만 되면 교실을 나와 운동장에서 놀았다. 나는 철봉대 근처로 갔고 지혜는 눈에 잘 띄지 않는 미끄럼틀 뒤쪽으로 숨었다. 가끔 마주칠 때도 있었지만 서로 알은체를 하지 않았다. 우리는 쌀쌀한 눈빛을 보내며 서로를 외면했다. 지혜와 나는 급식비를 내지 못했다. 급식비를 내지 않고 점심을 먹으려면 동사무소에 가서 여러가지 증명서를 떼어와 학교에 제출해야 했다. 게다가 외할머니에게는 외삼촌과 이모가 있어서 법률상으로는 어떤 지원도 받을 수 없는 처지라고 했다. 외삼촌과 이모는 외할머니에게 생활비를 한푼도 보내주지 않았고 심지어 모른 척했다. 외할머니 또한 자존심이 강해 자식들에게 결코 손을 벌리지 않았다. 점심시간 직전, 복도를 통해 밥 냄새가 솔솔 풍겨오면 엄마 얼굴이 떠올랐다. 밥은 곧 엄마였다. 솔직히 학교 급식이 집에서 먹는 밥보다 맛있어 보였다. 외할머니가 차려주는 밥상의 반찬은 한결같았지만 급식 메뉴를 보면 날마다 반찬이 달랐다. 그렇지만 먹을 수 없다는 것을 알기에 깨끗이 포기했다. 나는 배가 고팠지만 열심히 씩씩하게 놀았다.

어느날 담임선생님이 나와 지혜를 불러서 점심시간에 운동장에 나가지 말고 그냥 급식을 먹으라고 했다. 안 먹어도 된다고 거짓말을 했더니 담임선생님은 마음이 아파 너무 힘들다고 했다. 나는 다시 먹겠다고 했는데 지혜는 우울한 표정을 지었다. 담임선생님이 걱정하지 말라고 지혜를 달랬다. 점심시간이 되었다. 나는 식판에다 밥과 반찬을 받아 책상에 앉았다. 수만이가 식판을 들고 자기 자리에 앉은 지혜에게 다가갔다.

"급식비 냈어?" 수만이가 지혜한테 물었다. 지혜는 식판에 고개를 푹 파묻었다.

"거지." 수만이의 똘마니인 짱구가 잔뜩 비웃는 표정으로 지혜를 놀렸다. 속에서 뭔가가 부글부글 끓어올랐지만 나한테 그러는 게 아니라서 꾹 눌러 참았다. 게다가 나와 지혜는 친하게 지내는 사이도 아니었다. 천사공부방에서도 만나는 사이였지만 언제나 으르렁거리기만 했다. 그때 수만이가 지혜의 수저를 빼앗아 교실 바닥에 떨어뜨리고 발로 밟았다.

"어, 수저가 떨어졌네. 내가 주워줄게." 수만이가 수저를 주워 지혜에게 주었다. 지혜는 수저를 가만히 내려놓았다. "거지 주제에 뭐 어때? 그냥 먹어."

수만이의 그 말을 듣는 순간 가슴 깊은 곳에서 뜨거운 것이 확 치밀었다. 나는 식판을 들고 수만이에게 뚜벅뚜벅 걸어갔다. 밥과 국과 반찬이 담긴 식판 그대로 수만이의 머리를 향해 있는 힘껏 내리쳤다. 수만이의 비명이 교실을 흔들었고 점심시간은 아수라장이 되었다. 수만이는 머리에서 피를 흘리면서 기절해버렸다. 학교가 발칵 뒤집혔다. 수만이는 구급차에 실려 병원에 갔고 열 바늘도 넘게 꿰맸다. 수만이의 엄마가 학교 운영위원장이고 교장선생님만큼이나 높은 사람이라는 것도 그때 알았다. 담임선생님은 나 때문에 교장실로 불려가 혼이 났고, 수만이 엄마한테 미친년이라는 욕과 함께 따귀까지 맞았다. 나도 수없이 따귀를 맞아 얼굴이 벌겋게 부어올랐다. 내가 교실 뒤에서 벌을 서는 동안, 담임선생님은 눈이 빨갛게 되도록 울었다. 선생님한테 미안해서 쥐구멍이라도 있으면 들어가고 싶었다. 운동장이 어둑어둑해질 무렵, 선생님이 내일 외할머니를 모시고 오라고 했다.

나는 외할머니한테 그 말을 하지 못했고, 학교에도 가지 않았다. 그렇게 사흘이 지났을 때, 담임선생님이 집으로 찾아와 외할머니에게 자초지종을 이야기하고 가셨다. 나는 외할머니한테 혼이 날 각오를 하고 있었다. 그런데 외할머니는 깊은 침묵 속에서 외출 준비를 했다. 목욕을 하고 평소에는 입지 않던 옷을 꺼내 입었고 머리를 단정하게 매만졌다. 외할머니의 침묵에 나는 숨이 막혔다. 불안해서 미칠 지경이었다. 외할머니는 작은 가방을 들고 집을 나섰다. 그냥 집에 있을까 하다가 바늘방석에 앉은 기분이라 몰래 뒤를 따랐다. 마을버스 종점에 있는 허름한 약국에서 박카스 한 상자를 사서 외할머니가 허위허위 걸어서 간 곳은 포치동에 있는 수만이네 아파트 단지였다. 외할머니가 아파트 안으로 들어가려고 했지만 경비실에서 막았다. 외할머니가 뭐라고 사정하자 경비가 인터폰 수화기를 건네주는 게 보였다. 외할머니는 인터폰 수화기를 들고 누군가와 통화했지만 아파트 안으로는 끝내 들어가지 못했다. 우두커니 서서 하늘을 올려다보던 외할머니가 아파트 현관에 무릎을 꿇고 앉았다. 나는 깜짝 놀랐다. 놀이터에 숨어 외할머니를 지켜보면서 나는 내가 미워 뺨을 꼬집고 머리를 때렸다. 외할머니한테 가서 내가 무릎을 꿇고 있겠으니 그냥 집으로 가라고 말하고 싶었지만 이상하게 한 걸음도 뗄 수 없었다.

천년처럼 기나긴 시간이 흐른 뒤, 느닷없이 하늘이 흐려지더니 이슬비가 내렸다. 외할머니는 이슬비에 몸이 젖어도 꼼짝도 하지 않았다. 우산을 쓴 사람들이 아파트 앞을 오고 갔지만 누구 하나 외할머니의 머리에 우산을 씌워주는 사람이 없었다. 사람들이 너무 야속했다. 두시간쯤 지났을 때 비가 잦아들더니 다행히 그쳤다. 아스팔트에 맨무릎으로 꿇어앉은 외할머니는 여전히 꼿꼿했다. 한참 뒤 아파트에서 어떤 남자가 나오더니 외할머니를 일으켜세웠다. 나중에 알았지만 그 남자는 수만이 아버지였다. 외할머니는 그 남자한테 수십번이나 머리를 조아린 뒤에야 돌아서서 걸음을 뗐다. 순간 외할머니는 휘청하더니 그 자리에 넘어졌고, 다시 일어났지만 잘 걷지 못하고 비틀거렸다. 나는 외할머니한테 미안해서 놀이터에서 나갈 수가 없었다. 잠시 뒤 남자가 승용차를 가져와 외할머니를 태우려고 했지만 외할머니는 손사래를 치고 혼자 걸었다. 남자의 손에 박카스를 넘겨주고 꼿꼿하게 걷는 외할머니의 뒷모습을 따라 나도 집으로 돌아왔다. 집에 돌아온 외할머니는 내게 아무 말도 하지 않았다. 나는 방구석에 쪼그리고 앉아 무릎에 얼굴을 파묻고 눈물 없이 울었다. 그 밤, 외할머니는 무섭게 앓았다. 불이 붙은 연탄처럼 열이 펄펄 났고, 온몸을 사시나무처럼 떨었다. 나는 겁이 나서 옆집 침쟁이 친구를 불렀다. 밤이 새도록 침쟁이 친구가 외할머니를 간호했다. 외할머니는 이틀을 꼬박 앓고 자리에서 일어났다. 그후로 나는 외할머니를 위해 착해지려고 무진장 애를 썼다. 하지만 그게 내 뜻대로 되는 것은 아니었다. 피치 못할 사정이 생기게 마련이었다. 오늘도 마찬가지였다.

땡땡이도 생각처럼 쉽지 않았다. 집에 가고 싶었지만 외할머니의 잔소리를 듣는 게 싫었다. 피시방에 가서 노는 게 최고였지만 땡전 한푼 없는 빈털터리라 그냥 터벅터벅 걷기만 했다. 한참을 걷다보니 예전에 살던 주공아파트 단지였다. 나도 모르게 이곳까지 온 것이었다. 나는 부모님과 함께 살던 시절을 추억하며 내가 살던 아파트를 한바퀴 돌았다. 여기저기에 재건축을 축하하는 현수막이 내걸린 게 보였다. 재건축이나 재개발을 하면 대박을 치게 된다는 어른들 말이 떠올랐다. 어떤 사람은 대박을 치려다가 쪽박을 찬다며 반대했다. 외할머니와 침쟁이 친구는 골목이며 은행나무가 사라지는 게 싫다고 입버릇처럼 말했다. 나는 아파트 단지의 놀이터에서 한참 동안 혼자 놀았다. 놀다가 지쳐 나무의자에 가만히 앉아 해바라기를 하다가 스르르 잠이 들었다. 꿈에 아기 시절의 동생이 나타났다. 동생이 너무 예뻐서 인형도 빼앗지 않고 잘 놀아주었다. 그러다 어느 순간 동생이 하얀 안개 속으로 기어가더니 다시 나오지 않았다. 나는 동생을 찾아 안개 속을 헤매다가 꿈에서 깼다. 눈물을 겨우 참았다.

놀이터를 떠나 포치동에서 제일 번화한 거리까지 걸어갔다. 몇

달 만에 와보니 근사한 빌딩과 초고층아파트가 새로 생겨 거리가 더욱 근사했다. 천사마을에서는 좀체 볼 수 없는 자동차들도 엄청 많았다. 너무 많아서 도로가 꽉 막힐 지경이었다. 나는 왜 이런 데서 살 수 없는 것일까, 문득 그런 생각이 들었다. 언젠가 외할머니한테 그런 말을 했다가 "미친놈, 공부나 해"라는 대답을 들었다. 사실은 나도 엄마한테서 '우리 아들 천재'라는 말을 들을 정도로 공부를 잘했었다. 고아가 된 후로 나는 무엇을 하든지 흥미를 잃어버렸고 곧 시들해지는 버릇이 생겼다. 공부만 잘하면 나중에 이런 데서 살 수 있는 것일까? 아직은 잘 모르겠다.

학교가 파할 무렵이 되어 슬슬 천사마을을 향해 걸었다. 배도 많이 고팠다. 마을버스 종점을 지나는데 근처에 주차되어 있던 검은 자동차에서 앞집 박정철 형이 내렸다. 검은 양복을 쫙 빼입고 어깨에 잔뜩 힘이 들어간 모습이었다. 언젠가 마당에서 운동하는 모습을 본 적이 있는데, 갑빠가 장난이 아니었다. 게다가 가슴에 도끼와 번개 문신까지 새겨져 있었다. 그때 나는 '남자는 역시 갑빠다'라고 생각했다. 박정철 혼자만 있으면 알은척을 하고 싶었지만 옆에 누군가가 있어서 그냥 지나쳤다.

"너, 우룡이 맞지?" 누가 뒤에서 내 이름을 불러서 돌아봤더니 큰아버지였다. 재작년에 큰아버지네 집에서 나왔으니 거의 두해 만에 우연히 만난 것이었다. 나는 큰아버지를 향해 고개만 살짝 숙였다. 박정철은 큰아버지의 뒤에 한 걸음 떨어져서 나를 보고 빙그레 웃었다. '두 사람은 무슨 관계지?' 이런 생각이 스쳐지나갔다. 큰아버지는 재작년보다도 살이 더 찐 것 같았다.

"우룡이 맞구나. 이런 데서 만나다니. 너 여기 살아? 인연도 묘하네. 암튼 많이 컸다, 너." 큰아버지가 내 머리를 쓰다듬었다. 나는 하나도 반갑지 않았다. 큰아버지는 어른들이라면 누구나 할 수 있는 '학교는 잘 다니고?' '공부는 잘하고?' '어디 아픈 데는 없냐?' 같은 질문만 했다. 나는 시큰둥하게 모두 '네'라고만 대답했다. "마침 잘됐다. 짜장면이나 한 그릇 먹고 가거라." 큰아버지가 무슨 선심 쓰듯이 말했다.

"집에 가서 밥 먹을래요." 나는 자존심을 구기고 싶지 않았다.

"먹고 가, 인마. 까불지 말고." 나는 큰아버지의 강압에 못 이겨 마을버스 종점에 있는 홍콩반점으로 들어갔다. 홍콩반점은 천사마을에서 제일 큰 중국음식점이었다. 홍콩반점의 사장인 콩콩이모가 나를 보더니 "만돌이 왔네"라며 반겨주었다. 나는 콩콩이모가 좋다. 내가 짜장면 보통을 시켜도 언제나 곱빼기로 만들어주었다. 가끔은 주문하지도 않은 군만두를 써비스로 그냥 주었고 심지어 돈을 받지 않을 때도 종종 있었다. 하지만 그 때문에 내가 콩콩이모를 좋아하는 것은 절대로 아니다.

내가 콩콩이모라는 별명을 붙인 것은 콩콩이모가 스카이콩콩처럼 왼발로만 콩콩 뛰어다니기 때문이었다. 처녀 시절 공장에 다닐 때 사고로 오른쪽 다리를 잃었다고 했다. 비록 다리 하나로 절룩거리면서 살아도 콩콩이모는 동네에서 유명한 억척 아줌마였다. 나는 절룩거리면서도 당당한 그 모습이 좋았다.

"너는 여기서 먹고 싶은 거 주문해서 먹고 가. 큰아빠는 손님들과 얘기할 게 있으니까. 사장님, 여기 애한테 좀 잘해주세요."

큰아버지가 콩콩이모한테 나를 부탁하고 방으로 들어갔다. 방문 틈으로 살짝 보니 양복을 입은 남자들 몇명이 둘러앉아 있었다. 박정철은 그들에게 공손하게 인사를 한 뒤, 방으로 들어가지 않고 무표정한 얼굴로 문 앞을 지키고 서 있었다. 짧게 깎은 머리와 검은 양복이 잘 어울리는 멋진 보디가드였다. 나는 콩콩이모한테 짜장면과 탕수육과 깐풍기까지 곱빼기로 주문했다. 너무 많지 않으냐고 콩콩이모가 물었다. 나는 이모한테 "당연히 못 먹지. 포장해주세요"라고 귀엣말을 했다. 콩콩이모가 꿀밤을 살짝 먹이면서 웃었다. 나는 큰아버지를 골탕 먹이고 싶었다. 큰아버지가 있는 방에서 박정철을 통해 음식 주문이 나오자 대머리 주방장이 나와서 면을 뽑기 시작했다. 나는 박정철과 이야기를 하고 싶어 그가 서 있는 바로 옆의 탁자에 앉았다. 나는 박정철한테 엄지를 치켜세우며 보디가드냐고 물었다. 그가 무뚝뚝하게 고개만 끄덕였다. 다시 무술이 총 몇단이냐고 말을 걸었다. 대답 대신 박정철은 손가락으로 '쉿'을 했다. 보디가드의 임무를 충실하게 해내기 위해서 그런 거라고 생각하고 더이상 묻지 않았지만, 기분은 살짝 더러웠다.

나는 심심해져서 대머리 주방장이 수타로 면을 뽑는 것을 구경했다. 땀을 뻘뻘 흘리며 큰 도마 위에 아나콘다처럼 길고 굵은 밀가루 반죽을 내리칠 때마다 갑빠가 출렁거렸다. 황홀한 눈길로 대머리 주방장의 갑빠를 구경했다. 대머리 주방장이 면을 다 뽑자 순간 홍콩반점에 적막이 감돌았다. 그 적막 사이로 이변호사, 박검사, 김사장, 최조합장이라고 서로 부르는 소리가 방에서 들려왔다. 나로서는 도무지 알 수 없는 사람들이었다. 문득 무슨 비밀 이야기를 하길래 보디가드까지 세웠을까 하는 생각이 들었다. 그러자 그들의 이야기가 마구 궁금해지기 시작했다. 한번 비밀이라는 생각이 드니 엿듣고 싶어 미칠 지경이었다. 콩콩이모가 여러 접시의 요리를 방으로 갖고 들어갔다. 잠시 후 방에서 박정철에게 들어오라고 말하는 소리가 들렸다. 박정철은 밖에 있겠다며 정중히 사양했다. 그래도 다시 들어오라고 하자 박정철이 배꼽인사를 한 뒤에 방으로 들어갔다. 보디가드가 사라지고 콩콩이모가 짜장면 곱빼기를 내왔다. 나는 짜장면을 대충 비벼먹는 시늉만 하며 방을 향해 귀를 쫑긋 세웠다.

"천사2지구, 좋은 방법이 없을까요?" 큰아버지의 목소리였다.

"세입자들이 문제인데…… 세입자 대표 그 새끼를 수배 때려서 검거하면 아주 좋겠는데."

"박검, 수배하면 뭐해? 저 안에 처박혀서 나오지도 않고, 잡을 수도 없는데. 민사로 가지. 손해배상 청구를 하면 지들이 어쩌겠어?"

"이변호사님, 그런 말 마세요. 민사로 가면 어느 세월에 끝나겠어요? 그러다가 부도 나면 누가 책임집니까? 망하는 건 납니다, 나예요. 그렇지 않아도 가뜩이나 건설 경기가 엉망인데. 내 말 틀려요, 조합장님?" 큰아버지의 목소리가 높아졌다.

"그건 김사장님 말씀이 백번 옳습니다. 세입자들과 우리 조합에 시비 거는 놈들 때문에 아주 미치겠어요. 사사건건 시비니, 내 참 더러워서."

"그러니까 좀 요령있게 하세요. 회의 흉내도 안 내고 막무가내로 밀고 가니 시비를 걸지. 검찰에 투서 들어오는 거 보면, 조합장님도 참 문제입디다. 내가 막고 있어서 다행이지, 이거 뭐 복마전도 아니고."

"딱 까놓고 말해 큰 거 한장으로 끝냅시다. 일단 철거부터 깔끔하게 처리합시다. 사냥개 몇 마리만 풀면 토끼는 물론이고 토끼굴까지 해결할 수 있는데 포도청에 의금부까지 다 나서면 좀 웃기지 않습니까?" 큰아버지가 흥분했는지 목소리를 높였다.

"법보다 주먹이라…… 좀 곤란하지 않겠어?"

"참 나, 영감님도. 예로부터 법과 주먹은 친구입니다. 시절이 아무리 달라져도 변하지 않는 진리가 있다면, 돈과 법과 주먹은 삼위일체, 바로 이겁니다. 그걸 부정하면 다 빨갱이 좌파인 겁니다."

큰아버지의 말에 와르르 웃음 터지는 소리가 들렸다. 별로 웃기지도 않는 말에 웃다니, 어쨌든 저 어른들은 조금 수상했다. 방에서 흘러나오는 말의 뜻이 뭔지 몰라 답답했지만 느낌상 좋은 일을 하자는 모임은 분명히 아닌 것 같았다.

"아이고, 김사장님 흥분하셨네. 목소리 좀 낮추고, 일단 이렇게 모이기도 쉽지 않은데 거국적으로 건배나 합시다. 자아, 먼저 한잔 받으시죠."

누군가의 말에 잠시 침묵이 흘렀다. 이어 말을 하긴 했는데 도무지 엿들을 수가 없었다. 최대한 집중해봤지만 수군거리는 소리만 웅얼웅얼 들릴 뿐이었다.

"씨발새끼들, 지랄들 하고 자빠졌네." 불쑥 콩콩이모가 방 안의 사람들을 향해 욕을 퍼부었다. 역시 공공이모라고 나는 생각했다. 콩콩이모는 키도 적당하고 얼굴만큼이나 마음씨도 예쁜데 입은 완

은행나무 소년 33

전히 하수구였다. 잠시 뒤 콩콩이모가 탕수육과 깐풍기를 포장해서 갖고 왔다. "식기 전에 어서 가서 할머니 드려."

나는 포장한 탕수육과 깐풍기를 들고 홍콩반점을 나왔다. 뭔가 아쉽고 찜찜했다. 무엇보다 큰아버지가 천사마을에 나타난 것이 수상하다는 생각이 자꾸만 들었다. 그런데 박정철과 큰아버지는 무슨 관계일까? 아무래도 나중에 동네의 소식통인 침쟁이 친구한테 물어봐야 할 것 같았다. 침쟁이 친구가 큰아버지에 대해 알 턱은 없지만 박정철이 무엇을 하는지는 알고 있을 터였다. 침쟁이 친구는 모르는 게 없는 천사마을의 터줏대감이고 백과사전이었다.

"희자씨, 나 왔어."

"너 혼자 왔어?"

"그럼 혼자 오지 누구랑 와?"

"옥주랑 와야지." 외할머니는 태연하게 엄마의 이름을 입에 올렸다. 뭔가 이상한 느낌에 가슴이 덜컥 내려앉았다.

"옥주는 엄마 이름이잖아?" 내가 화난 오리처럼 꽥꽥거리며 소리를 질러도 외할머니는 아무 대꾸 없이 재봉틀만 드르륵 밟았다. 외할머니를 가만히 살펴보니 보청기가 보이지 않았다. 나는 반짇고리에서 보청기를 찾아 외할머니의 귀에 끼웠다.

"탕수육하고 깐풍기 가져왔어. 먹어."

"니가 그 비싼 걸 어떻게? 누가 사줬어?"

외할머니한테 큰아버지가 사줬다는 말을 했다가는 호통이 먼저고 다음으로 아까운 음식이 쓰레기통으로 직행하게 될 게 너무도 뻔했다. 나는 거짓말을 만드느라 재빠르게 잔머리를 굴렸다. 외할머니는 눈치 백단의 고수였다. 하나의 거짓말이 그럴듯한 설득력을 갖기 위해서는 열개의 거짓말이 필요했다. 그래야만 고수를 속이는 게 가능했다.

"앞집 정철이 형이 사줬어." 박정철의 이름이 나도 모르게 튀어나왔다. 입을 꽉 쥐어박고 싶었다. 외할머니는 박정철을 아주 싫어했다. 내가 이유를 따지고 물었더니 말하는 입도 듣는 귀도 더러워진다며 손사래를 쳤다. 박정철이라면 질색하는 외할머니가 돋보기를 벗고 나를 빤히 쳐다봤다. '거짓말이지?'라고 묻는 것처럼 느껴져 속으로 뜨끔했다.

"……나중에 먹게 냉장고에 넣어둬." 외할머니는 더이상 캐묻지 않고 순순히 넘어갔다. 불호령이 떨어지지 않아 한시름 놓았다. 나는 포장해온 탕수육과 깐풍기를 냉장고에 넣은 뒤, 은근슬쩍 방으로 들어가려고 외할머니의 눈치를 살폈다. 온종일 걸었더니 다리가 무겁고 아팠다. 발도 안 씻고 침대에 엎어져 자고 싶었다.

"공부방!" 외할머니가 짧게 외쳤다.

"오늘만 안 가면 안돼, 할머니?" 나는 일부러 울상을 지으며 애원하듯이 말했다.

"안돼! 아무래도 니가 못된 짓을 저질렀지 싶다. 에고, 할미가 공부방에 가서 빌어야 되는 모양이네. 너는 어떻게 모냥 빠지는 짓을 이리도 자주 해대냐? 하루도 편히 넘어가는 날이 없어. 귀에 구멍이 뚫리긴 뚫린 겨? 이리 와봐, 한번 보게."

"가면 되잖아. 잔소리 좀 그만해, 에이 참!" 나는 버럭 화를 내고 집을 나왔다. 밖은 이미 어두워져 있었다. 천사마을의 좁다란 골목길이 어둠 속에서 노랗게 빛이 났다. 골목길 굽이마다 세워진 가로등이 좁다란 골목을 밝혔다. 나는 공부방을 지나쳐 천사마을에서 제일 높은 곳으로 향했다. 동네를 빙 둘러보고 빈집에서 놀고 있는 중학생 형들이 보이면 슬쩍 끼어 놀 작정이었다.

　천사마을에서 제일 높은 곳은 천사교회 마당이었다. 나는 천사교회 마당에서 천사마을을 내려다보았다. 작은 마을에 빨간 네온사인 십자가가 다섯개나 보였다. 천사교회의 십자가에는 네온사인이 없다. 예쁘게 잘 만들지도 않았다. 장작 같은 나무토막을 가시철조망으로 엮은 십자가였다. 하지만 내가 보기엔 세상의 모든 십자가 중에서 최고였다. 나는 천사교회의 작은 마당에 서서 해피빌라 삼층에 불빛이 있나 없나 살폈다. 불빛이 보이면 그리로 갈 생각이었다. 역시나 불빛이 희미하게 보였다. 중학생 형들이 그곳에서 놀고 있는 모양이었다. 해피빌라로 가려고 막 골목길로 접어드는데, 뭔가 느낌이 이상했다. 어둠 속에서 노랗게 뻗어내려간 골목길 어딘가에, 내가 알 수 없는 무언가가 기다리고 있는 것만 같았다. 해피빌라로 꺾어져 내려가는 모퉁이를 향해 조심스레 걷는데 불쑥 누군가가 나타났다. 내 예감이 적중했다. 찢어진 청바지에 머리를 질끈 묶은, 대학생처럼 보이는 여자였다. 목에는 카메라를 두대나 걸고 있었다. 가로등 아래서 힐끔 보니, 천사마을에서는 한번도 본 적 없는 해맑은 얼굴이었다. 그 여자와 나는 서로 지나쳤다. 모퉁이를 돌려다가 무언가 나를 끌어당기는 기운에 몸을 돌려 천사교회 쪽으로 올라가는 그 여자의 뒷모습에 눈길을 던졌다. 그 여자는 곧 천사교회 쪽으로 사라졌다. 나는 그 여자가 사라진 골목을 오래 바라보았다.

　재개발조합이 두개나 만들어지면서 천사마을엔 빈집이 많아졌다. 해피빌라도 그중의 하나였다. 삼층 빈집 문 앞에 도착하니 안에서 중학생 형들이 노는 소리가 새어나왔다. 문손잡이를 잡고 막 돌리려는 순간, 들어가서는 안된다는 생각이 들었다. 왜 그랬는지 나도 모르겠다. 느닷없이 내가 착해졌을 리도 없는데 말이다. 나는 조용히 돌아서서 집으로 향했다. 집으로 돌아가는데 괜히 눈물이 나려고 했다. 천사마을 아래 저 멀리 아파트 단지에서 별빛처럼 쏟아져나오는 불빛 때문이었다. 그 불빛은 엄마와 아빠 그리고 여동생과 함께 살던 시절을 기억나게 했다. 가끔 꿈속에서나 만나는 그 시절로 결코 돌아갈 수 없다는 사실을 나는 잘 알고 있다. '에이 씨, 집에 가서 깐풍기나 먹어야지.' 나는 손등을 꽉 깨물어 그 시절의 기억을 몰아냈다. 행복했던 추억이 반드시 행복한 마음으로 이어지는 것은 아니다. 행복했던 추억이 오히려 지금의 나를 불행하게 만들 수도 있다.

　"할머니!" 나는 일부러 대문을 뺑 차고 들어가 소리 높여 외할머니를 불렀다.

　"원 녀석도, 에미 귀 안 먹었어. 근데 니 동생은 얻다 두고 혼자 와?" 외할머니가 눈을 동그랗게 뜨고 꾸짖듯이 물었다.

　"예에?" 이게 무슨 무개념의 질문이란 말인가. 내 동생이 엄마 아빠와 함께 죽었다는 것을 외할머니도 모르지 않았다. 외할머니의 귀를 살펴보니 보청기는 제자리에 있었다. 그렇다면 귀가 어두운 것도 아니었다. 외할머니는 나를 빤히 쳐다보더니 혀를 끌끌 찼다.

"교회를 다니고 예수를 믿는다는 사람이 그러는 게 아녀. 이웃을 사랑하고 원수를 사랑하겠다는 사람이 어째 여동생 걱정은 눈곱만치도 없는 겨?"

외할머니는 다시 재봉틀 바늘에 실을 끼우며 낮은 목소리로 가시 돋친 말을 풀어놓았다. 교회도 안 다니고 예수님도 믿지 않으니 욕을 하는 대상이 내가 아닌 것은 분명했다. 그렇다면 누구란 말인가?

"여동생 누구요?" 나는 외할머니의 눈을 똑바로 바라보며 물었다.

"넌 여동생 이름도 모르냐? 싸가지 없는 놈. 옥주다, 이놈아." 외할머니는 아까도 그러더니 이번에도 엄마의 이름을 들먹였다. 아무래도 뭔가 크게 착각하고 있는 듯했다.

"할머니, 나야, 만돌이!" 나는 외할머니 앞에 얼굴을 들이밀며 크게 소리쳤다. 외할머니가 나를 슬쩍 쳐다보았다. 나는 침을 꼴깍 삼켰다. 짧지만 긴 침묵의 시간이 흘렀다.

"누가 너더러 만돌이 아니래? 공부방에 또 안 갔지? 집에 돌아올 시간이 아직 많이 남았는데……"

헐, 느닷없이 외할머니가 나의 아픈 곳을 찌르고 들어왔다. 나는 일찍 끝났다고 둘러대고 얼른 방으로 들어갔다. 가방을 던져놓고 곰곰이 생각하는데, 밤길에서 하얀 소복을 입은 귀신을 만난 것처럼 팔뚝에 소름이 돋았다. 외할머니가 혹시 미친 게 아닐까. 두렵고 무서웠다. 내게 외할머니마저 없다면? 한번도 생각해본 적이 없었기에 머리가 하얗게 비는 느낌이었다. 침대 끝에 앉아 창문을 멍하니 바라보았다. 은행나무가 창문에 어른거렸다. 그래, 은행나무를 끌어안고 외할머니를 낫게 해달라고 기도해야지. 어쩌면 엄마가 내 기도를 들어줄지도 모르잖아. 나는 거실로 나왔다.

"어디 가?" 재봉틀 앞에 앉아 있던 외할머니가 물었다.

"침쟁이 할아버지네." 은행나무에게 간다고 말하는 게 마음에 걸렸는지 나도 모르게 거짓말이 튀어나왔다. 내 입은 거짓말 자동 제조기에 가까웠다.

"그 영감 참 숭악하더라. 지난번에 글쎄 나더러 사귀자더라. 그것도 정식으로 말이야. 문지방 건너올 힘도 없어 보이더만."

외할머니가 침쟁이 친구와의 데이트에 대해 처음으로 입을 열었다. 침쟁이 친구가 외할머니한테 사랑을 고백하는 장면이 떠올라 웃음이 쿡 나왔다. 놀려먹을 건수를 잡았다는 생각에 쾌재를 부르며 침쟁이 친구에게 갔다.

"만돌이 너, 늦은 시간에 웬일이여?" 침쟁이 친구의 방에는 쑥 태우는 연기와 냄새가 가득했다. 친구는 배꼽에 소금을 한 주먹 놓고는 그 위에 솜처럼 뭉친 쑥을 올려놓고 있었다. 나는 기침을 하며 친구 앞에 앉았다. 쑥이 빨갛게 타들어가며 독한 향기를 피워냈다. 눈이 매웠다. 친구 옆의 침통에는 다양한 크기의 침들이 담겨 있었다.

"이건 왜 하는 거야?" 나는 쑥을 가리키며 물었다.

"쑥뜸이라고 하는 건데, 똥을 잘 싸라고 배를 좀 따뜻하게 뎁혀주는 것이다. 조금 더 아래에다 하면 정력도 좋아지고."

"정력 좋아지는 곳에다 쑥뜸을 놓지 그랬어? 우리 할머니가 그러는데, 문지방 건너올 힘도 없어 보이는 약골이라던데?"

"뭐, 문지방 건너올 힘도 없어 보여?" 침쟁이 친구가 비명에 가까운 소리를 지르며 벌떡 일어났다. 그 바람에 배꼽에서 타고 있던 쑥뜸과 소금이 방바닥과 침쟁이 친구의 다리 위로 흩어졌다. 침쟁이 친구는 "앗 뜨거" 하면서 펄쩍펄쩍 뛰었다. 바보 같기는, 누가 내 친구 아니랄까봐. 침쟁이 친구가 외할머니를 좋아하기는 무척 좋아하는 모양이었다. 침쟁이 친구는 빠른 속도로 팔굽혀펴기를 하면서 이 정도면 문지방 백개쯤은 충분히 넘고도 남는다고 주장했다. 침쟁이 친구는 허리도 짱짱하다며 윗몸일으키기도 했다. 내가 일분에 오십개는 해야 된다고 말하자 침쟁이 친구가 시간을 재라고 했다. 윗몸일으키기를 스무개쯤 했을 때 침쟁이 친구의 얼굴이 빨갛게 달아오르며 속도가 현저히 느려졌다. 나는 라면 냄비를 가스레인지에 올리며 슬슬 약을 올렸다.

"봤지? 이 정도면 문지방 백개 정도는 충분히 넘어가고도 남아. 희자씨한테 전해. 알았지? 또 다른 말은 없었어?" 내가 라면을 먹는 동안 침쟁이 친구는 이것저것 물어봤다. 나는 지난 며칠 동안 외할머니에게 일어난 변화에 대해 이야기했다. 침쟁이 친구의 표정이 심각하게 변했다. "자세하게 말해봐." 나는 방금 전에 있었던 일을 자세하게 말했다. 친구의 표정이 점점 일그러졌다. 나는 라면 국물에 밥을 넣으려다 말고 숟가락을 내려놓았다.

"뭐야? 우리 할머니 많이 아픈 거야?"

"치매가 시작되는 거 같은데……" 침쟁이 친구가 치매라는 단어를 입에 올렸다. 치매? 처음 들어보는 병명이었다.

은행나무가 운다

고양이가 지독하게도 울어댔다. 벌써 이틀째 잠을 이루지 못했다. 내 잠을 방해하는 것은 고양이 울음소리가 아니라 외할머니에 대한 걱정이었다. 침쟁이 친구가 말하길, 치매란 뇌에 이상이 생겨 기억을 잃어버리는 병이라고 했다. 게다가 기억의 창고가 엉망진창으로 뒤섞여 과거의 어느 순간으로 돌아가기도 한다고 했다. 그래서 가끔 나를 외삼촌으로 착각한다는 것이었다. 나는 잠도 오지 않고 고양이들한테 화도 나서 조용히 거실로 나왔다. 외할머니의 낡은 재봉틀이 맨 먼저 눈에 띄었다. 어제도 일감을 가져오는 아주머니가 외할머니에게 바느질이 엉망이라며 잔소리를 늘어놓았다. 외할머니는 선생님에게 혼나는 나처럼 멀뚱한 표정으로 다른 곳만 쳐다봤다. 아주머니가 한번만 더 바느질이 나쁘면 일감을 가져오기 어렵다고 말하고 돌아갔다. 아주머니가 떠난 빈자리에 대고 외할머니는 "옥주보다 못난 년이 잘난 척하기는"이라고 짧게 한마디를 던졌다.

외할머니의 방문에 귀를 기울였다. 가늘게 코 고는 소리가 나를 안심시켰다. 집을 나와 골목에 섰다. 이미 자정을 넘긴 시간이라 오가는 사람 하나 없이 가로등만 외롭게 골목을 지키고 있었다. 침쟁이 친구네의 창문도 컴컴했다. 창문에 불빛이 없으니 왠지 서운했다. 은행나무 아래에는 고양이가 한마리도 보이지 않았다. '내가 나오는 낌새를 챘나? 걸리기만 해봐라, 아주 혼쭐을 내줄 테다.' 나는 은행나무에 기대어 고양이들이 나타나길 기다렸으나 오늘따라 고양이는 코빼기도 비치지 않았다. 도로 내 방으로 돌아왔다. 방으로 들어오자마자 고양이 울음소리가 들렸다. 창문을 열고 살폈더니 고양이는 그림자도 없었다. 기분이 이상했다. 바람도 없는데 은행나무 가지가 흔들렸고, 그때마다 울음소리가 가느다랗게 퍼져나갔다. 마치 귀신이 붙은 나무처럼 느껴졌다.

"조심해."

막 창문을 닫으려는데 누군가의 나직한 말소리와 함께 검은 그림자가 언뜻 비쳤다. '헐, 이게 뭐지?' 몸을 최대한 숨기고 창문 틈새로 밖을 살폈다. 어떤 남자 셋이 하얀 통을 들고 주변을 두리번거리며 골목을 올라가고 있었다. 셋 모두 모자를 깊게 눌러써서 얼굴을 분간하기 어려웠지만 분명 박정철도 섞여 있었다. 박정철을 보자 기분이 좋아졌다. '깊은 밤에 몰래 움직이다니, 뭔가 재미있는 일을 하려는 모양이지'라는 생각이 들었다. '나도 따라가야지.'

재미있는 일이라면 절대 빠지지 않는 내가 아니던가. 나는 얼른 밖으로 나와 그들이 사라진 골목으로 올라갔다. 단숨에 천사교회까지 갔지만 그들의 모습은 보이지 않았다. 천사교회 마당에서 미로처럼 얽힌 마을의 골목을 유심히 살폈다. 저 멀리 아랫말 쪽으로 넘어가는 골목에 그들 세 사람의 모습이 언뜻 보였다가 사라졌다. 나는 붉은 깃발이 높이 솟은 무당집 쪽으로 내려가는 지름길을 택해 냅다 뛰었다. 숨이 턱에 닿도록 뛰어 도착한 곳은 아랫말이었다. 아랫말에는 '강제철거 반대' '죽을 수는 있어도 철거당할 수는 없다' '세입자도 사람이다'라는 현수막이 여기저기 붙어 있었다. 웃말에서도 몇번 본 적이 있어 낯설지 않은 현수막이었다. 나는 박정철을 찾기 위해 골목마다 뒤지며 다녔다. 그러다가 어느 골목에서 하얀 통에 든 무언가를 집집마다 뿌리고 있는 그들을 먼발치에서 발견했다. 석유 냄새가 지독하게 풍겼다.

"가자!"

박정철이 짧게 명령을 내리자 그들은 모두 하얀 통을 골목에다 버리고 뛰어나왔다. '뭐 하려는 거지?'라고 생각한 순간, 박정철이 지포 라이터를 켜더니 골목을 향해 던졌다. 펑, 하는 소리와 함께 불길이 솟았다. 나는 깜짝 놀라 뒤로 넘어졌다. 불길은 골목을 따라 나한테로 몰려왔다. 뛰어나오던 박정철이 나를 지나쳐 달려갔다. 몸을 일으키려다가 다시 넘어졌다. 불길은 단거리 육상선수처럼 골목을 따라 빠른 속도로 내게 달려왔다. 나는 비명을 질렀다. 이대로 불에 타 죽는다고 생각했다. 그때 누군가가 내 팔을 잡더니 마구 끌고 골목을 빠져나갔다. 조금만 늦었으면 불길이 나를 덮쳤을 터였다.

"만돌이 너 여기서 뭐 해? 빨리 집에 가, 인마!" 나를 구한 사람은 박정철이었다. 그는 나를 안전한 곳까지 데려다주고 급하게 아랫말을 떠났다.

불길은 괴물처럼 점점 커지더니 아랫말을 집어삼켰다. 불타고 있는 골목에서 사람들이 쏟아져나왔다. 비명과 아우성과 불길이 서로 섞였다. 미처 옷을 입지 못한 사람들, 잠옷 바람의 여자들이 불에 타고 있는 아랫말을 보며 아직 빠져나오지 못한 사람들의 이름을 애절하게 불렀다. 어떻게 무당집 근처 언덕까지 기어왔는지 기억이 나질 않았다. 나는 언덕에 앉아 멍한 눈길로 아랫말이 불에 타는 것을 지켜보았다. 천사마을의 모든 사람들이 집에서 나와 거대한 파도처럼 아랫말을 삼키고 있는 불의 쓰나미를 바라보며 발을 동동 굴렀다. 오래지 않아 수십대의 소방차가 몰려왔다. 천사마을 사람들도 저마다 세숫대야며 양동이에 물을 퍼와 불길을 향해 던졌지만 화염은 점점 커지기만 했다. 화염은 분수처럼 밤하늘을 수놓고는 아랫말의 낡은 지붕 위로 폭포수처럼 떨어져내렸다. 나는 눈앞에서 벌어지고 있는 사건의 어마어마함에 질려 부들부들 떨었다.

"오, 하나님, 저 속에 있는 사람들의 목숨을 지켜주소서." 어느새 천사교회 최목사님이 내 곁에 서서 간절히 기도를 올렸다. 나도 눈을 감았다. 불길 속에서 아우성치는 사람들의 목소리가 생생하게 들려오는 것 같았다. 나도 모르게 두 손을 맞잡고 기도했다. 나는 하나님을 믿지 않지만 지금은 누구를 믿고 안 믿고 하는 게 중요하지 않았다. 아랫말에 사는 사람들이 불에 타서 죽지 않기만을 간절히 빌었다.

"오, 하나님, 어찌하여 저들에게 이런 시련을 주시나이까? 어찌하여 저들의 가련한 목숨마저도 거두시려 하나이까? 당신의 뜻이 그토록 가혹한 것입니까? 저들이 지금까지 빌라도의 채찍질에 신음하며 피투성이로 살아온 것도 모자라고, 십자가를 메고 골고다 언덕을 오르내린 것도 모자란단 말입니까? 오, 주여, 저 불길을 돌려주소서."

최목사님은 아랫말을 완전히 뒤덮은 불길을 보며 울며 기도했다. 최목사님의 기도에 나도 모르게 콧등이 시큰해지면서 눈물이 흘러내렸다. 주먹으로 눈물을 닦았다. 불길 속에서 이불이나 담요를 뒤집어쓴 사람들이 뛰쳐나오는 게 보였다. 최목사님은 그들을 도와야 한다며 아랫말로 내려갔다. 나도 뒤를 따랐다. 하지만 최목사님은 너무 급하게 뛰다가 넘어지고 말았다. 내가 가서 부축했지만 발목이 접질려 제대로 걷지를 못했다. 그래도 최목사님은 사람들을 구해야 한다며 기어이 화재현장으로 갔다. 하지만 경찰들과 소방대원들이 사람들의 접근을 막았다.

아랫말은 끝내 잿더미로 변하고 말았다. 미처 피하지 못한 열 사람이 사망했고, 스무명이 넘는 사람들이 병원으로 실려갔다. 경찰은 소방대원 외에는 그 누구도 아랫말에 접근을 허락하지 않았다. 신문기자나 방송기자의 출입도 막았고, 카메라 렌즈를 손바닥으로 가리기까지 했다. 하루 종일 동네가 뒤숭숭했다. 사람들은 삼삼오오 모여 아랫말의 화재에 대해 이야기를 나누었다. 나는 불을 지

은행나무 소년

른 사람이 누군지 알고 있었지만 두렵고 무서워 혼자 벙어리 냉가슴을 앓았다. 그날의 화재로 홍바우가 죽었다. 담임선생님은 울면서 바우의 책상에 하얀 국화꽃을 갖다놓았다. 국화꽃을 볼 때마다 내 마음도 아팠다. 바우가 타다 만 시체로 발견되었다는 소문이 돌았다.

학교가 끝나자 나는 집으로 가지 않고 아랫말의 화재현장으로 가보았다. 여전히 경찰이 사람들의 출입을 막고 있어서 무당집 근처에서 바우가 살던 집을 눈길로 더듬어 찾아보았다. 수만이를 식판으로 때린 사건 이후에 바우와 나는 친구가 되었다. 공부방을 땡땡이치는 동안에 나는 자주 바우의 집에 가서 라면을 끓여먹었다. 바우는 라면을 아주 잘 끓였다. 이제는 그 라면도 먹을 수 없고 바우도 다시는 볼 수 없다고 생각하니 그저 멍해지기만 했다. '하늘나라에도 푸른 눈의 백룡을 헌납하라는 놈들이 있을까? 있다면 연락해. 내가 올라가서 작살을 내줄 테니까. 잘 가, 바우야.' 명복을 비는데 눈물이 흘러내렸다. 창피해서 얼른 닦았다. 눈물을 닦는데 무언가 뜨거운 것이 자꾸만 치밀어올라왔다. 나는 그냥 엉엉 울었다. 바우 때문이 아니라 나 때문에 울었다. 울음소리가 컸는지 늙은 무당이 밖으로 나왔다. 다른 사람이 볼 때 울면 갑빠가 죽기 때문에 참으려고 했지만 걷잡을 수가 없었다. 무당은 나를 잠시 쳐다보더니 고개를 끄덕이고 도로 들어갔다.

딸꾹질이 날 정도로 울고 나자 몸도 마음도 차분해졌다. 나는 쉽게 그 자리를 떠날 수 없어 그대로 앉아 아랫말을 바라보았다. 아랫말의 잿더미 위에 노을이 내렸고, 어스름한 허공을 뚫고 새들이 집으로 돌아가고 있었다. 무당집 지붕 위로 높이 솟은 붉은 깃발이 바람에 나부꼈다. 나는 땅거미를 밟으며 침쟁이 친구네로 갔다. 친구는 화재현장에서 발목을 삔 최목사님에게 침을 놓고 있었다. 최목사님이 엄살을 피우다가 내가 들어가자 딱 그쳤다. 그 옆에 앉았더니 최목사님이 눈짓으로 왜 왔느냐고 물었다. 침쟁이 친구가 눈치를 채고 "할머니 때문에 왔지? 조금만 기다려라" 하고 말했다.

"형사들이 떼로 몰려다니더만. 누가 그런 천벌을 받고도 남을 못된 짓을 했을꼬?" 침쟁이 친구가 한탄을 섞어 말했다. 침이 하나씩 발목에 들어갈 때마다 최목사님이 얼굴을 찡그렸다.

"경찰은 화재의 발단이 누전이나 연탄불 과열이라고 발표할 겁니다, 아마. 짜고 치는 고스톱 냄새가 진하게 풍기고 있어요." 최목사님의 말에 침쟁이 친구가 "범인을 안 잡는다 이거여?" 하고 물었다.

"이건 순전히 제 생각입니다만, 아마도 경찰은 범인을 밝혀낼 의지가 없을 겁니다. 이번 사건을 통해서 가장 크게 이익을 볼 사람이 범인이라고 저는 생각해요. 설사 그자가 직접 불을 지르진 않았다고 해도, 최종적인 범죄자는 바로 그 사람이에요. 그런데 이번 사건의 경우는, 불이 대신 철거를 해줬으니 이제 건설업체가 굴착기며 중장비를 끌고 들어오면 그걸로 공사가 시작되는 거죠. 그래서 짜고 치는 고스톱이라는 거예요. 세입자들의 저항도 순식간에 끝나버렸고요."

최목사님이 열변을 토하자 침쟁이 친구는 굳은 표정으로 고개를 끄덕였다. 나는 목사님의 말을 정확히 이해할 수 없었다. 경찰이라면 무조건 범인을 밝혀야 하는 것 아닌가. 나는 학교에서 그렇게 배웠다. 경찰이 정의파가 아니라면 이 세상의 누가 정의파여야 하는가?

"결국 범인을 알아도 안 잡는다?" 침쟁이 친구가 또 물었다. 그렇다면 내가 새벽에 박정철이 똘마니들을 데리고 아랫말 골목이며 지붕에다 석유를 뿌리는 걸 봤다고 말을 해도 경찰은 범인을 안 잡는다는 말인가? 나는 최목사님의 얼굴을 쳐다보았다. 무슨 말을 할지 무척 궁금했다. 침쟁이 친구가 발목에서 침을 빼고 뜨거운 수건을 올려놓는 동안에 잠시 이야기가 끊겼다.

"알려고 하지 않는다는 거죠." 최목사님이 말했다.

"범인이 누군지를 알게 된다면요?" 나는 궁금한 것을 참지 못하고 얼른 질문을 던졌다.

"글쎄…… 복잡하겠지." 최목사님이 말을 얼버무렸다. 어른들은 정말 이상하다. 왜 하나 더하기 하나는 둘이라고 정확하게 말하지 않는 것일까? 하나에 하나를 더하면 셋이 되기도 한다는 둥, 어른들은 애매하게 말하기를 좋아하는 것 같았다. 나는 어른들이 쉬운 말도 어렵게 이야기하는 게 좀 이상하다고 생각했다. 나는 뭐가 뭔지 잘 몰라 당분간은 입을 다물고 있어야겠다고 마음먹었다. 찜질이 끝나자 최목사님이 절룩거리며 돌아갔다.

"희자씨는 좀 어때?" 침쟁이 친구는 외할머니를 꼭 희자씨라고 불렀다.

"아무래도 병원에 가봐야 할 것 같아."

"네가 다리를 좀 잘 놓아봐. 데이트하는 척하면서 병원에 데리고 가보게. 일단 정확한 진단을 받아야 침을 놓든지 약을 쓰든지 해보지."

"알았어. 작전을 잘 짜볼게."

아랫말이 잿더미가 된 것도 그렇지만 사실 나는 외할머니의 치매가 더 걱정이었다. 외할머니는 지난번에 가져온 탕수육과 깐풍기를 막내딸에게 준다며 냄비에다 숨겨놓았다가 기어이 상하게 만들고 말았다. 집 안에 탕수육과 깐풍기 썩는 냄새가 가득 퍼져도 외할머니는 결코 오지 않을 막내딸만 꿋꿋하게 기다렸다.

"니가 김우롱이냐?"

교문에서 머리가 짧고 덩치 좋은 아저씨 두 사람이 내 앞을 가로막고 이름을 물었다. 첫인상이 좋은 사람들 같아 보이지 않았다. 순간 무조건 달아나야 한다는 생각이 머리를 스쳤다. 나는 대답을 않고 눈치를 보다가 다람쥐처럼 두 사람 사이를 빠져나가 달리기 시작했다. 큰 도로를 피하고 학교 주변의 골목으로 뛰어들었다. 그들의 달리기 실력도 만만찮았지만, 나는 학교 주변의 골목을 훤히 알고 있어서 그들의 추적을 쉽게 따돌릴 수 있었다. '누굴까?' 그들의 추적을 완벽히 따돌린 뒤 놀이터 벤치에 앉아 잠시 고민했다. 내 이름까지 정확히 알고 온 걸 보면 보통 사람들은 아니었다. 무엇 때문에 학교까지 찾아왔을까? 박정철의 부하들처럼 보이지는 않았고, 가난한 고아를 납치할 유괴범은 더더욱 아니라면? 그럼 누구? 큰아버지가 보낸 사람들일까? 그럴 수도 있겠다는 생각이 들었다. 어쨌든 좋은 사람들은 아닌 게 분명했다. 나쁜 사람들의 추적을 피해 도망자의 신세가 되는 것도 스릴 넘치는 일 같았다. 나는 마치 영화배우가 된 기분으로 집으로 향했다.

집에 도착해 콧구멍만한 마당으로 들어서는 순간, 숨어 있던 또 다른 남자들이 나를 덮쳤다. 그들은 내 입을 막고 나를 끌고 갔다. 그 광경을 우연히 발견한 침쟁이 친구가 무슨 일이냐고 그들에게 따졌다. 하지만 그들이 무슨 신분증 같은 것을 보여주자 뒤로 가만히 물러났다. 나는 입이 막혀 외할머니를 소리쳐 부를 수도 없다. 그들은 대기 중인 승용차에 나를 태웠다. 승용차에 타서야 그들이 형사라는 것을 알았다. 승용차가 천사마을을 빠져나가 큰 도로로 들어서자, 속이 울렁거리더니 멀미가 올라왔다. 손바닥으로 입을 막았지만 어쩔 수 없었다. 나는 형사들의 바지에 낮에 먹은 학교 급식을 고스란히 토했다. 형사들은 차를 세우고 근처 상가에 가서 옷에 묻은 토사물을 닦고 왔고, 나는 가로수를 붙잡고 메스꺼움을 견뎠다.

형사들은 나를 강력3반이라는 팻말이 달린 곳으로 데리고 갔다. 손에 수갑을 찬 사람, 포승줄로 묶인 사람, 코피를 흘리고 있는 사람, 소리를 지르는 사람, 손바닥으로 얼굴을 가린 사람 들 틈으로 걸어갔다. 나도 모르게 다리가 후들후들 떨렸다. "앉아." 형사가 짧고 간결하게 명령했고, 나는 접이식 철제의자에 엉덩이를 걸쳤다. 잠시 후에 형사가 내 이름을 불렀다. 나는 '예' 하고 짧게 대답했다. 심장이 풍선처럼 부풀어올랐다. 살짝만 건드려도 빵 하고 터질 것만 같았다.

"짜식, 불장난깨나 좋아하게 생겼구만. 시작해볼까? 아저씨가 간단하게 물어볼 테니까 묻는 말에 대답만 해. 자, 먼저 이름과 주소?"

나는 더듬더듬 이름과 주소를 말했다. 형사는 아버지와 어머니의 이름을 물었다. 이 세상에 없는 사람들의 이름을 왜 묻는지 몰라서 멀뚱하게 형사의 얼굴만 쳐다봤다. 까무잡잡한 얼굴에 짧은 머리, 의심 많은 눈초리였다.

"부모님 이름 몰라?" 형사가 언성을 높이며 다시 물었다. 나는 움찔 놀랐다. 화를 낼 일이 아닌데 왜 화를 내는 걸까 생각하면서 두분 모두 돌아가셨다고 대답하는데 왠지 속이 상했다. 슬슬 기분도 나빠졌다.

"불쌍한 고아라……" 형사가 중얼거리는 말에 순간적으로 뭔가가 욱하고 치밀어올라왔다.

"난 불쌍하지 않아요!" 강력반 사무실이 떠나갈 정도로 고함을 질렀다. 주변에 있던 모든 사람들이 나를 쳐다봤다. 나한테 불쌍하다고 말할 수 있는 사람은 이 세상에 오직 한 사람, 나 하나뿐이었다. 외할머니도 침쟁이 친구도 아니었다. 내가 세상에서 제일 듣기 싫은 말이 '불쌍'이었다. "불쌍하지 않다구요." 이번에는 낮고 조용하게 말했다. 형사가 실실 쪼개며 다가오더니 내 목덜미를 손으로 움켜쥐었다. 비명이 터져나올 정도로 아팠지만 꾹 참았다.

"아주 부잡스러운 놈이로구만. 싸가지도 없게 생겼고. 너 인마, 까불지 말고 묻는 말에 순순히 대답이나 해. 알았어?" 위협 비슷한 말을 끝내자마자 형사가 눈물이 핑 돌 성노로 꿀밤을 세게 믹였다.

"아, 왜 때려? 왜 때리는 거야!" 나는 벌떡 일어나 악을 썼다.

사무실에 정적이 감돌았고 사람들의 눈길이 내게로 쏟아졌다. 순간 내가 왜 그랬지 하는 후회가 밀려들었다. 나는 당황해서 다시 의자에 조용히 앉았다. 형사는 헛웃음을 토해냈고, 잠시 후 나이 든 사람이 와서 좀 살살 다루라고 말했다. 형사는 아직 시작도 안했다며 억울해했다. 다시 조사가 시작되었다. 형사는 아랫말에 가서 불을 지른 이유가 무엇이냐고 물었다. 내가 한 일이 아니기 때문에 나는 당연히 불을 지르지 않았다고 대답했다. 형사는 그날 밤 그 시간에 아랫말에서 나를 본 사람이 있다며 감옥에 가서 콩밥을 먹어봐야 정신을 차릴 거냐고 겁을 주었다. 내가 거짓말이 아니라고 수없이 말했지만 형사는 내 말을 결코 믿어주지 않았다.

　"만돌아, 우롱아!" 형사가 나를 거짓말쟁이로 몰아가고 있을 때, 외할머니의 목소리가 강력반 사무실에 쩌렁하게 울렸다.

　"할머니!" 외할머니를 부르며 일어서는데 콧등이 찡하게 울렸다. 외할머니가 뛰어와 나를 안았다. 나는 품에 안겨 외할머니의 냄새를 맡았다. 외할머니만의 익숙한 냄새에 마음이 조금 가라앉았다. 외할머니는 형사들에게 삿대질을 하며 누가 저 어린것을 경찰서로 데려왔느냐고 따졌다. 형사들은 입가에 비웃음을 띠고 우리 두 사람을 쳐다봤다. 귀찮아 죽겠다는 기색이 역력했다.

　"가자." 외할머니가 내 손을 잡고 사무실을 나가려고 하자 형사가 앞을 가로막았다. "할머니, 이러시면 안됩니다. 조사할 게 있다구요."

　"뭔 조사? 그거 나한테 해봐!" 외할머니가 표독스럽게 되물었다. 형사는 그저 기가 찬다는 듯이 헛웃음만 토해냈다.

"할머니, 얘는요, 아랫말 화재사건의 용의자라구요. 목격자가 신고를 했어요. 아셨어요? 뭘 몰라도 한참 몰라. 아, 정말 짜증나네. 이거야 원, 나이가 완전 계급이야, 계급." 형사의 말에 외할머니가 주춤했다. 나는 외할머니한테 내가 불을 지르지 않았다고, 나하곤 아무 상관도 없는 일이라고 말했다. 외할머니가 거짓말 아니냐며 다그쳤다. "아, 진짜 아니라니까. 왜 내 말을 안 믿는 거야?" 나는 화를 버럭 냈다.

"알았다." 외할머니는 내 손을 잡고 사무실을 빠져나가려고 애를 썼지만 역부족이었다. 형사들은 외할머니까지 공무집행방해죄로 체포하겠다며 협박했다. 외할머니는 마음대로 하라며 강력반 사무실 바닥에 주저앉았다.

한시간쯤 지나자 최목사님과 침쟁이 친구가 나타났다. 외할머니는 그들을 보자 천군만마를 얻은 것처럼 의기양양한 표정을 지었다. 형사들에게 자초지종을 들은 최목사님이 외할머니에게 집에 가 있으라고 설득했다. 외할머니는 나를 데리고 가야겠다고 뻗댔다. 최목사님의 간곡한 설득에 결국 외할머니는 침쟁이 친구와 함께 집으로 돌아갔고, 다시 조사가 시작되었다. 형사들은 여전히 내 말을 믿지 않았다. 나는 미칠 것만 같았다. 똑같은 질문이 무수하게 반복되다보니 그만 내가 했다고 말해버릴 뻔했다. 최목사님까지 나서서 그날 있었던 일을 사실대로 말하고 얼른 경찰서에서 나가자고 말했다.

"내가 안했다니까요. 아, 정말 목사님도 내 말이 거짓말 같아요? 미치겠네. 범인은 따로 있어요." 나는 최목사님에게 화를 냈다.

"범인을 니가 안다고? 그걸 말하면 간단하잖아, 인마." 형사가 내 말의 꼬투리를 붙잡고 늘어졌다.

나는 자포자기의 심정으로 사실을 말하기로 했다. 진술을 막 시작하려는 찰나, 큰아버지와 박정철이 강력반으로 들어와 조사가 잠시 중단되었다. 큰아버지는 형사들에게 본인이 나의 후견인이며 법적인 보호자라고 말했다. 최목사님은 큰아버지에게 등을 떠밀려 경찰서를 떠났다. 큰아버지가 형사들과 이야기하는 사이에 박정철이 와서 내 어깨에 손을 얹었다. 나는 고민에 빠졌다. 조금 전만 해도 비밀의 봉인을 풀려고 했다. 그런데 박정철의 얼굴을 가까이서 보니 그것이 마치 고자질처럼 느껴졌다. 조사가 다시 시작되었다. 큰아버지는 보호자 자격으로 내 곁에서 조사를 지켜보았다. 형사는 범인이 따로 있다는 내 말을 물고 늘어졌다. "내가 범인이 아니라는 뜻으로 그냥 한 말이라니까요."

"아, 좆만한 새끼가 정말 영악하네. 어떻게 입만 열면 거짓말이 쏟아져!" 형사가 버럭 화를 냈다.

나는 입을 다물었다. 보다 못한 큰아버지가 변호사에게 전화를 걸어서 경찰서로 오라고 했다. 그사이에도 형사는 집요하게 나를 범인으로 몰고 똑같은 질문을 반복해서 던졌다. 거짓말을 해야 했기에 내 대답은 자주 바뀌었다. 형사는 독수리 타법으로 내 대답을 기록하면서 내 말의 허점을 날카롭게 지적했다. 그럴 때마다 형사가 정말 무섭다고 느꼈다. 나는 하마터면 박정철이 범인이라고 실토할 뻔했다. 내가 위기에 몰렸을 때 마침 변호사가 나타났다. 언젠가 홍콩반점에서 얼굴을 언뜻 본 적이 있는 이변호사였다. 이변호사는 '임의동행' '미란다 원칙' '위반' 같은 어려운 말로 형사를 꼼짝 못하게 만들었다. 덕분에 나는 조사를 받다 말고 경찰서를 나오게 되었다. 이미 밤이 깊어 경찰서 앞마당은 어둡고 한산했다. 경찰서 마당에서 박정철이 내 어깨를 툭툭 쳤다.

"짜식, 남자다운데?" 박정철의 이 행동이 무엇을 뜻하는지 알았지만 내 마음은 매우 혼란스러웠다. 경찰서 주차장에서 큰아버지가 자동차에 타라고 했지만 나는 혼자 가겠다고 고집을 부렸다. 경찰서에서 나온 것은 다행이었지만, 큰아버지의 도움을 받고 나왔다는 게 찜찜하고 싫었다. 큰아버지는 차갑게 화를 낸 뒤 차를 타고 떠났다. 나는 어둑어둑한 상태에서는 절대로 차를 타지 않았다. 사고 이후로 어두울 때 차를 타면 멀미에 시달렸다. 지나가는 모든 차들이 내게로 달려들 것만 같았다. 기어이 참아보려고 버틴 적도 있지만 결국에는 속이 울렁거리고 뒤집혀 차에서 내려야만 했다. 가끔은 낮에도 아까처럼 멀미가 났다. 집까지 걸어가야 한다고 생각하니 더욱 지치고 피곤했다. 배도 고팠다. 멀미를 참고 큰아버지의 차를 탈 걸 그랬나 하는 후회가 짧게 스쳤다.

고아가 된 뒤로 혼자 걷는 시간이 많아졌다. 처음부터 혼자 걷기를 좋아한 것은 아니었다. 어쩔 수 없어서 걷는 것뿐이었다. 고아가 되니 주변 사람들이 나를 부담스러워했다. 어른들이 먼저 내게서 친구들을 떼어냈다. 고아가 된 것이 내 책임이 아닌데도 어른들은 자기 자식들을 내게서 분리하는 것으로 책임을 물었다. 물론 대놓고 묻지는 않지만, 은근히 따돌리는 것 자체가 책임을 묻는 게 아니고 뭐란 말인가. 덕택에 자연스럽게 혼자 걷는 시간이 많아졌다.

터벅터벅 걸어서 경찰서를 나오자마자 사거리에서 어디로 방향을 잡아야 할지 몰라 당황했다. 신호등을 기다리는 어떤 남자한테 천사마을로 가는 방향을 물었지만 모른다는 대답만 돌아왔다. 나는 내 앞에 펼쳐진 어둠의 자락을 가만히 바라보았다. 어둠은 온갖 종류의 불빛으로 장식되어 있었다. 가로등, 자동차 불빛, 건너편 상가의 간판 불빛, 네온사인, 그리고 무엇보다 아파트 창문의 불빛들이 어둠 속에서 반짝거렸다. 불빛이 너무 많아 어둠이 어둠으로 보이질 않았다. 저토록 많은 불빛 중에서 내 불빛은 하나도 없었다. 한참 동안 아파트 창문의 불빛을 바라보다가 대충 방향을 잡고 걷기 시작했다. 어서 빨리 집에 가서 쉬고 싶은 마음과 이대로 하염없이 걷다가 어딘가로 사라지고 싶은 마음이 서로 다투었다. 경찰서에서 겨우 한 블록이나 걸었는가 싶었는데 박정철이 불쑥 나타났다.

"만돌이 너, 여기서 뭐 해?" 박정철이 물었다.

"집에 가는 중이야." 나는 일부러 까칠하게 대답했다. 솔직히 좀 밉기도 했다. 그가 모르는 사람이었다면 나는 벌써 형사에게 사실대로 말했을 터였다. 박정철이 택시를 잡더니 나보고 타라고 했다. 나는 말없이 돌아섰다. 박정철이 택시를 보내고 내 옆에서 걸었다. "두시간도 넘게 걸어야 하는데, 그래도 걸을래?"

"멀미해." 교통사고 후유증이라고 대답하기 싫어서 멀미 핑계만 댔다. 박정철은 더 묻지 않았다. 나와 박정철은 말없이 걷기만 했다. 천사마을 버스 종점을 지날 때쯤엔 종아리가 뻐근했다. 그래도 나는 쉬지 않고 걸었다.

"오늘 고마워." 집 앞에서 박정철이 말했다. 솔직히 나는 잘 모르겠다. 범인을 뻔히 알면서도 입을 다물고 있는 게 잘하는 일인지 아닌지. 박정철이 집으로 들어가자 나는 은행나무를 찾았다. 은행나무에 가까이 가자 고양이 한마리가 부리나케 달아났다. 몸집이 작은 것을 보니 새끼 고양이였다. 은행나무를 꼭 끌어안았다. 엄마의 기운이 뿌리에서부터 올라와 내게로 전해지는 느낌이었다. 달아났던 새끼 고양이가 다시 찾아와 은행나무를 끌어안고 있는 나를 빤히 쳐다보았다. 하얀 몸통에 커다란 검은 무늬가 있는 고양이였다. 내가 가까이 오라고 손짓을 해도 녀석은 도도한 표정으로 모른 척했다. 내가 다가가자 녀석은 발톱을 드러내며 경계의 눈빛을 보냈다. 녀석의 반항이 내 마음을 움직였다. 나는 녀석에게 '티라노'란 이름을 붙여주었다. 공룡 티라노사우루스 렉스처럼 강력한 턱과 이빨 그리고 앞발을 가진 고양이로 자라주기를 바라는 마음에서 붙인 이름이었다. 내가 "티라노" 하고 부르자 새끼 고양이는 고개를 돌려 외면했다. 나는 강아지보다 고양이를 더 좋아한다. 강아지는 사람과의 거리를 좁히려고 최선을 다해 애교를 부리고 아양을 떨지만, 고양이는 애교도 아양도 없이 도도하게 일정한 거리를 유지한다. 까칠한 태도와 도도한 오만이 내 마음에 꼭 들었다. 나는 티라노에게 손을 내밀었다.

골목길 돌아설 때에

며칠 동안 머리를 굴린 뒤에 침쟁이 친구가 외할머니와 함께 데이트를 나갔다. 친구는 수단껏 외할머니를 병원에 데려가기로 했다. 치매가 암이나 백혈병 같은 죽을병이 아니라 일단은 안심했지만 너무 무서웠다. 외할머니는 이 세상에서 나의 유일한 가족이다. 외할머니가 아프면 나도 아프다. 내 몸은 교실에 있었지만 마음은 늘 외할머니한테 가 있었다. 선생님 말씀이 하나도 귀에 들어오지 않았다. 나는 하염없이 유리창 밖을 쳐다봤다. 텅 빈 운동장……

"희자씨!" 대문을 들어서면서 일부러 고함을 질렀다. 문을 열고 들어서는데 집 안이 무섭도록 조용했다. 텅 빈 집에 혼자 들어서려니 기분이 이상하고 몸에 힘이 빠졌다. 언제나 외할머니가 재봉틀 앞에 앉아 나를 맞이했는데, 지금은 낡은 재봉틀만 덩그러니 놓여 있었다. 낯설었다. 외할머니의 빈자리가 이렇게 클 줄은 미처 몰랐다. 멍하게 서 있다가 그대로 몸을 돌려 공부방으로 향했다. 외할머니를 위해 오늘만큼은 착해지고 싶었다. 공부방이 가까워질수록 가슴이 답답했다. 오랫동안 빼먹었더니 공부방에 가는 게 어색해서 발바닥이 간지러웠다. 착해지는 것을 쉽게 생각한 내가 바보였다. 나는 공부방이 보이는 골목 모퉁이에서 돌아섰다. 공부방에서 점차 멀어지니까 답답함이 조금 풀렸다. 아무래도 나는 공부 체질이 아닌 모양이었다. 골목을 벗어나니 자동차 두대가 다닐 수 있는 큰길이 나왔다. 큰길 양쪽으로 상점들이 죽 늘어서 있었는데 지금은 모두 문을 닫은 상태였다. 양복점의 유리는 깨어졌고, 문방구며 세탁소도 먼지만 켜켜이 쌓여 있었다. 붉은 스프레이로 ×자 표시와 함께 '공가'라고 적혀 있는 미용실을 지나갔다. 미용실 안에는 온갖 쓰레기들이 어지럽게 굴러다녔다. 마치 내 마음속을 들여다보는 것 같았다. 나는 '공가'가 무슨 뜻일까 생각하며 미용실 앞에 뒹굴고 있는 연탄재를 발로 툭 찼다.

"김우룡!" 날 부르는 소리에 고개를 들어보니 외삼촌이 언덕길을 올라오고 있었다. "아, 안녕하세요." 거의 여섯달 만에 보는 외삼촌이라 조금 어색했다. 낡고 큰 성경을 옆구리에 낀 외삼촌이 나를 보고 환하게 웃었다.

"집에 할머니 계시지?" 외삼촌이 물었다.

"데이트 가셨어요." 나는 일부러 시큰둥하게 대답했다.

"데이트? 노인네가 무슨 데이트! 망령이 들었나? 주여, 주여!" 외삼촌은 그 자리에서 눈을 감고 외할머니를 위해 기도했다. 외삼촌의 기도는 언제나 길었다. 새로운 내용이 하나도 없이 같은 말을 반복하는 게 외삼촌 기도의 특징이었다. 날마다 같은 말을 끊임없이 반복하면 지겹지도 않은 모양이었다.

나는 연탄재를 발로 툭툭 차며 기도가 끝나기를 기다렸다. 외삼촌을 보니 문득 배가 아프도록 고팠다. 외삼촌은 노숙자들이나 가난한 사람들에게 점심을 공짜로 나눠주는 착한 목사다. 복음과 기도를 너무나 중요하게 생각한 나머지 교회 이름도 복음교회라고 지었다. 교회 사택에 살 때 외삼촌은 엄마 아빠가 예수님을 안 믿어서 교통사고가 났다고 말했다. 그렇다면 예수님은 자기를 믿지 않는 사람은 모두 교통사고를 나게 만들어 죽이는 속 좁은 분이냐고 내가 묻자, 외삼촌은 입술을 파르르 떨며 나의 죄를 사하여달라고 기도했다. 기도가 끝나자 외삼촌은 나한테 복음을 공부해야 한다고, 매일 성경을 읽고 검사를 받으라고 명령했다. 심지어 '예수 천국 불신지옥'을 들먹이며 엄마 아빠는 분명히 지옥에 있을 거라고, 그러면서 내게 예수 믿고 천당 가라고 말했다. 나는 정말 고민스러웠다. 천당에 가면 지옥에 있는 엄마와 아빠를 영원히 만날 수 없다고 생각하니 괴로웠다. 결국 나는 예수를 믿지 않고 흉내만 내기로 마음속으로 결정을 내렸다. 외삼촌과 실랑이를 하니 믿는 척하는 게 서로 편하기도 했다.

"저녁은 먹었어?" 외삼촌이 다정하게 물었다.

"방금 먹었어요." 나는 자존심을 살리기 위해 거짓말을 했다.

"아랫말에 갔다 왔다. 예수님을 안 믿고 복음을 따르지 않으니 하나님이 그런 재앙을 내리신 거야. 너는 예수님 잘 믿고 있지?" 어떻게 그런 말을 태연하게 하는가 싶어 외삼촌의 얼굴을 슬쩍 보았다. 나는 '아랫말에도 교회가 세개나 있었는데요?'라고 속으로 말했다. 그 교회의 하나님은 누구의 하나님이길래 불길을 막지 못했느냐고 물어보고 싶었다. 외삼촌은 최근에 큰아버지를 만났느냐고도 물었다. 나는 짧게 '네'라고만 대답했다. 외삼촌은 무어라 중얼거렸지만 나는 말없이 언덕길을 내려갔다. 시장통이 나타났다. 이쯤에서 헤어지고 싶었다. 그때 뱃속에서 꼬르륵 소리가 천둥처럼 울렸다.

"밥 안 먹은 거 같은데? 짜장면 사줄게. 너 짜장면 좋아하잖아?" 짜장면이라는 말에 입안에 군침이 돌았다. 하지만 나는 빠블로프의 개가 아니었다. 비록 어리지만 자존심이라는 게 있는 인간이었다. 짜장면 한 그릇에 침을 흘리며 헤벌쭉 웃는 바보가 아니었다. 마침 천사상회 앞에 내놓은 호박엿이 눈에 띄었다. "엿 사주세요."

"뭐?" 외삼촌이 화난 표정을 지었다가 금방 풀었다. 역시 착한 목사님이었다. 내가 다시 엿이라고 대답하자 외삼촌은 웃으며 호박엿을 사서 건네주었다. "그리고 이것도 받아라. 무슨 일 있으면 외삼촌한테 전화하고. 알았지?" 외삼촌이 만원짜리 한장과 휴대폰을 내밀었다. 나는 아무것도 받고 싶지 않았다. 언뜻 보니 구식 휴대폰이었다. 스마트폰 시대에 박물관에나 갈 문화재급 휴대폰을 주다니 심하게 치사했다. 조금이라도 빨리 외삼촌과 헤어지고 싶어 일단 받았다. 손바닥이 간지러웠다.

"자, 기도하자." 외삼촌이 내 머리에 손을 얹었다. 나는 얼른 머리를 뺐다. 기도 중에서도 최고로 싫은 것이 바로 머리에 손을 얹고 하는 안수기도였다. 외삼촌은 멋쩍은 표정을 짓더니 그 자리에서 손을 모으고 눈을 감았다. 외삼촌이 기도하는 동안 나는 돌아서서 엿을 빨았다. 기도가 끝나자 외삼촌은 서둘러 천사마을을 떠났다. 나는 호박엿을 들고 시장통을 천천히 거닐었다. 전에는 물건을 파는 사람도 사는 사람도 많았는데 지금은 썰렁하기만 했다. 마을버스 종점에서 십분 거리에 하루 이십사시간 내내 문을 여는 대형 할인마트가 들어선 뒤로 천사시장은 팍 쪼그라들고 말았다. 천사마을 사람들도 시장보다 대형할인마트를 더 많이 이용했다. 사람들은 참 간사했다. 입으로는 시장이 최고라면서 물건은 주로 할인마트에서 샀다.

"꼬마야, 좀 비켜줄래?" '꼬마'라는 말이 내 뒤통수를 때렸다. 왠지 무시당하는 느낌에 배알이 꼴려 고개를 돌렸다. 카메라 렌즈가 눈앞에 떡하니 나타났다. 깜짝 놀라 두어 걸음 물러서는 순간 여자가 셔터를 눌렀다. 찰칵, 하는 소리가 경쾌하게 울렸다. 지난번 골목에서 만난 그 여자가 틀림없었다. 여자는 문을 닫고 반쯤 무너져 내린 과일가게 앞에서 사진을 찍는 중이었다. 여자가 카메라를 잠시 내리자 렌즈에 가려졌던 얼굴이 드러났다. 머리를 질끈 묶고 모자를 뒤로 돌려쓴 여자의 얼굴을 보는 순간 가슴이 쿵 내려앉는 것 같은 느낌이 들었다. 아주 예쁘지는 않지만 왠지 모를 이끌림에 마음이 이상해졌다. 여자라기보다는 누나처럼 느껴졌다. 그 누나가 다시 카메라를 들더니 이번에는 나를 향해 렌즈의 초점을 맞췄다. 나는 얼른 카메라 렌즈를 손바닥으로 막았다.

"아, 짱나! 나도 초상권이 있어요." 마음과는 다르게 퉁명스러운 말이 튀어나왔다. 그 누나가 카메라를 내리고 나를 보았다. 둘 사이에 짧은 침묵이 흘렀다. 순식간에 무언가에 꽁꽁 묶인 것 같은 기분이었다. 나도 모르게 눈을 깔았다. 이런 적이 한번도 없었는데, 졌다는 이 느낌은 뭐지?

"어이쿠, 미안해라. 초상권, 그거 중요하지. 너한테 양해를 구해야 하는데 그러지 못한 점 사과할게. 그런데 너는 유명한 사람이 아니니까 초상권도 아주 싸야 할 거 같은데, 얼마를 줄까? 천원?" 그 누나가 정면에서 내 얼굴을 들여다보며 이기죽거렸다. 선빵을 세게 한방 맞은 기분이었다. 뒤로 넘어졌는데 쌍코피가 터진 것 같은 더러운 느낌에 은근히 오기가 발동했다. 나는 얼결에 천만원이라고 대답했다. 그 누나가 짓궂은 표정으로 나를 뚫어져라 쳐다보더니 빙그레 웃었다. 아, 예뻤다. 예뻐서 신경질이 났다. "야, 꼬마야, 누가 네 얼굴을 천만원씩이나 주고 사진을 찍겠냐? 주제파악 좀 해라, 주제파악. 천원에 백원도 더 얹어줄까 말까다, 꼬마야."

"꼬마, 꼬마, 꼬마라고 좀 하지 마세요." 나도 모르게 고함을 질렀다. 그 바람에 작은 손수레에서 호떡을 구워 파는 아주머니가 얼굴을 빼꼼 내밀었다.

"누가 이렇게 시끄러운가 했더니, 만돌이 너였구나. 왜 그래?" 이모가 사진 찍는 그 누나와 나를 번갈아 보며 물었다. 나는 시장통의 모든 아주머니를 이모라고 불렀다.

"안녕하세요, 이모." 그 누나가 호떡 이모한테 꾸벅 인사했다. 기분이 팍 상했다. 이모라니, 언세 봤다고 이모라는 기야. 나도 모르게 입술이 삐죽 나왔다. 참 넉살도 좋은 누나였다. 호떡 이모도 그 누나가 친근하게 불러주는 이모라는 말이 싫지 않은 표정이었다. 처음 보는 사람들끼리 왜 이러나 싶었다. "이모, 저는 사진 배우는 학생인데요, 이번 학기에 휴학하고 이 동네를 좀 찍으러 왔어요."

"아, 그려? 여기 찍을 게 뭐가 있다고. 곧 철거할 보잘것없는 동네를, 창피하게."

"창피하긴요? 저는 좋기만 한데요 뭐. 참, 이모 호떡 굽는 거…… 좀 찍어도 될까요? 부탁해요 이모." 우아, 뻔뻔하기로는 정말 강적인 누나였다.

"아이고, 그건 또 뭐하게? 아우, 나는 싫어." 호떡 이모가 손사래를 쳤다. 그건 나도 동감이었다. 호떡 굽는 게 뭐가 신기하다고 사진까지 찍는단 말인가. 할 일이 그렇게도 없나?

"이모, 엿 드실래요? 호박엿." 내가 이모에게 호박엿을 내밀었다.

"마침 입이 썼는데 잘됐네. 하나만 줘." 이모가 호박엿 하나를 집어 입에 넣고 우물거리면서 호떡을 뒤집었다. 호떡이 알맞게 부풀어오르며 노릇하게 익어가는 동안 그 누나는 정신없이 사진을 찍었다. 이모의 손이며 얼굴에도 렌즈를 들이댔다. 호떡 이모는 멋쩍은 표정을 지었다. 호떡이 구워지자 이모가 마분지 조각에 싸서 내게 내밀었다. "받아. 호박엿과 호떡, 물물교환이다."

마침 배가 출출하던 터라 호떡을 맛있게 먹었다. 그때 사진을 다 찍은 그 누나가 카메라를 목에 걸더니 허락도 없이 호박엿을 집어 홀랑 입에 넣었다. 완전 어이상실이었다. 내가 째려보니 그 누나는 "누나라고 불러. 허락해줄게"라고 말한 뒤 살짝 윙크했다. 웃는 얼굴에 침 못 뱉는다는 말을 누가 만들었는지 모르겠다. 그 누나는 호박엿을 먹으며 시장통을 떠나 언덕길로 올라갔다. 그 누나의 뒷모습을 눈으로 좇았다. 다른 사람에게서는 느낄 수 없는 묘한 분위기가 나를 자꾸만 끌어당겼다.

나는 시장에서 아는 얼굴을 만날 때마다 호박엿을 하나씩 나누어주고 마지막 남은 두개는 마을버스 종점까지 가서 홍콩반점 콩콩이모에게 주었다. 콩콩이모가 짜장면을 먹고 가라고 했지만 그냥 나왔다. 짜장면을 얻어먹으려고 호박엿을 준 게 아니었다. 나는 마을버스 종점에서 내리는 사람 중에 혹시 친구와 외할머니가 있는가 싶어 열심히 살펴보았다. 다섯대의 버스가 종점으로 들어오고 나갈 동안 외할머니의 모습은 보이지 않았다. 많이 아파서 늦는 걸까? 새로 아픈 곳이 발견된 것일까? 제발 아무 일도 없기를, 외할머니가 밝은 모습으로 돌아오기를 속으로 빌고 있는데 택시 한대가 내 앞에 와서 멈췄다. 택시 앞유리창이 스르륵 열리며 곱슬머리 최목사님이 얼굴을 내밀었다.

"만돌이 너, 여기서 뭐 해?"

이크, 이거 잘못 걸렸구나 싶었다. 하루에 목사를 두분이나 만나다니. 하기는 교회가 미용실만큼 많으니 목사도 미용사만큼 많겠지. 아무튼 오늘은 재수가 꽝인 날이었다. 최목사님은 거짓말이 통하지 않는 분이어서 나는 잔머리 굴리기를 포기하고 그냥 인사만 했다. "너 벌써 일주일도 넘게 공부방 땡땡이치고 있다는 소문이 짜하더라? 김수인 선생님이 그러던데 사실인 모양이네?"

공부방 김수인 선생님은 최목사님의 부인이었다. 공부방에서 있었던 일을 미주알고주알 치사하게 일러바친 모양이었다. 최목사님이 택시에서 내리자 노란 조끼를 입은 다른 사람이 와서 택시를 몰고 떠났다. 나는 꼼짝없이 최목사님과 함께 공부방을 향해 언덕길을 올랐다. 최목사님의 또다른 직업은 택시 운전기사였다. 미용사가 아닌 게 정말 다행이다. 아무튼 최목사님은 일주일에 나흘 동안 택시를 몰아 돈을 벌었고 금토일은 천사교회에서 일했다. 동네 아이들에게 최목사님은 귀신처럼 무서운 사람이었다. 해피빌라도 자주 습격해 담배 피우고 술 마시며 노는 중고딩 형들의 귀를 잡아 비틀곤 했다. 동네 아이들은 최목사님이 나타나면 길고양이처럼 눈치를 보며 슬슬 피했다. 하지만 침쟁이 친구는 최목사님 말이라면 똥을 된장이라고 해도 믿었다. 택시기사를 하기 전에는 보일러 배관 일을 하기도 했다며 침쟁이 친구가 최목사님에 대해 이것저것 말해주었다.

천사교회는 작지만 신도가 백명이 넘는 교회였다. 최목사님은 교회 헌금은 오직 하나님의 일에만 써야 한다면서 월급을 받지 않았다. 교회 헌금은 모두 천사마을 사람보다 더 가난한 사람을 위해 써야 한다며 노숙자 무료급식소, 양로원과 고아원으로 보냈다. 가난한 사람이 가난한 사람을 돕지 않으면 누가 돕겠느냐며, 과부 사정은 과부가 잘 알고 홀아비 사정은 홀아비가 잘 안다는 이상한 말을 입에 달고 살았다. 자신과 가족의 생활비는 오직 몸을 움직여 버는 돈으로 해결했다. 게다가 최목사님은 공부방 후원자인 하율 스님과도 아주 친하게 지냈다. 목사와 스님이 친하게 지내는 것은 좀 이상했다.

"만돌이 너 무슨 문제 있어? 얼굴이 왜 그렇게 어두워?" 최목사님이 물었다. 나는 대답하지 않았다. "하기 싫어도 공부는 해야 돼. 일등을 하라는 게 아니고 공부를 하라는 거야. 아 미치겠네, 어떻게 설명하지? 암튼 곧장 공부방으로 가. 땡땡이쳤다간 집으로 찾아간다. 알았지?"

"예." 내가 풀이 죽어 대답하자 최목사님은 내 머리를 쓰다듬고 천사교회로 올라갔다. 나는 공부방을 향해 터벅터벅 걸었다. 공부방으로 가는 골목에는 빈집이 꽤 많았다. 빈집으로 들어가 숨고 싶었다. 하기야 그럴 필요도 없었다. 내가 바로 빈집이었다. 허물어지기 직전의 엄마 없는 빈집. 외할머니가 두 팔을 들고 안간힘을 써서 기둥을 받치고 있는……

마침내 '천사공부방'이라는 작은 팻말이 붙은 대문 앞에 섰다. 우리 집 파란 철대문처럼 망가진 대문이었다. 언제나 열려 있어서 드나들기가 쉬웠지만 오늘은 지옥으로 들어가는 문처럼 느껴졌다. 한참을 머뭇거리는데 마당으로 나온 1학년 꼬마가 나를 보더니 얼른 공부방으로 들어갔다. 잠시 후에 김수인 선생님이 나오는 게 보였다. 나는 들키지 않으려고 얼른 돌아섰다. 하지만 늦었다. 김수인 선생님이 "만돌아" 하고 불렀다. 아, 월하의 공동묘지에서 들려오는 듯한 섬뜩한 목소리. 나는 천천히 다시 돌아섰다. 김수인 선생님과 함께 공부방으로 들어가는데 죽을 맛이었다.

공부방은 저학년 방, 고학년 방, 독서실, 교무실로 나뉘어 있는데, 제일 큰 안방이 고학년 방이고 중간 방이 저학년 방, 작은 방이 독서실, 거실은 교무실이었다. 제일 큰 안방이랬자 콧구멍보다 쬐금 컸다. 그런 곳에서 밥상처럼 생긴 책상을 놓고 대여섯명이 함께 공부했다. 김수인 선생님은 아무 말도 없이 나를 독서실로 밀어넣었다. '여기서 패려고 그러나?' 하는 생각이 들었다. 만약 한대라도 때리면 다시는 공부방에 오지 말아야겠다고 맹세했다.

독서실에는 여기저기에서 공짜로 보내준 책이 많았다. 김수인 선생님은 책을 기부한 사람들에게 감사해야 한다고 자주 말했다. 책이 너무 많으니 약간 질리는 느낌이었다. 책꽂이에서 만화책 한 권을 꺼내는데 김수인 선생님이 지혜를 데리고 들어왔다. 지혜가 나를 보자 뾰로통한 표정을 지었다. 김수인 선생님이 나더러 지혜에게 사과하라고 했다. 나는 기어들어가는 목소리로 미안하다고 말했다. 지혜가 고개를 팩 돌렸다. 선생님이 지혜를 쳐다보았다. 한참 뒤에야 지혜가 나를 향해 얼굴을 돌렸다.

"너도 한대 맞아. 나는 빚지고는 못 살아." 지혜가 말했다. 차라리 잘되었다 싶었다. 나는 지혜한테 한대 맞아주고 난감한 상황에서 얼른 벗어나고 싶었다. 머리를 얌전히 내밀자 지혜가 꿀꺽 침을 삼키는 소리가 들렸다.

"지혜야, 그러면 안되는 거야." 김수인 선생님이 내 머리를 밀어내며 말했다.

"복수는 복수를 낳고, 그 복수가 또 복수를 낳는다 이거죠?" 지혜가 되물었다.

"알면서 그러면 더 나쁜 사람이야." 김수인 선생님이 지혜를 향해 눈을 흘겼다.

"알았어요. 제가 사과를 받아들이죠." 지혜가 도도하게 말했다. 속으로 짜증이 났다. 김수인 선생님은 지혜와 나에게 악수를 시켰다. 지혜가 먼저 손을 내밀었고, 한대 더 때리고 싶은 속마음을 숨기고 그 손을 잡았다. 악수가 끝나자 선생님은 지혜를 독서실에서 내보냈다. 지혜를 때린 게 이렇게 마무리된다고 생각하니 한시름 던 기분이었다.

"만돌아, 선생님 말 잘 들어." 으잉, 이건 또 뭔가? 이걸로 끝난 게 아닌가. 내 그럴 줄 알았어. 그냥 넘어갈 김수인 선생님이 아니지.

"마음이 실리지 않은 사과의 말은 가짜야. 진짜로 미안하다고 했어야지. 이번만 봐주는 거야. 그리고 너, 친구들을 자꾸 때리는데 그거 아주 나쁜 짓이야. 니 맘에 조금만 안 들어도 주먹부터 올라가니 선생님은 정말로 걱정이야. 어른이 되어서도 다른 사람들을 함부로 때리게 될까봐 그래. 세상에서 제일 나쁜 사람이 폭력에 의존하는 사람이라고 선생님은 생각하는데, 너는 어떻게 생각해?"

나는? 내 생각을 말하라는 선생님의 말에 짜증이 확 솟았다. '폭력은 나빠요. 제가 잘못했어요.' 이런 식의 뻔한 대답은 입이 간지러워 하기 싫었다. 솔직히 '잘 모르겠어요'가 정답에 가까웠다. 선생님은 끈기있게 내 대답을 기다리다가 지친 표정을 지었다.

"생각이 없는 거야?" 선생님이 또 물었다. 나는 침묵으로 대답을 대신했다. "정말 실망했다. 알았어, 선생님이 공책을 줄 테니까 거기다 반성문을 써오도록 해."

"싫어요." 나는 반성문을 쓰는 게 끔찍하게 싫었다. 수만이를 때린 후에 학교에서 반성문을 썼는데 할 말이 없어 미치는 줄 알았다. '잘못했습니다'만 반복하는 것은 진정한 반성이 아니라고 담임선생님이 지적할 때마다 차라리 퇴학을 맞고 싶었다. 불행히도 초등학교에는 퇴학이라는 제도가 없었다.

"뭐?" 김수인 선생님의 얼굴에 실망하는 기색이 뚜렷이 나타났다. 조금은 미안한 마음이 들었다.

"반성문도 가짜로 쓸 것만 같아요. 다시는 애들 때리지 않을게요, 선생님." 나는 솔직하게 말했다. 김수인 선생님이 내 눈을 정면으로 쳐다보았다. 내 마음을 들여다보려는 눈빛이었다. 나는 그 눈길을 피하지 않고 버텼다. 선생님이 먼저 눈길을 돌렸다.

"그래, 너를 믿는다. 자, 공부하러 가자." 김수인 선생님은 나를 데리고 고학년 방으로 들어갔다. 방으로 들어가자 열개의 눈이 일제히 나를 쳐다보았다. 무지 쪽팔렸다. 그때 선생님인 듯한 사람이 벌떡 일어났다. 아까 시장통에서 봤던 사진 찍는 누나였다.

"꼬마! 너구나?" 헐, 저 누나가 선생님이었나? 쥐구멍이라도 있으면 들어가고 싶었다.

"인사부터 해야지." 김수인 선생님의 말에 나는 겨우 허리를 숙여 인사했다.

"여수경 선생님이셔. 사진학과 3학년 휴학 중인데, 앞으로 일년 동안 천사마을에서 사진을 찍으면서 고학년 반을 맡아주기로 했어. 토요일에는 너희들에게 사진도 가르칠 거고."

"니가 악동으로 유명한 김우룡, 그 만돌이구나? 반갑다, 야." 여수경 선생님이 먼저 악수를 청했다. 마지못해 그 손을 잡는데, 손바닥에 찌릿하게 전기가 왔다. 기분이 묘하고 얼굴이 빨갛게 달아오르는 것 같았다. 나는 절대 선생님이라고 부르지 않고 '여수경'이라고 부르기로 다짐했다. 이유를 묻는다면 딱히 대답할 말은 없다.

그냥 그저 그렇게 하고 싶을 뿐이다. 김수인 선생님이 내 등을 토닥토닥 두드리고 밖으로 나가자 나도 얼른 뒤따라 밖으로 나왔다.

"왜?" 김수인 선생님이 물었다.

"할머니가 병원에 가셨다 돌아올 시간이라서요. 집에 가봐야 할 것 같아요."

"만돌이 너, 거짓말이지?" 거짓말이냐고 되묻는 김수인 선생님의 질문에 마음이 아팠다. 정말 솔직하게 말한 것인데…… 눈물이 찔끔 나올 것 같았다. "어디가 아프신데?" 김수인 선생님은 여전히 의심의 눈초리를 거두지 않고 물었다. 이래서 찍힌다는 게 나쁜 거구나 싶었다.

"아직 몰라요. 집에 가봐야 알아요."

"알았어. 선생님은 너를 믿는다. 오늘은 그냥 가고, 내일부터는 공부방 빠지지 마. 알았지? 약속." 김수인 선생님이 새끼손가락을 내밀었다. 나는 머뭇거리다가 손가락을 걸었다. 솔직히 나는 약속을 믿지 않는다. 그동안 약속을 많이 했지만 언제나 어른들이 먼저 어겼고 다음에 내가 어겼다. 내가 어긴 약속이라야 공부를 하지 않은 게 대부분이었다. 공부를 열심히 하겠다는 약속이 무슨 약속인가. 그건 그냥 맛없는 반찬 같은 것이다. 먹어도 되고 안 먹어도 되는. 하지만 새끼손가락을 건 약속은 지켜야 하는데. 김수인 선생님한테 인사하고 공부방을 나오는 순간 괜히 새끼손가락을 걸었다고 후회했다. 그냥 버틸걸.

"만돌아!" 김수인 선생님이 공부방 문을 열고 나를 또 불렀다. 이크, 속마음을 눈치챘나? "이거 가져가. 여수경 선생님이 가져온 디카인데, 새거는 아니지만 사진은 잘 찍힐 거야. 사진을 찍어서 토요일 특별활동시간에 발표하는 거래. 알았지? 이 디카는 내가 주는 게 아니라 여수경 선생님이 주는 거고, 개인 소유가 아니라 공부방 재산이니까 잃어버리거나 망가뜨리면 안된다. 알았지? 이번 주 숙제는 가족을 찍어오는 거란다."

손안에 쏙 들어가는 작은 카메라였다. 나는 김수인 선생님한테서 디지털카메라를 받아들고 얼른 집으로 갔다. 재봉틀에 바느질을 하다 만 티셔츠가 그대로 물려 있었다. 언제나 딱 부러지고 깐깐한 외할머니가 재봉틀에 옷감을 물려놓고 나가다니, 예전 같으면 절대로 있을 수 없는 일이었다. 재봉틀을 가만히 바라보다가 나도 모르게 발판을 슬쩍 밟았다. 순간 드르륵, 하며 바늘에 물려 있던 티셔츠가 밀려나갔다. 순식간의 일이었다. 또 일을 저질렀구나 싶어 당황해 얼른 일어난다는 게 그만 또 발판을 밟고 말았다. 재봉틀이 맹렬하게 돌았다. 티셔츠는 엉망이 되었다. 놀란 나머지 우선 재봉틀 전원을 껐다. 나는 왜 하는 짓마다 이럴까? 외할머니한테 칭찬받을 짓은 왜 못하는 걸까? 일부러 그런 것은 아닌데 꼭 혼날 일만 생겼다. 일단 숨기고 보자는 마음에 망가진 티셔츠를 주워 들었다. 이걸 어떻게 하지? 고민 끝에 쓰레기통에 넣었다가 아무래도 마음에 걸려 다시 꺼냈다. 아예 청소를 하고 쓰레기를 밖에 내놓는 것으로 마음을 정했다.

티라노를 만나다

   청소를 시작했다. 옷감을 반듯하게 정리하고 거실 곳곳에 쌓인 먼지를 털었다. 먼지가 가라앉기를 기다리는 동안 설거지를 했다. 외할머니가 하던 대로 그릇을 개수대 철망에 엎어놓고 청소기를 돌렸다. 안방과 작은방 구석구석까지 놓치지 않았고, 바닥에 엎드려 걸레질까지 끝내놓으니 이마에서 구슬땀이 흘렀다. 미처 땀을 훔칠 사이도 없이 쓰레기와 망가진 티셔츠를 종량제 봉투에 담아 문 앞에 내놓았다. 손을 탁탁 털고 들어와 말끔하게 청소된 집 안을 보니 마음까지 개운했다. 창문을 열고 외할머니가 침쟁이 친구와 함께 걸어올 골목을 내다보았다. 외할머니는 보이지 않고 대신 골목 아래쪽에서 술에 취한 노랫소리가 들려왔다. "산새도 니와 함께 울고 넘었지~ 자유여 너를 위해 자유여 너를 위해~ 이 목숨을 바친다아~"를 목청껏 외치며 올라오는 사람은 앞집 할아버지였다.

"아버지, 조용히 좀 하세요. 동네 창피해 죽겠어요." 앞집 할아버지 뒤에서 박정철이 타박을 주며 올라오는 게 보였다.

"야 이놈아, 애비가 챙피하냐 챙피해?" 앞집 할아버지가 박정철에게 삿대질을 하다가 몸을 가누지 못하고 담벼락에 픽 쓰러졌.

"죄송해요. 제가 잘못했어요. 일어나세요, 아버지." 박정철이 골목에서 주정을 하는 앞집 할아버지를 간신히 부축해 집으로 들어가자 골목이 일순간 조용해졌다. 하얗게 타버린 연탄재처럼 골목이 쓸쓸해지려는 찰나, 은행나무 쪽에서 고양이 울음소리가 가냘프게 들려왔다. 그 울음이 이상하게도 마음에 와닿았다. 그만 심란해져서 창문을 닫았다. 침대에 엎드려 내 안에서 울컥하는 무언가를 꾹 눌렀다. 한참을 지나도 고양이는 울음을 그치지 않았다. 마치 손톱으로 벽을 긁는 것처럼 내 마음을 긁는 울음소리를 참고 참다가 침대를 박차고 일어났다.

"야, 티라노, 너였구나."

은행나무 둥치에 새끼 고양이 티라노가 웅크리고 앉아 울고 있었다. 내가 가까이 가자 티라노는 털을 곤두세우고 날카로운 소리를 내며 경계했다. 그 소리가 티라노가 엄마를 부르는 소리로 느껴졌다. 나는 은행나무에 기대앉아 티라노의 엄마가 오기를 기다렸다. 꽤 오랜 시간이 흘렀다. 나 때문인가 싶어 골목 모퉁이에 숨어 지켜봤지만 티라노의 엄마는 끝내 모습을 보이지 않았다. 티라노는 점점 지쳐갔고 울기도 힘든지 끙끙 앓는 소리를 냈다. "티라노, 엄마가 안 오네. 우리 집에 잠시 가 있을래? 거기서 엄마를 기다리

자. 응? 형아가 우유도 주고 이불도 덮어줄게."

"야옹!" 티라노가 조그만 발톱을 세워 내게 일격을 가했다. 손등에 티라노의 발톱 자국이 선명히 새겨졌다. 약간 쓰렸지만 이 정도는 괜찮았다. 티라노가 잔뜩 겁먹은 눈길로 나를 쳐다봤다.

"참 나, 너도 야생의 고양이라 이거지? 웃기시네." 나는 티라노를 번쩍 들어 품에 안고 집으로 돌아왔다. 티라노를 침대에 내려놓고 냉장고를 열어봤지만 우유 비슷한 것도 찾을 수 없었다. 안방으로 들어가 외할머니의 돈통에서 돈을 슬쩍 꺼냈다. "티라노, 너 여기서 꼼짝도 하지 말고 가만히 있어! 알았지? 내가 후딱 우유 사올게." 나는 몸을 가늘게 떨고 있는 티라노에게 이불을 살짝 덮어주고 집을 나왔다. 골목에서 조금 큰 길로 바쁘게 나오는데 멀리서 외할머니와 침쟁이 친구가 걸어오는 게 보였다. 두 사람은 닿을락 말락 하는 거리를 유지하며 언덕길을 올라왔다. 나는 얼른 몸을 숨겼다. 침쟁이 친구는 거리를 좁히려고 하고 외할머니는 거리를 넓히려고 애를 쓰면서 걷고 있었다. '오호라, 저거야.' 나는 침쟁이 친구의 약점을 발견한 기쁨에 '아싸' 하며 주먹을 쥐었다.

천사상회에서 우유와 빵을 사는데 '외할머니가 티라노를 갖다 버리면 어떻게 하지?'라는 생각이 순간적으로 뇌리를 스쳤다. 외할머니는 고양이를 싫어했다. 나도 고양이의 태도가 좋다는 것이지 함께 살 정도는 아니었다. 제발 외할머니가 티라노를 발견하지 않기를 빌면서 서둘러 집을 향해 뛰었다. 집에 돌아오니 외할머니는 그사이에 재봉틀 앞에 앉아 있었다. 나는 외할머니의 눈치를 살폈다. 외할머니는 돋보기를 살짝 내리고 무심한 표정으로 나를 봤다.

"참 숭악허더라." 막 방으로 들어가려는 찰나에 외할머니가 내 발목을 잡았다.

"예에?" 느닷없이 무슨 말인가 싶어 외할머니를 쳐다보았다.

"나더러 여관에 들어가자고 하더라." "여관? 그게 뭔데요?" 설핏 들어본 적도 있는 것 같은데 여관이 정확히 뭐 하는 곳인지는 잘 몰랐다. 어쨌든 여관이라는 곳을 외할머니가 마뜩잖아하는 것은 분명했다. "그래서 들어갔어요?" 호기심에 물었다.

"안 들어가려고 했는데…… 들어갔다. 세상에 옷도 벗기더라. 나 참, 살다 살다 별 숭악한 꼴을 다 당해봤네. 옆집 영감탱이, 아주 못쓰겠어. 말은 청산유수인데 속은 아주 엉큼해. 세상에 나를 사랑한댄다. 이 나이에 사랑이라니…… 더 젊었을 때 고백을 하지 그랬을까?"

헐, 침쟁이 친구가 정말 엉큼하긴 엉큼한가보다. 그래도 외할머니는 기분이 좋은지 밝고 명랑한 표정이었고, 이미자 노래라도 한 곡 뽑을 태세였다. 하지만 외할머니의 말에 계속 대거리를 하기에는 티라노가 너무 마음이 쓰였다. 내가 몸을 돌리자 외할머니는 재봉틀을 밟았다.

"티라노." 방문을 닫고 나직하게 새끼 고양이를 불렀다. 그런데 침대 위에 있어야 할 티라노가 보이지 않았다. 얼른 침대 아래를 살펴보니 티라노가 구석에 웅크리고 앉아 있는 게 보였다. "티라노, 나와."

"야옹." 티라노는 나를 경계하는지 더 깊은 곳으로 들어갔다. 나는 끙끙대며 침대를 움직여 먼지를 뒤집어쓰고 있는 티라노를 안아올렸다. 티라노는 내 손등을 할퀴며 낑낑거렸다. 빨대를 이용해 조심스럽게 우유를 먹이자 티라노는 허겁지겁 받아먹었다. 배가 많이 고픈 모양이었다. 우유를 다 먹은 티라노가 꾸벅꾸벅 졸았다. 나는 티라노를 침대에 눕히고 침쟁이 친구한테 갔다.

"여관이 뭐 하는 곳이야?" 침쟁이 친구의 눈치를 살피다가 불쑥 질문을 던졌다.

"나그네들이 하룻밤 묵어가는 곳이지."

"나그네도 아니면서 여관에는 왜 가자고 했어?"

"내가 언제?"

"외할머니가 그러던데?"

"저런 쯔쯔, 병원을 여관으로 착각했구나."

"병원에서 옷은 왜 벗어?" 내가 약간 비꼬는 투로 물었다.

"너 지금 나한테 따지려고 왔냐?" 침쟁이 친구가 버럭 화를 냈다. 나는 아차 싶었다. 표정을 보니 화까지는 아니지만 삐친 건 분명했다. 짧지만 강력한 침묵이 흘렀다. 결국 내가 먼저 잘못했다고 사과하자 친구의 표정이 누그러들었다.

"뇌파검사하고 엠알아인가 뭔가 하는 것을 찍으려고 옷을 갈아입혔지. 희자씨가 병원에서 얼마나 난리를 친 줄 아냐? 내가 아주 미치는 줄 알았다."

"그랬구나…… 고마워."

"고마운 것은 다음이고, 병원에선 치매 진행이 아주 빠르다고 하더라. 치료를 본격적으로 해야 한다는데, 상의할 어른들은 있냐?"

나는 맨 먼저 외삼촌을 떠올렸다. 외삼촌이 외할머니 머리에 손을 얹고 기도만 할까봐 걱정이었다. 복음과 기도로 모든 것을 해결할 수 있다고 믿기에 외삼촌은 외할머니를 교회에 가두거나 기도원으로 보낼 가능성이 컸다.

"없구나." 침쟁이 친구가 한탄하듯이 말했다.

"외삼촌도 있고 이모도 있어."

"뭐, 일단은 상의를 하는 게 순서지. 연락해서 오시라고 해라."

그렇게 하겠다는 대답을 뒤로 미루고 한숨을 길게 내쉬었다. 불안이 나를 휘감고 돌았다. 외삼촌을 불러와야 한다는 건 외할머니의 치매가 그만큼 위중하다는 뜻이었다. 나도 그 정도는 눈치 깔 수 있었다.

"만돌아, 내 말 단단히 들어라. 예전에 우리 할머니 치매 걸렸을 때 보니 벽에 똥칠까지 하더라. 치매가 심해지면 사람은 사람인데 사람이 아니야. 아직 그 정도는 아니니까, 최선을 다해 치료를 해봐야 하는 거야. 나는 솔직히 희자씨보다 만돌이 니가 더 걱정이다."

"에이, 그건 됐고, 아까 보니까 희자씨 손을 잡고 싶은데 못 잡는 거 같더라? 쫄았지?" 나는 기분이 쭈글쭈글해질까봐 얼른 화제를 돌렸다. 예상대로 침쟁이 친구가 "쫄긴 뭘 쫄아!" 하면서 펄쩍 뛰었다. 내가 슬슬 약을 올리자 침쟁이 친구는 계속 아니라고 우겼다. 침쟁이 친구를 실컷 골려먹었다. 나중에는 얼굴이 벌겋게 달아올라 화까지 냈다.

나는 밤늦게 침쟁이 친구의 집에서 나왔다. 은행나무의 앙상한 가지마다 노란 가로등 불빛이 내려앉아 마치 크리스마스트리처럼 보였다. 가까이 다가가자 고양이들이 재빠르게 담장을 타고 지붕으로 올라가 '야옹' 하며 귀엽게 항의했다. 나는 고양이들에게 손을 흔들어주고 은행나무 주위를 천천히 돌며 외할머니를 위해 기도했다. 기도는 열두바퀴를 돈 뒤에야 끝났다. 그사이에 밤이 어두운 날개를 활짝 펴고 세상을 덮었다. 나는 은행나무에 몸을 기대고 서서 먼 곳을 바라보았다. 밤하늘은 낮고 검었지만 그 아래 서울의 야경은 휘황찬란한 불빛으로 빛나고 있었다. 슬픔 같은 것이 내 마음을 열고 들어오려고 했다. 에잇! 나는 축구공을 차듯이 슬픔을 뻥 차버렸다.

"엄마, 잘 있어. 내 기도 꼭 들어줘. 알았지?" 나는 은행나무를 꼭 끌어안고 입을 맞춘 뒤에 집으로 향했다. 외할머니는 여전히 재봉질을 하고 있었다. 외할머니가 발판을 밟으면 드르륵 소리를 내면서 앞뒤 판이 이어지고 셔츠에 소매가 붙었다.

"희자씨, 나도 그거 배우고 싶어."

"불알 떨어져, 이눔아!" 외할머니는 내게 따뜻한 말을 절대로 하지 않았다. 나도 외할머니에게 살갑게 굴고 싶은 마음이 없었다. 우리는 서로를 위로하지 않았다. 빈말로 하는 위로가 아닌 침묵의 위로를 주고받을 뿐이었다. 언제나 눈빛으로 이루어지는 침묵의 위로가 나는 참 좋았다.

"피이." 나는 외할머니에게 입을 삐죽 내밀고 방으로 들어갔다. 티라노는 침대 위에서 곤히 자고 있었다. 많이 배고프고 지친 모양이었다. 티라노의 털을 쓰다듬자 녀석이 꿈틀하더니 잠에서 깼다. 노란 눈 안의 까만 눈동자가 세로로 좁아섰다. 나는 녀석을 품에 안고 침대에 누웠다. 외할머니가 재봉틀 밟는 소리가 끝없이 이어졌고 나는 잠을 이루지 못했다. 거실로 나가 늦었으니 그만하라고 했더니 낮에 못한 일을 벌충해야 한다며 계속 티셔츠를 뽑아냈다. 목이 말라 냉장고를 열었다. 냉장고 안은 초라했다. 물도 보이지 않아 속으로 짜증을 내는데 안쪽에 인절미가 담긴 접시가 눈에 띄었다. 접시를 꺼냈다.

"그걸 왜?" 외할머니가 물었다.

"먹으려고." 인절미를 하나 집었다. 인절미에서 냉장고 특유의 역한 냄새가 풍겼다.

"그걸 네가 왜 먹어?" 외할머니가 벌떡 일어나 내 손에서 인절미를 빼앗았다. 나는 깜짝 놀랐다. 외할머니는 인절미를 접시에 놓고 다시 재봉틀로 갔다.

"인절미 하나 갖고 참." 겨우 인절미 하나에 마음을 상하게 하다니, 서운했다. 외할머니는 인절미를 반짇고리에다 담았다.

외할머니가 주방에서 밥 짓는 소리가 달그락달그락 들려왔다. 아침마다 들려오는 친근한 소리였다. 살짝 눈을 뜨니 작은 창문으로 희미한 빛이 쏟아져들어와 눈이 부셨다. 창문 틈새로 들어온 웃풍이 제법 쌀쌀했다. 이불을 끄집어당기자 작고 낡은 침대가 삐걱거렸다. 일어나기 싫어 베개를 붙잡고 한참 씨름하는데 옆구리에 뭉클하고 부드러운 것이 느껴졌다. 티라노였다. 반가워서 티라노를 보는데 녀석은 뭐가 불편한지 낑낑거렸다. 나는 티라노를 안고 여기저기 살폈다. 특별히 불편한 게 없는 것 같아 품에 안은 채로 창문을 열고 골목을 내다보았다. 구불구불 이어진 골목길이 사람

그림자 하나 없이 텅 비어 있었다. 순간 티라노가 '야옹' 하는 소리를 내더니 창문 밖으로 훌쩍 뛰어내렸다. 순식간의 일이었다. 티라노는 텅 빈 골목길에서 나를 한번 돌아보더니 은행나무 쪽으로 가버렸다. 배신감이 밀려왔다.

  창문을 닫고 몸을 돌리는데 난장판이 된 책상이 보였다. 어제 분명히 청소를 했는데, 바보같이 책상만 빼먹은 모양이었다. 아무렇게나 쌓인 교과서, 찢어진 공책, 깎지 않은 몽당연필과 토막난 크레파스, 새우깡 빈 봉지, 뭉쳐진 양말 틈새로 낡은 휴대폰과 디지털카메라가 보였다. '만돌이 너, 책상이 이게 뭐야? 아이고, 내가 정말 속 터져서……' 하는 엄마의 잔소리가 그리웠다. 환청으로나마 듣고 싶은 그 소리. 엄마는 잔소리를 퍼부으면서 책상을 정리해주곤 했다. 나는 엄마를 생각하다가 외삼촌이 준 고물 휴대폰을 켜고 지난 삼년간 한번도 잊어본 적이 없는 전화번호를 꾹꾹 눌렀다. 신호가 가자 엄마가 생전에 사용하던 컬러링 '돈 워리 비 해피'가 들려왔다. 노래가 다 끝나갈 즈음에 고객님이 전화를 안 받는다며 음성 메시지를 남기라는 안내가 시작되었다. "엄마, 나야, 만돌이. 아빠도 잘 있지? 나도 잘 있어. 그럼 잘 지내. 끊는다." 전화를 끊으며 '나도 혹시 치매 아냐?' 하는 생각이 들었다. 나는 엄마의 전화를 해지하지 않고 그냥 두었다. 그리고 엄마가 그리울 때마다 전화를 걸었다. 엄마는 한번도 내 전화를 받지 않았다.

  심드렁하게 고물 휴대폰을 책상에 내려놓는데 디지털카메라가 눈에 확 들어왔다. 토요일 숙제니까 여유는 있었지만 숙제라고 하니까 거부감부터 들었다. 고아가 된 뒤로 나는 숙제를 해본 적이 없다. 학교에서 내주는 숙제는 엄마와 함께 하지 않으면 해결하기 힘든 것이 대부분이었다. 사진 찍기는 공부방 숙제지만 그래도 귀찮았다. 에이, 그냥 땡땡이치고 말까? 마음속에서 검은 여우처럼 생긴 악마가 속삭였다. 나는 천사보다 악마의 유혹에 약하다. 하긴 천사가 날 유혹한 적은 거의 없지만 말이다. 공부방에서 선생님과 공부하는 것보다는 빈집에서 형들과 노는 게 더 재미있었다. 방문 틈새로 주방에서 도마질을 하는 외할머니의 뒷모습이 슬쩍 보였다. 주제가 '가족'이라고 했지? 나는 카메라를 들고 그 모습을 찍었다. 집에서 대충 찍어서 가면 되지 뭐. 그렇게 생각하니 숙제가 아주 쉬워졌다. 카메라를 들고 나와 낡은 재봉틀과 반짇고리 속에서 말라가고 있는 인절미와 밥상을 차리는 외할머니의 얼굴을 찍었다. 외할머니가 쭈글쭈글한 주름살을 찍어서 뭐하느냐고 손바닥으로 얼굴을 가렸다. 그것도 카메라에 담았다.

"어여 아침 먹어. 학교 늦겠다." 외할머니가 재봉틀 옆에 밥상을 차려놓고 나를 불렀다. 카메라를 책상에 던져놓고 밥상머리에 앉아 외할머니의 얼굴을 살폈다. 눈동자도 맑았고 표정도 순했다. 나는 된장찌개를 살짝 맛보고 최고라며 외할머니를 향해 엄지를 치켜들었다. "희자씨 된장찌개가 세상에서 최고야. 오늘따라 얼굴도 짱으로 이쁜데?" 내 칭찬에 외할머니의 입이 귀에 걸렸다.

"맨날 똑같은 얼굴이 뭐가 이뻐, 이쁘긴." 외할머니가 수줍은 표정으로 말하며 내가 먹기 좋게 김치를 가늘게 찢어주었다. 역시 빈말이라도 아부는 즉시 효력을 발휘했다. 나는 칼로 썬 김치보다 손가락으로 가늘게 찢어주는 김치를 더 좋아했다.

"참말로 이쁘냐?" 외할머니가 정색을 하며 물었다. 헐, 늙은 지혜공주가 나타나셨구만. 여자들은 어리나 젊으나 늙으나 예쁘다고 해주면 그저 좋아서 어쩔 줄을 모른다. 여자들은 왜 그럴까? 나는 돈 들어가는 일도 아니고 해서 예쁘다고 대답해줬다. 외할머니가 눈웃음을 지으며 된장찌개 속에서 두부를 건져내 내 수저에 놓아주었다. '여기까지만 하면 얼마나 좋을까' 하고 생각하는데 어디선가 전화벨이 울렸다. 집 전화는 아니었다. 내 방에서 들리는 것 같았다. 수저를 놓고 방으로 들어가보니 고물 휴대폰이 시끄럽게 울리고 있었다.

"난데, 학교 끝나면 오늘 집으로 좀 오너라." 외삼촌의 목소리가 귀에 쟁쟁했다.

"........."

외삼촌의 교회 사택으로 가느니 차라리 공부방에 가는 게 나았다. 나는 대답하지 않고 침묵으로 버텼다. 교회 사택에 가면 외숙모가 있을 터였다. 외숙모의 얼굴이 떠오르자 밥맛이 싹 달아났다. 교회 신도들이나 자기 자식들에게는 착하고 예의 바른 사모였고 어머니였지만 내게는 까칠하고 앙칼진 아주머니였다. 나는 외숙모의 두 얼굴을 너무나 잘 알고 있었다.

꿈, 영혼의 명령

 여수경이 칠판에 '꿈'이라고 큼지막하게 썼다. '꿈'이라는 글자를 보니 아주 낯설었다. 내게 꿈이 있던가? 고아가 된 뒤로 나는 꿈을 잃어버렸다. 엄마나 아빠가 내게 꿈을 물어보면 뭐라고 대답했는지 기억이 나질 않았다. 내 꿈의 창고는 지붕도 무너지고 유리창도 깨진 채 방치되어 있다. 고치고 싶은 마음도 별로 없다.
 "나는 세상에서 가장 중요한 것이 있다면 그것은 꿈이라고 생각해. 우리 육체를 움직이게 하는 에너지는 피지만, 영혼을 움직이는 에너지는 꿈이야. 그러니까 꿈이 없는 사람은 영혼에 에너지가 없는 사람이라고 할 수 있어. 아무리 힘들고 어려운 상황에 처해 있어도 꿈이 있으면 얼마든지 헤쳐나갈 수 있어. 영혼의 명령으로 말이야. 선생님의 어릴 적 꿈은 예쁜 공주였어."

"에이, 그건 아니죠." 지혜가 야유했고 다른 애들은 책상을 치며 웃었다. 나는 뭐가 웃긴지 몰라 가만히 여수경만 쳐다보았다. 아주 잠깐 서로 눈길이 마주치자 여수경이 살짝 웃어주었다. 심장이 쿵쿵 뛰었다. 왜 이러지? 나는 얼른 고개를 숙였다.

"야, 나도 어릴 땐 예뻤어!" 여수경이 웃으며 말했다.

"에이, 아닌 것 같은데요?" 지혜가 반박했다. 지혜는 다른 사람이 예쁜 꼴을 못 보는 친구였다. 세상에서 본인이 최고로 예쁘다고 생각하기 때문에 다른 여자가 예쁘다는 것을 결코 인정하지 않았다. 질투도 무섭도록 심하고, 가방에 언제나 거울을 넣고 다니면서 틈만 나면 얼굴을 비춰보았다.

"아이고 참 나, 믿기 싫으면 관두고. 어쨌든 공주가 꿈이었는데 초등학교에 들어가서 보니까 그게 말도 안되는 꿈이더라고. 공주가 되려면 아빠가 왕이어야 되잖아. 근데 우리 아빠는 왕은커녕 머슴 같았거든. 그래서 포기했는데, 초등학교 6학년에 새로운 꿈을 꾸게 되었지. 수의사로 꿈이 바뀐 거야. 우리 집에서 강아지를 키웠는데 그 녀석이 아픈 걸 보고 수의사가 되어 동물들을 치료하고 사랑을 듬뿍 줘야겠다고 생각했던 거지. 그런데 수의사라는 게 말이야, 공부를 아주 잘해야 되는 거더라고. 고등학교 때부터 거의 일등만 하지 않으면 수의사가 되는 학과에는 갈 수가 없다는 걸 알았지. 나는 공부를 잘 못하는데다가 심지어 싫어했어. 공부를 싫어했으니 결국 재수까지 하게 되었지. 그런데 재수 시절에 새로운 꿈, 사진작가가 되는 꿈을 갖게 되었어. 우연히 전시회에 갔다가 아프가니스탄의 어떤 여자아이를 찍은 사진을 봤어. 나는 사진 앞에서,

그 아이의 슬픈 눈동자 앞에서 꼼짝도 할 수 없었어. 며칠 동안 그 사진이 뇌리에서 떠나질 않는 거야. 그후로도 오래 고민하다가 내가 진정으로 원하는 꿈이 무언지 비로소 깨달았지. 사진작가가 되는 꿈, 그것을 위해 사진학과로 진학했어. 생각해보면 꿈도 자꾸 변하더라. 나도 지금은 사진작가가 꿈이지만 내일이라도 어떻게 바뀔지 몰라. 너희들 중에도 지금의 꿈을 어른이 될 때까지 갖고 있는 사람도 있을 수 있고, 내일 당장 바꾸는 사람도 나올 수 있어. 하지만 나중에 바뀌더라도 언제나 꿈을 가슴에 품고 있어야 해. 인간은 꿈을 찾아 길을 떠나는 존재의 탐험가니까."

대학생이라고 말을 어렵게 하는 거야 뭐야? 나는 존재의 탐험가가 뭔지 질문하려다가 참았다. 침쟁이 친구도 가끔 말을 어렵게 하다가 나의 질문 공세에 땀을 뻘뻘 흘리곤 했다.

"자, 누가 먼저 자신의 꿈을 말해볼래? 어떤 꿈이든지 다 좋아."
여수경이 우리를 둘러보았다.

아이들은 머뭇거리며 쉽게 손을 들지 않았다. 내 꿈? 모르겠다. 어떻게든 되겠지. 외할머니 말에 따르면, 아빠의 꿈은 생선장수가 아니었다. 아빠는 전문대학을 나와 전기기술자가 되었지만 어느날 공사 중에 동료가 고압선에 타 죽는 것을 보고 전기가 무서워졌다고 했다. 그러다가 우연히 옷공장에 취직해서 재단을 배우게 되었다. 아빠가 재단을 배우기로 결심한 이유는 아주 엉뚱했다. 옷공장에 가보니 미싱사 아가씨들이 많아서 황홀했기 때문이란다. 아빠의 꿈은 돈 잘 버는 재단사였다. 재단사로 성공하면 옷공장 사장님도 될 수 있고 예쁜 아가씨들도 사귈 수 있기 때문이었다. 아빠는 열심히 재단 일을 배웠다. 젊고 잘생긴 청년이 일도 잘한다는 소문이 돌자 미싱사 아가씨들의 관심을 한몸에 받게 되었지만, 아빠는 미싱사 중에서 최고로 착하고 예쁘게 생긴 엄마를 마음에 두고 있었다. 아빠는 공장의 정식 재단사가 되고 얼마 후에 공장 주변의 빵집에서 엄마에게 사랑을 고백했다. 엄마는 아빠의 고백에 황홀했지만 옷공장의 재단사라는 직업이 마음에 걸렸다. 평생을 재봉틀과 함께 살아온 외할머니는 엄마가 재단사와 연애하는 것을 극구 반대했다. 재단사였던 외할아버지가 아가씨들과 바람을 많이 피웠기 때문이었다. 게다가 재단사는 평생토록 가난하게 산다는 것을 외할머니는 경험으로 알았다. 외할머니의 강력한 반대에 엄마는 아빠의 사랑을 튕겨냈다. 결국 아빠는 엄마와 결혼하기 위해 재단사의 꿈을 접게 되었다. 여자란 참 신기하다. 남자에게 꿈을 포기하게도 하고, 꿈을 꾸게도 만드니 말이다.

아무도 선뜻 손을 들지 않자 여수경이 순서대로 꿈을 말하게 했다. 아이들은 소방관, 교사, 개그맨이라고 차례대로 말했다. 지혜 다음이 내 차례였다. 내 차례가 다가올수록 머리는 텅 비어만 갔다. 옆에 앉은 지혜가 엉덩이를 살짝 들썩였다.

"제 꿈은요, 알을 낳는 거예요. 수박처럼 이따맣게 큰 알을요."
지혜가 두 팔을 벌리며 말했다. 아이들은 책상을 내리치며 웃고 야유를 퍼부었다. 나는 멍한 눈으로 지혜를 쳐다보았다. 과연 엉뚱공주였다.

"니가 무슨 새냐? 알을 낳게?" "야, 그렇게 큰 알을 어떻게 낳냐? 낳다가 똥꼬 찢어지겠다." 애들이 머리에 대고 손가락을 빙빙 돌리며 놀렸다. 여수경도 어이가 없는지 피식 웃었다. 지혜의 표정이 점점 어두워지더니 표독스럽게 변했다.

"웃지 마세요, 선생님!" 지혜가 날카롭게 외쳤다. 학교에서는 쪽도 못 쓰는 게 공부방에만 오면 깡패처럼 굴었다. 여수경이 얼른 헛기침을 했다. 애들은 여전히 책상을 두들기며 웃었다. 지혜는 양손을 허리에 착 걸친 채 가만히 공부방이 조용해지기를 기다렸다. 지혜가 여수경을 뚫어져라 쳐다보고 있자 아이들도 점차 입을 다물었다.

"내가 알을 낳으면 큰 새들이 와서 날개를 펼쳐 품어줄 거야. 시간이 흘러 그 알에서 신비롭고 멋진 아기가 태어날 거고. 그 아기는 고생을 많이 하지만 결국 왕이 될 거야. 모두 알았지? 그래서 내 꿈은 알을 낳는 거라고!" 말을 마친 지혜가 의자에 앉았다.

나도 모르게 박수를 쳤다. 누구도 박수를 치는 사람이 없자 깜짝 놀라 멈췄다. 지혜가 나를 쳐다봤다. 뭔가 뜨끔한 것이 가슴을 훑고 지나갔다.

"아무리 꿈이라지만, 사람이 어떻게 알을 낳을 수 있어?" 여수경이 물었다. 말이 떨어지기가 무섭게 지혜가 벌떡 일어섰다.

"고주몽은 하백의 딸 유하가 낳은 알에서, 박혁거세는 자줏빛 알에서 나왔고요, 여섯 가야의 왕들도 상자 속에 담긴 여섯개의 알에서 태어났어요. 그 알들이 어디서 왔겠어요. 누군가가 낳은 거 아닌가요?"

지혜가 거침없이 말을 쏟아놓자 여수경이 입맛을 쩝 다셨다. 나는 '우아, 짱인데' 하며 감탄했다. 반면에 어떤 애들은 욱욱거리며 토하는 시늉을 했다.

"신화와 현실을 혼동하면 안되는데." 여수경이 찜찜한 표정으로 말했다.

"뭐 어때요, 꿈인데. 그리고 선생님은 판타지도 몰라요? 꿈을 말하라고 해놓고 너무 현실적이야, 칫!" 지혜가 말을 쏟아놓고 자리에 앉았다. 여수경이 한방 크게 먹은 듯 멍한 표정을 지었다. 이번에는 내 차례였다. 여수경이 나를 빤히 쳐다보았다. 나는 당황해서 말을 못하고 머뭇거렸다. 여수경이 나를 보고 어서 말하라고 고개를 끄덕였다.

"다, 다음에 말하면 아, 안될까요?" 나도 모르게 말을 더듬고 말았다. 모양도 빠지고 쪽도 팔려 얼굴이 빨갛게 달아올랐다. 여수경이 피식 웃었다. 쥐구멍이라도 있으면 기어들어가고 싶었다. 여수경 앞에서 이게 무슨 창피란 말인가?

"내 꿈 중에는 뱀파이어나 투명인간도 있는데." 지혜가 또 엉뚱하게 나섰다. 너무 얄미워서 나도 모르게 주먹이 올라갔다가 여수경이 눈을 흘기는 바람에 조용히 내렸다. 애들이 우우 야유를 보냈지만 지혜는 꿋꿋하게 말을 이었다. "세상에는 뱀파이어가 아주 많은데, 혼자만 뱀파이어가 아닌 것 같아서 조금은 슬퍼요. 저는 지금도 어떤 뱀파이어가 와서 내 목을 물어주기를 기다리고 있어요. 그래서 뱀파이어 소녀가 되면 정말 끝내줄 것 같아요."

정말이지 지혜는 아무도 못 말리는 사차원 소녀다. 지혜는 우리 모두의 상상력을 초월한 엉뚱한 세계에서 노는 것 같았다. 나는 지혜한테 지고 싶지 않았다. 지혜가 사차원이라면 나는 오차원이고 싶은데, 내 상상력은 언제나 가난했다. 지혜의 사차원은 마구잡이로 하는 독서에서 나온다고 김수인 선생님이 말해준 적이 있다. 나는 책을 거의 보지 않으니 상상력이 가난할 수밖에 없다. 상상력까지 가난하다니. 똥을 밟은 듯 기분이 더러웠다.

"그리고 또 제 꿈은요." 지혜가 또 나섰다.

"나대지 마라. 너무 나댄다." 지혜 혼자만 자꾸 나대는 것에 은근히 부아가 치밀어 한마디 안할 수가 없었다. 내가 제동을 걸자 지혜가 나를 째려봤다.

"너, 김수인 선생님한테 이를 거야." 지혜가 톡 쏘았다. 아, 고자질쟁이. 나는 얼른 꼬리를 내렸다.

"저의 또다른 꿈은요, 거짓말쟁이예요. 거짓말을 아주 잘하는 사람요. 거짓말을 잘해야 교장선생님도 되구요, 장관이나 대통령도 된대요. 거짓말을 못하면 우리나라에서는 출세할 수가 없고 부자도 될 수 없대요. 그래서 거짓말을 아주 잘하고 싶어요."

지혜의 말에 여수경의 얼굴이 빨개졌다. 지혜가 저렇게 말하는 것도 아주 틀린 건 아니었다. 며칠 전, 교장선생님이 경찰에 잡혀갔다는 소식이 학교 전체에 퍼졌다. '정직한 어린이, 바른 생활 어린이'를 늘 강조하는 교장선생님이 사실은 교장이 되기 위해 엄청난 돈을 뇌물로 썼다는 것이었다. 그후로 나는 '정직' '바른 생활' '정의'가 입에서 술술 나오는 사람은 일단 의심해보기로 했다. 적어도 나는 '정직'을 소리 높여 주장한 적은 없다.

"그래도 지혜야, 그건 아니라고 생각해." 여수경이 곤란한 표정을 지으면서도 웃음을 머금으며 말했다.

"왜요? 제 말이 틀렸나요, 선생님?" 지혜의 아그똥한 되물음에 여수경은 우물쭈물하며 더이상 말을 잇지 못했다. 나는 지혜의 공세에서 여수경을 구해주고 싶어 손을 번쩍 들었다.

"사진은 언제 배워요?" 내 말에 여수경의 얼굴이 금방 밝아졌다.

"어, 그래, 꿈 얘기 끝나면 하려고 했지. 자, 그러면 사진 얘기를 해볼까? 여러분 모두 사진 찍어왔어요?"

나만 빼고 모두들 '네'라고 합창했다. 나는 집에서 대충 찍었고 그마저도 몇장 되지 않았다. 여수경은 모두에게 카메라를 받아 컴퓨터에 연결했다. 여수경에게 카메라를 넘겨주면서 괜히 먼저 말을 꺼냈나 싶어 후회가 밀려들었다. 방정맞은 입을 꼬집어주고 싶었다. 여수경은 다섯대의 카메라에 저장된 사진을 몽땅 컴퓨터로 옮겼다.

"자, 한 사람씩 나와서 자기가 찍은 사진을 보고 이야기해볼래? 사진을 왜 찍었는지, 사진 속에 어떤 이야기가 담겨 있는지. 누가 먼저 할래?" 먼저 하는 사람이 손해 보는 것을 그동안 많이 봐왔다. 특히 발표 같은 것은 뒤에 할수록 유리했다. 아무도 나서지 않자 여수경이 지혜를 지명했다. 지혜가 엉거주춤 일어서더니 모니터 앞으로 나갔다. 여수경이 지혜가 찍은 사진을 모니터에 띄우자 화면 가득 지혜의 얼굴이 나타났다. 나름대로 화장을 했는데 어딘지 모르게 어색했다. 지혜는 사진에 대해 설명하지 못하고 손톱만 잘근잘근 씹었다.

"이 사진은 왜 찍었어?" 지혜의 발표를 기다리다가 여수경이 물었다.

"예쁘잖아요!" 지혜가 퉁명스럽게 대답하자마자 아이들이 책상을 두드리며 웃었다. 화장을 너무 진하게 해서 지혜의 본래 얼굴이 사라지고 입술만 빨갛게 도드라져 보였다. 여수경은 더이상 말을 않고 다음 사진으로 넘어갔다. 얼짱 각도로 눈이 크게 보이도록 찍은 사진이었다.

"이 사진은?"

"예쁘잖아요." 여수경의 질문에 지혜는 태연하게 같은 대답을 반복했다. 이제는 애들이 웃지도 않았다. 여수경이 화면을 넘기자 이번에도 지혜의 얼굴이 나타났다. 여수경의 얼굴이 굳어졌다. "이 사진도 예뻐서 찍은 거야?" 여수경이 묻자 지혜가 '네'라고 뻔뻔하게 대답했다. 여수경은 지혜에게 잘했다고 짧게 칭찬하고 내 사진으로 넘어갔다. 나는 침을 꼴깍 삼켰다. 하기 싫은 생각에 대충 찍은 사진뿐이라 마음이 찔렸다. 여수경이 거실 반짇고리에 담긴 인절미 사진을 화면에 띄우고 내게 이야기를 시켰다.

"저 인절미는요, 할머니가 우리 엄마 오면 준다고 반짇고리에 모아놓은 거예요. 엄마는 인절미를 아주 좋아했대요. 그런데 우리 엄마는 교통사고로 돌아가셨어요. 얼마 전까지만 해도 할머니는 엄마가 돌아올 수 없다는 사실을 알고 있었는데, 요즘에는 곧 온다고 생각해요. 그래서 엄마가 퇴근하고 오면 주겠다며 인절미를 모아두었는데 저렇게 말라버렸어요."

아무 생각 없이 대충 찍은 사진인데 나도 모르게 이야기가 담겨있었다. 마음이 아프면서도 신기했다. 아이들은 조용해졌고 여수경의 눈에는 눈물이 고였다. 보잘것없는 사진 한장과 짧은 이야기에 여수경이 눈물을 글썽이는 것을 보고 나는 깜짝 놀랐다. 여수경이 휴지로 눈물을 찍어내고 다음 사진을 띄웠다. 외할머니의 낡은 재봉틀 사진이었다.

"할머니가 이 재봉틀로 일을 해서 우리 두 식구가 먹고살아요. 이 재봉틀은 우리 할머니처럼 늙어서 그런지 가끔 고장이 나는데요, 할머니는 재봉틀이 고장나면 다정하게 말을 하면서 기름칠을 해서 척척 고쳐요. 할머니는 저 재봉틀이 밥이고 옷이고 집이고 친구래요." 이야기를 하다보니 정말로 재봉틀이 소중하게 느껴졌다.

"사진을 아주 잘 찍었어요." 여수경이 말했다. 너무 못 찍었다고 혼이 날 줄 알았는데 믿어지지 않았다. 이어서 다른 아이들도 자기가 찍어온 사진을 보고 이야기를 했다. 여수경은 다른 아이들에게도 사진을 아주 잘 찍었다고 말해주었다. 그러면 그렇지, 칭찬 한마디에 좋아하다니 바보 같기는. 꾸중을 안 들은 것만도 다행이라고 나는 생각했다. 내가 세상에서 제일 많이 듣는 게 꾸중과 욕이다. 욕과 꾸중은 귀로 듣고 마음으로 먹는 것이었다. 여수경은 화면에 인절미 사진을 다시 띄웠다.

"사진 속의 인절미는 아주 흔하게 보는 인절미야. 그렇지? 심지어 바짝 말라서 먹을 수도 없는 인절미를 우롱이는 사진으로 찍었어. 처음엔 아무 생각 없이 그냥 찍었겠지. 그런데 사진으로 찍히는 순간, 보통의 인절미가 하나의 이야기를 갖게 되었고 특별한 인절미로 바뀌었어. 재봉틀 사진도 마찬가지고. 나는 여러분들이 이런 사진을 찍어오고, 그 사진 속에 담긴 이야기를 해주실 원해요. 별로 어렵지 않아요. 할 수 있죠?"

예상치 못한 칭찬을 들으니 기분이 날아갈 듯 좋았지만 한편으론 어색하기도 했다. 갑자기 앞으로 사진을 열심히 찍어야겠다는 다짐이 마구 샘솟았다. 여수경은 다음 주까지 찍어올 사진의 주제를 '동네 한바퀴'로 정하고 수업을 끝냈다. 공부방을 나오는데 지혜가 여수경이 너무 예쁜 척을 한다며 툴툴거렸다. 역시 엉뚱공주다웠다.

다 괜찮을 거야

내 마음속에 여수경이 들어왔다. 나는 손가락을 꼽아가며 여수경의 나이를 계산해보았다. 스물둘 아니면 스물셋? 뭐, 나쁘지 않았다. 적어도 열살은 넘지 않으니까. 세상에는 연상연하 커플이 얼마나 많은가. 여수경을 생각하면 괜히 얼굴이 빨갛게 달아오르고 가슴이 설렜다. 한번도 겪어보지 못한 묘한 느낌이었다. 이게 뭘까? 침쟁이 친구는 알고 있을까? 학교에서도 담임이 여수경이라면 얼마나 좋을까 생각했고, 골목을 걷다가도 여수경을 우연히 만날지 모른다는 생각에 가슴이 두근거렸다. 그토록 가기 싫던 공부방 근처를 괜히 어슬렁거리기도 하고 천사교회에도 가보았다. 나는 디지털카메라를 만지작거리며 여수성을 생각하다가 카메라에 이름을 붙여주기로 했다. 이름을 붙이면 특별해지고 친구가 된 느낌이 생길 테니까. 하지만 이름 짓기는 아주 어려웠다. 잔머리 대왕이 카메라 이름 하나 때문에 골머리를 썩이다니. 나는 침대에 엎드려 카메라의 이름과 여수경을 한참 생각하다가 설핏 잠이 들었다. 꿈속에서 여동생을 보았다. 나는 지금 모습 그대로인데 동생은 서너살 꼬마로 나타나 놀이터에서 함께 모래 장난을 하며 놀았다. 그러다 어느 순간 동생이 그네를 타고 홀연히 사라져버렸다. 나는 울며불며 동생을 찾아 헤매다가 잠에서 깼다. 깊은 새벽이었다. 침대에 엎드려 슬픔을 꾹 누르는데 번개처럼 이름 하나가 떠올랐다. 나는 카메라에 '이크'라는 이름을 붙이기로 했다. 이크는 여동생의 별명이었다. 태어났을 때 너무 예뻐 아빠가 '이크' 하며 놀랐다고 해서 붙인, 온 가족이 사랑했고 하루에도 수십번씩 부르던 정다운 별명이었다. 나는 이크에 줄을 달아 목에 걸고 다녔다. 이크는 나와 여동생, 나와 여수경을 이어주는 특별한 친구가 되었다.

  나는 이크로 여수경을 찍고 싶었다. 학교에서 돌아오면 잠시 외할머니를 살피고 곧장 공부방으로 달려갔다. 공부방에서는 공부는 않고 여수경만 쳐다보았다. 공식적으로 볼 수 있는 유일한 시간을 놓치면 너무 억울하니까. 공부방이 끝나고 집으로 돌아와서도 나는 여수경앓이를 했다. 외할머니에게는 미안했다. 침쟁이 친구는 날마다 우리 집으로 와서 외할머니의 머리에 침을 놓았다. 침쟁이 친구가 외할머니와 단둘이 있고 싶은지 자꾸 눈치를 주어서 나는 티라노랑 놀려고 은행나무로 갔다. 티라노와 다른 고양이가 햇살 아래서 서로 털을 핥아주고 있었다. 그 모습이 예쁘고 부러워서 한참을 바라보았다. 내가 은행나무에 등을 기대자 큰 고양이가 살짝 경계했다. 티라노는 나를 슬쩍 보고는 다른 고양이의 혀에 몸을 내주고 모른 척했다. 티라노가 살짝 얄미웠다.

"너 여기서 뭐 해?" 느닷없는 지혜의 등장에 나는 깜짝 놀랐다.

"뭐, 뭐, 그, 그냥." 사차원 소녀를 만나 긴장한 나머지 말을 더듬었다. 지혜가 잠시 머뭇거리더니 내 쪽으로 왔다. 나는 은행나무 뒤로 피했다. 하지만 지혜는 기어이 내 앞에 모습을 드러냈다.

"우아! 예쁜 고양이네." 티라노를 보더니 지혜가 카메라로 찍었다. 아, 나는 왜 티라노를 찍을 생각을 하지 못했던가. 이크를 목에 걸고만 다녔다니. 속이 상해 지혜가 티라노를 찍든 말든 집으로 돌아가려고 몸을 돌리는데, 지혜가 나를 불렀다. "왜 벌써 가?" 나를 보는 지혜의 눈이 마치 어둠 속에서 동그랗게 커진 고양이의 눈동자처럼 보였다.

"아니 뭐, 그냥."

"이 바보, 너는 그냥밖에 몰라!" 바보라는 치욕적인 말을 듣자 나도 모르게 주먹이 슬쩍 움직였다. 지혜가 움찔하며 물러났다. 나는 슬그머니 주먹을 풀었다. 혹시 지혜가 나의 인내를 시험하고 있는 건지도 모른다는 생각이 들었다. 내가 홧김에 한대라도 때리면 그길로 울며불며 김수인 선생님한테 달려갈 애가 바로 지혜였다. 반성문을 안 쓰는 대신에 다신 때리지 않겠다고 약속했으니, 아무리 주먹이 울어도 참아야 했다. 다시 집으로 가려고 돌아서는데 지혜가 앞을 가로막았다.

"야, 나랑 사귈래?" 헐, 그만 말문이 꽉 막혔다. 단 한번도 생각해 본 적이 없는, 지금껏 누구에게도 들어본 적이 없는, 마른하늘에 날벼락 같은 말이었다. 더구나 지혜에게 그런 말을 듣다니.

"뭐, 뭐라고?" 나는 내 귀를 의심하며 되물었다.

"사실은 나 너 좋아해. 나랑 사귀자." 지혜가 또박또박 말했다. 싫다고 해야 하는데 차마 말이 입 밖으로 나오질 않았다. 나는 말없이 집으로 향했다.

"그럼 오늘부터 사귀는 거야!" 막 대문을 여는데 지혜가 내 동의도 구하지 않고 마음대로 선언해버렸다. 얼른 대문을 밀었지만 쳇 소리만 날 뿐 제대로 닫히지 않았다. 그사이에 지혜는 팔랑거리며 골목에서 멀어져갔다.

"웃겨서 참…… 눈이 제대로 달리긴 했나보네." 혼자 중얼거리고는 집으로 들어가 외할머니의 눈치를 살폈다. 외할머니는 나의 등장에 아무런 관심도 보이지 않고 재봉틀만 밟았다. 침쟁이 친구는 그사이에 돌아간 모양이었다. 나는 곧장 침쟁이 친구네로 가보았다. 침쟁이 친구는 어두침침한 방에서 한문투성이인 책을 읽고 있었다. 슬쩍 들여다봤지만 무슨 말인지 도무지 알 수 없고 그냥 어려운 그림책으로만 보였다.

"궁금한 게 있어." 내가 말을 꺼내자 침쟁이 친구가 책을 내려놓고 나와 눈을 맞췄다. 나는 지혜 얘기만 빼놓고 지난 며칠 사이에 내 마음속에서 벌어진 일을 얘기했다.

"너 몇살이냐?" 얘기를 다 들은 뒤에 침쟁이 친구가 뜬금없이 물었다. 내가 이미 어른이 되었다는 걸 친구가 알 턱이 없었다. 그래도 나를 어리게 보는가 싶어 약이 올랐다.

"빠른 열둘." 나는 생일이 빠르다는 것을 강조했다. 침쟁이 친구가 픽 웃었다.

"열둘이면 사랑을 알기에 너무 빠른 것만은 아니지. 그렇지 않아도 요즘은 사춘기를 빨리 겪는다고 하더만. 아무튼 축하한다. 만돌이 너, 첫사랑이 시작된 거야." 사랑? 말로만 듣던 사랑이라는 것을 시작하다니, 그게 뭐지? 어떻게 하는 거지? 나는 사랑에 대해 배운 적도 없고 어떻게 해야 하는지도 몰랐다. "비로소 비극이 시작된 것이지."

엥, 이건 또 무슨 새끼 고양이 방귀 뀌는 소리인가?

"너는 여수경을 사랑하지만, 여수경은 니가 아닌 다른 사람을 사랑할 수도 있어. 또 어떤 여자애가 너한테 사랑을 고백해도, 너는 그 고백을 받아줄 수가 없는 거야. 여수경을 사랑하니까. 짝사랑이 됐든 아니든 아무 상관 없이 그렇게 서로 어긋나는 거지. 표현이 정확할지 모르겠는데, 사랑의 어긋남? 이게 바로 비극이야. 그렇다고 뭐 엄청난 비극이라는 뜻은 아니고. 물론 어떤 경우에는 재앙을 불러오기도 하지만 말이야."

재앙이라니, 지진을 말하는 것인가? 침쟁이 친구의 단점은 가끔 말을 어렵게 하는 데 있었다. 하지만 자존심 때문에 되물을 수는 없었다. 나는 잠시 머리를 굴려 침쟁이 친구의 말을 정리해보았다. 방금 전 지혜의 고백을 생각해보니 조금 알 것도 같았다. 지혜는 나를 좋아한다고 했지만 나는 여수경을 좋아한다. 그것이 비극이라면 지혜에게 조금 미안했다.

"희자씨하고 어떻게 돼가고 있어?" 나도 친구와 외할머니 사이가 궁금했다.

"떼끼! 어른들 일을 묻다니!"

"에이, 왜 그러셔? 희자씨는 내 외할머니고, 우리는 친구 사이잖아? 그렇다면 물을 수 있는 자격이 있는 거 아냐?" 내가 따지고 들자 침쟁이 친구는 입맛을 쩝 다셨다. 친구의 얼굴에 곤혹스러운 표정이 스쳐지나갔다. 잘 안되고 있나? 치매 걸린 외할머니를 사랑하는 것은 결코 쉽지 않겠다는 생각이 들었다. 정상적인 사람이라면 또 모르지만, 정신이 오락가락하는 사람을 어찌 사랑하겠는가. 나는 대답을 기다리면서 침쟁이 친구가 외할머니를 사랑하지 않는다고 하더라도 미워하지 않기로 했다. 친구의 뜻을 존중해야 하니까.

"잘 모르겠다. 나는 내 마음을 희자씨한테 다 얘기했는데, 희자씨는 도무지 대답이 없네. 환자한테 자꾸 물어볼 수도 없고…… 일흔이 넘는 나이에 누군가를 생각하며 설렌다는 것도 참 쑥스러운 일이고." 침쟁이 친구가 외할머니를 정말 사랑하는 게 말 속에서 느껴졌다. 친구의 마음 전부를 알 수는 없지만, 어떤 간절함 같은 게 전해져 마음이 짠했다.

"그런데, 난 할머니 없이 못 살아." 그건 진심이었다. 정말이지 외할머니 없이 살아갈 자신이 내겐 없다. 유일한 혈육이니까. 유일한 혈육을 잃고 어찌 숨을 쉬며 살아간단 말인가. 외할머니에게 찾아온 치매를 물리칠 수만 있다면 뭐든지 할 수 있을 것만 같았다. 푸른 눈의 백룡 같은 궁극의 카드로 치매를 파괴해버릴 수는 없을까? 나를 빤히 쳐다보는 침쟁이 친구의 눈동자가 흔들렸다. 내가 왜 그런 말을 했을까?

"미안해. 근데 치매에 걸렸더라도 살아 있게만 해줘, 응? 나는 아무엇도 모르고 또 너무 무서워." 내 말을 듣고 침쟁이 친구가 내 머리를 꼭 안았다.

"괜찮아, 괜찮아. 다 괜찮을 거야."

나는 지금 위로가 필요한 게 아니었다. 외할머니의 치매가 나아 예전처럼 아옹다옹 다투고 잔소리를 들으며 살고 싶었다. 나는 간신히 침쟁이 친구의 품에서 빠져나왔다.

"괜찮긴 뭐가 괜찮아? 숨 막혀 죽는 줄 알았네."

"너무 걱정하지 마. 나를 믿어."

"돌팔이를 어떻게 믿어?" 나도 모르게 볼멘소리가 튀어나왔다.

"아, 정말 미치겠네. 돌팔이 아니야, 인마!"

"믿어도 돼?"

"안 믿으면 어떻게 할 건데?"

안 믿으면? 솔직히 지금은 침쟁이 친구를 믿는 수밖에 달리 뾰족한 수가 없었다. 그래서 더 무섭고 두려웠다. 나는 침통과 쑥이며 부항기를 바라보았다. 저걸로 외할머니의 치매를 낫게 할 수 있을까. 제발 그러면 좋으련만.

"어이, 있는가?" 누군가가 밖에서 침쟁이 친구를 불렀다. 침쟁이 친구가 미처 대답하기도 전에 박노인이 헛기침을 하며 엉거주춤한 자세로 들어왔다. 박노인의 몸에서 퀴퀴한 냄새가 났다. 나는 말없이 인사만 하고 뒤로 조금 물러앉았다.

"아이고 허리야. 무릎도 쑤시고." 박노인은 나를 슬쩍 보더니 침쟁이 친구 앞에 조심스레 앉았다. 아무리 나이가 들었다고 하시만 약간 막무가내라 기분이 언짢았다. 그래도 침쟁이 친구는 환한 얼굴로 박노인의 무릎이며 허리를 만지고 손목의 맥도 짚었다.

"요새도 종로3가에 나가는가?" 침쟁이 친구가 물었다.

"아, 이 사람아, 혼자 집구석에서 뒷방 늙은이처럼 구겨져 있으면 뭐해? 거기라도 나가야 숨통이 좀 트이지." 박노인이 큰 목소리로 대답했다.

침쟁이 친구는 박노인을 엎드리게 하고 허리에 침을 놓기 시작했다. 손가락 한뼘 길이의 대침이었다. 대침을 톡 하고 놓은 뒤에 끝을 살살 돌려서 살 속 깊이 파고들게 했다. 무척 아플 것 같은데 박노인은 눈썹 하나 까닥하지 않았다.

"그건 뭐냐?" 박노인이 목에 건 이크를 가리키며 물었다. 나는 카메라인데 이름이 이크라고 대답하고선 박노인의 허리에서 꿈틀거리는 대침을 크게 확대해서 찍었다. 사진을 찍은 뒤 박노인에게 보여줬더니 신기하다며 놀라워했다. 침을 다 맞은 뒤 박노인이 침값이라며 삼천원을 내놓았다. 침쟁이 친구는 그것마저도 국수나 사먹으라며 받지 않았다. 박노인이 떠나자 친구가 침통을 챙겼다. 내가 어디 가느냐고 묻자 아랫말에 간다고 대답했다. 외할머니가 걱정되긴 했지만 나도 침쟁이 친구를 따라나섰다.

"아이고 참, 세상이 어떻게 될는지⋯⋯" 아랫말을 향해 가며 침쟁이 친구가 중얼거렸다. 아랫말 근처에는 화재 전보다 더 많은 현수막이 바람에 펄럭이고 있었다. 나는 이크로 현수막을 찍었다. 그 중에서도 '여기 사람이 살고 있어요. 내쫓지 마세요'라고 적힌 현수막이 마음에 들어 여러번 셔터를 눌렀다.

"우아, 대단하다. 저건 뭐예요?" 나는 아랫말 화재현장에 새로 지어진 목조건물을 보며 침쟁이 친구에게 물었다.

"망루잖아." 침쟁이 친구가 간단하게 대답했다.

"망루가 뭔데요?"

"망보는 곳이기도 하고, 아랫말을 지키는 건물이기도 하고."

망루는 천사교회의 십자가 첨탑처럼 높았다. 온갖 깃발과 현수막으로 옷을 입은 나무탑 같아 보였다. 망루 꼭대기의 본부 같은 곳에서 머리에 붉은 띠를 두른 남자들이 확성기에 대고 무어라 외치고 있었다. 망루 아래에는 다섯채나 되는 비닐 천막이 있었는데, 아랫말 사람들이 그곳에서 살고 있는 것 같았다. 나는 아랫말의 모든 게 신기해서 이크에다 부지런히 담았다. 한참 사진을 찍고 있는데 밥을 하고 있는 김수인 선생님과 최목사님이 뷰파인더에 잡혔다.

"안녕하세요." 나는 두분에게 인사했다.

"만돌이 왔구나. 할머니는 좀 어떠시냐?" 김수인 선생님이 식판을 씻어 탁자에 올리며 물었다.

"잘 계세요." 나는 뷰파인더에서 눈을 떼지 않고 대답했다.

"여수경 선생님이 조금 전까지 근처에 계셨는데, 어디 가셨나?" 여수경이라는 말에 나도 모르게 뷰파인더에서 눈을 뗐다. 이름만 들어도 가슴이 두근거리고 뺨이 달아올랐다. 나는 여수경을 찾아 망루 주변을 천천히 돌아다녔다. 망루 주변은 작은 장터가 새로 생긴 듯 왁자지껄했고 모두들 나름대로 바빠 보였다. 그런데 여수경은 어디에도 보이지 않았다. 여수경의 모습이 보이지 않으니 왠지 모르게 초조해졌다.

"야!"

누군가가 뒤에서 날카롭지만 은근한 목소리로 나를 불렀다. 느낌에 딱 지혜였다. 못 들은 척 그냥 가는데 지혜가 기어이 내 팔을 잡았다. '우쒸' 나는 속으로 투덜거렸다.

"내가 부르는 소리 못 들었어?" 지혜가 다정스레 물었다.

"응." 나는 되도록 간단하게 대답하며 지혜의 손을 얼른 풀어냈다.

"우리 게임하러 갈래?"

"싫어."

"포치동에 보드게임방 새로 생겼다더라. 가보자, 응?"

"싫다니까." 눈으로는 계속 여수경을 찾으면서 곁에 서 있는 지혜에겐 화를 냈다. 지혜가 내 팔을 꼬집었다. 그때 여수경이 망루 위에서 사진을 찍고 있는 게 보였다. 나는 지혜의 손을 탁 치고 망루에 세워진 사다리를 탔다. 사다리가 마구 흔들려 겁이 났지만 용기를 내어 망루로 올라갔다.

"야, 꼬마야, 니가 여기 왜 올라와? 위험해. 어서 내려가." "니가 올 데가 못돼. 어서 가서 공부나 해." 머리에 붉은 띠를 두른 아저씨 두 사람이 번갈아가며 나무라자 나는 풀이 살짝 죽었다. 망루는 생각보다 높아 아찔하고 어지러웠다.

"선생님 만나러 왔는데요?" 여수경이 나를 도와주기를 기대하며 변명처럼 말했다. 하지만 여수경은 내가 망루에 올라온 줄도 모르고 사진 찍기에 여념이 없었다.

"여기 선생님이 어딨어? 어서 내려가!"

"저기 있잖아요." 나는 여수경을 가리켰다. 털보 아저씨가 나와 여수경을 번갈아 보더니 귀찮다는 표정을 지었다.

"어이, 여보슈, 사진작가 아가씨." 털보 아저씨가 여수경을 불렀다. 그제야 여수경이 카메라를 놓고 돌아섰다.

"어머, 만돌아, 여긴 왜 왔어?" 여수경은 나를 보자 깜짝 놀라더니 가까이 다가왔다.

"사진 찍으러 왔어요." 내 입에서 천연덕스럽게도 거짓말이 튀어나왔다. 속마음은 '여수경 너를 보러 왔어. 너를 보면 기분이 좋아'였다.

"요새는 정말 전국민 사진작가 시대야. 이젠 쪼끄만 애새끼들까지도 카메라를 들고 설치네. 이노무 자석, 웃기는 소리 말고 불알을 따버리기 전에 어서 내려가." 털보 아저씨가 나를 보고 야유했다.

"죄송해요. 천사공부방에서 제가 가르치는 아이인데요, 사진을 찍으러 올라온 게 맞아요. 몇장 더 찍고 데리고 내려갈게요." 여수경이 대장 격으로 보이는 털보 아저씨에게 사과했다.

"예쁜 선생님이 그리 말씀하시니 우리가 양보해야지요, 허허!" 털보 아저씨가 여수경을 보더니 환하게 웃었다.

"고맙습니다, 위원장님." 여수경은 털보 아저씨를 향해 애교가 철철 넘치게 인사했다. 나는 아주 못마땅했다. 그냥 고맙다고 하면 될 것이지 애교까지 보여줄 것은 뭐람? 나도 모르게 입술이 튀어나왔다.

나는 여수경과 나란히 섰다. 가슴이 터질 듯 기분이 좋았다. 망루에서 보니 마을버스 종점으로 이어지는 도로와 홍콩반점, 포치동의 주상복합아파트 단지며 온갖 빌딩들, 불에 타버린 아랫말과 진입도로에 몰려와 있는 불도저와 포클레인이 한눈에 보였다. 중장비 옆에는 철거용역들이 머리에 안전모를 쓰고 모여 있었다. 밑에서는 보이지 않던 것들이 망루에 올라오니 눈에 띄었다. 나는 아이크의 망막에다 폐허가 된 아랫말을 찰칵찰칵 담았다. 여수경 곁에서 사진을 찍으니 하늘을 날아가는 기분이었다.

오, 주여

　학교에서 수업을 듣는 동안 공부가 하나도 머리에 들어오지 않았다. 나는 교실 유리창에다 여수경의 얼굴을 그렸다가 지우기를 반복했다. 침쟁이 친구는 마침내 첫사랑을 하게 되었다며 축하했지만 여수경은 나를 공부방의 학생으로만 대했다. 그럴 때는 정말 미웠다.
　'삐뚤어지고 말 테다.'
　여수경 앞에서는 가끔 삐뚤어지고 싶은 마음도 생겨났다. 내가 삐뚤어지면 여수경이 관심을 가질지도 모른다는 생각이 자꾸만 나를 유혹했다. 나는 검은 여우의 유혹을 간신히 견디며 공부방에 나가는 중이었다. 여수경은 그런 나의 마음을 전혀 놀라주었다. 그래서 지난 토요일에는 일부러 이크를 집에 두고 가기도 했다. 여수경이 당장 집에 가서 가져오라고 말했지만 나는 버텼다.

　쉬는 시간에 아이들은 스마트폰을 갖고 게임을 하거나 카톡에 열중했다. 저마다 스마트폰을 손에 쥐고 손가락을 놀리느라 정신이 없었다. 공부시간에도 선생님 몰래 스마트폰을 갖고 노는 애들이 점점 많아졌다. 나도 스마트폰으로 카톡도 하고 앵그리버드 게임도 하고 싶었다. 나는 바우의 빈 책상 서랍에 몰래 푸른 눈의 백룡 카드를 넣어주었다. 다행히 애들은 바우의 빈자리에 앉기를 꺼려해서 당분간은 그곳에 푸른 눈의 백룡이 있는 것을 모를 터였다. 푸른 눈의 백룡은 바우를 빈자리로 돌아오게 할 수도, 외할머니의 치매를 고칠 수도 없었다. 푸른 눈의 백룡은 내게는 결국 궁극의 카드도 무엇도 아닌 그저 종이에 불과했다. 그런 하찮은 것을 바우에게 선뜻 내주지 못했다니. 짱구가 잠시 스마트폰을 두고 자리를 비운 사이에 나는 복수를 결행했다. 짱구는 여전히 수만이네 패거리와 어울려 다니면서 약한 애들을 골라 따를 시키고 괴롭혔다. 나는 짱구의 스마트폰을 아무도 몰래 화장실 똥통에 버렸다. 속이 시원했다. 스마트폰이 사라지자 짱구는 입에 게거품을 물고 찾아다니다가 누군가가 똥통에서 건져온 스마트폰을 보고는 미친개처럼 울었다.

　그저 그런 시간이 지루하게 흘렀다. 지혜가 수업 끝나면 함께 집에 가자고 쉬는 시간에 살짝 말했다. 나는 종례가 끝나자마자 지혜를 피해 부리나케 학교를 빠져나왔다.

　외삼촌이 찾아왔다. 외삼촌은 문지방을 넘자마자 외할머니에게 인사도 않고 기도부터 했다. 외할머니가 기도를 올리는 외삼촌을 보고 콧방귀를 뀌었다. 기도가 끝나자 외삼촌은 집에 오라고 했는데 오지도 않고 전화도 받지 않았다고 내게 화를 냈다. 나는 변명도 않고 외삼촌의 잔소리를 듣기만 했다. 솔직히 스마트폰 시대에 그런 고물 휴대폰을 누가 들고 다닌단 말인가. 외할머니는 외삼촌을 거들떠보지도 않고 재봉틀만 밟았다.

"어머니, 저 왔어요." 외삼촌이 말했다. 외할머니는 귀에 보청기를 끼고서도 대꾸하지 않았다. "어머니, 저 왔다구요." 외삼촌이 크게 말했다. 외할머니가 돋보기를 내리고 외삼촌의 얼굴을 찬찬히 뜯어보았다. 외할머니의 눈동자가 살짝 흔들리는 게 눈에 띄었다.

"누구보고 어머니래? 우룡이 큰아부지 아녀?" 외할머니가 돋보기를 도로 쓰며 태연하게 말했다. 외삼촌이 치매에 걸린 외할머니를 직접 보는 것도 나쁘지 않다고 나는 생각했다. 외삼촌은 당황해서 허둥거리더니 언제부터 저랬느냐고 물었고, 나는 증세가 시작된 지 두어달쯤 되었다고 대답했다. 외삼촌이 왜 알리지 않았느냐고 화를 버럭 냈다. "어머니, 저는 우룡이 큰아버지가 아니구요, 어머니 아들, 복음교회 목사 박예찬이에요. 알아보시겠어요?"

외할머니는 외삼촌을 한참 동안 바라보더니 고개를 가로저었다. "귀 안 먹었으니 목소리 좀 낮추소. 그리고 내 아들 중에 박예찬은 없다우. 박형주는 있었는데 박예찬은 낳은 적도 없으니 그런 말은 하덜 마소. 사돈 양반, 일하는데 방해 말고 좀 비키소."

외삼촌은 성경에 손을 얹고 중얼중얼 기도를 시작했다. 오래지 않아 외삼촌의 목소리가 높아지더니 방언으로 기도를 이어갔다. 외삼촌은 격정적으로 기도할 때면 꼭 방언이 터졌다. 나는 외삼촌이 부들부들 떨며 기도하는 모습을 이크에 담았다. 외할머니는 외삼촌이 기도를 하는 동안에도 재봉틀을 밟았다. 외삼촌의 기도 소리와 재봉틀 돌아가는 소리가 뒤섞여 아주 시끄러웠다. 나는 손가락으로 귀를 막았다. 마침내 외삼촌이 '아멘'을 읊조리며 기도를 끝냈다. 동시에 외할머니도 일을 멈췄다.

"여긴 뭔 일로 온 거여? 세상에, 된장에서 콩이 나겠네." 외할머니가 외삼촌을 보고 가시 돋친 말로 면박을 주었다. 외삼촌은 "주여" 하며 면박을 슬쩍 피했다. 예전부터 그 솜씨 하나는 끝내주는 외삼촌이었다.

"저 알아보시겠어요?" 외삼촌이 물었다. 그사이에 외할머니의 기억이 돌아온 것이었다.

"하이고 참, 살다 살다 별꼴을 다 보겠네. 에미를 아주 그냥 노망든 할망구 취급을 하는구먼." 외할머니가 푸념을 토해내며 검은 실타래로 실을 바꾸었다. 외삼촌은 외할머니가 그러거나 말거나 집안을 여기저기 살폈다. 나는 외삼촌과 함께 있는 게 불편해 방으로 들어갔다. 책가방을 책상에 던져놓고 침대에 엎드렸다. 잠시 후 거실에서 큰 소리가 들려왔다. 귀가 쫑긋 섰다.

"우룡이를 데리고 갈 테니 그렇게 아세요."

"여기가 우룡이 집이다. 어딜 데려간다는 거여? 절대로 안된다." 나는 속으로 '희자씨 파이팅'을 외쳤다.

"그렇게는 못해요. 내가 데리고 갑니다." 그 말과 동시에 방문이 벌컥 열렸다. 나는 깜짝 놀라 침대에서 벌떡 일어났다. "짐 챙겨. 당장 이 집구석에서 나가자!" 잔뜩 흥분한 외삼촌이 책가방을 침대 위로 던지며 말했다.

"예에?" 나는 일부러 못 알아들은 척 말꼬리를 높였다.

"넌 한국말도 못 알아들어? 오, 주여."

"누구 맘대로 애를 데리고 가겠다는 거야?" 외할머니가 방문 앞에 서서 버럭 소리를 질렀다.

"어머니도 차암. 이런 곳에서 애를 교육시키니까 좋아요? 눈이 있으면 집 꼬라지를 좀 봐요, 꼬라지를. 오, 주여."

"그게 몇달 만에 와서 에미한테 할 소리냐? 아나 주, 아나 주! 쐬주 한 병보다 못한 그놈의 주!"

외삼촌은 외할머니의 야유를 못 들은 척했다.

"넌 뭐 해! 빨리 짐 안 챙기고." 나는 이러지도 저러지도 못하고 엉거주춤 서 있다가 외할머니 뒤로 몸을 숨겼다. 느닷없이 나타나 저러는 게 도무지 이해할 수 없었다. 나는 외할머니의 옆구리를 쿡쿡 찔렀다.

"누구 맘대로 그러는 게여? 엄연히 에미가 있는 애한테!" 외할머니가 외삼촌의 앞을 가로막았다.

"뭐라구요? 에미가 있어요? 옥주는 죽었어요, 어머니! 무슨 말씀을 하시는 거예요. 아무리 치매라고 해도 이건 좀 심하네." 외삼촌의 눈에 어떤 광기 같은 게 서렸다. 더럭 겁이 났다. 외할머니의 눈에도 분노가 어렸다. 외할머니의 몸이 사시나무처럼 떨리는 게 내게로 고스란히 전해져왔다.

"넌 뭐 하는 거야? 빨리 짐 안 챙겨!" 외삼촌이 집 안이 떠나가라 고함을 질렀다. 나는 더이상 외할머니 뒤에 숨어 있을 수만은 없다는 걸 깨달았다. 외할머니는 꺼졌다 켜졌다를 반복하는 고장난 형광등이나 마찬가지인 상태였다.

"삼촌, 전 안 가요. 아니, 못 가요. 할머니는 치매라구요. 내가 가면 누가 할머니를 돌봐주겠어요? 그냥 환자도 아닌 치매 환자를 두고 저는 못 가요." 입은 또박또박 말하는데 손은 덜덜 떨렸다. 외삼촌이 들고 있던 성경책을 재봉틀 위에 내려놓고 내게 다가왔다. 나는 뒤로 주춤주춤 물러났다. 나는 외삼촌의 주먹을 단 한대도 맞고 싶지 않았다. 내 얼굴을 스치고 지나가는 것도 싫었다. 나는 이미 외삼촌의 집에 살던 그 아이가 아니었다. 나는 여차하면 집을 나갈 생각으로 신발을 슬쩍 보았다. 신발을 신는 게 아니라 그냥 들고 튀는 장면을 머리에 그렸다.

"이리 안 와!" 외삼촌이 또 고함을 질렀다. 나는 울고 싶었지만 울면 지는 거라고 생각하며 꾹 참았다. 그때 밖에서 헛기침 소리가 들리더니 침쟁이 친구가 집 안으로 들어섰다. 침쟁이 친구가 나타나자 외할머니의 눈에 반짝 빛이 들어오더니 얼굴이 환하게 펴졌다.

"누구시길래 이렇게 시끄러우신가?" 친구가 내 눈치를 살피며 외삼촌에게 물었다. 침쟁이 친구의 등장에 당황한 외삼촌은 표정부터 부드럽게 바꾸었다.

"저는 아들입니다만, 누구시죠?" 외삼촌은 카멜레온처럼 순식간에 얼굴색을 바꾸고 겸손한 말투로 되물었다.

"아, 예." 침쟁이 친구가 고개를 끄덕이며 외할머니와 나를 번갈아 살폈다.

"그런데 무슨 일로?" 외삼촌은 불청객이 못내 거슬리는 모양이었다. 침쟁이 친구가 치료를 위해 침을 놓으러 왔다고 하자 외삼촌이 의심의 눈길을 보냈다.

"침으로 치매를 치료합니까? 치매가 무슨 발목을 삔 거나 허리를 삐끗한 것도 아닌데?"

"관점에 따라서 다르지요. 사람의 몸은 유기적으로 연결되어 있으니까, 뇌와 관련된 혈에 침을 놓아서 치매를 치료하기도 합니다." 침쟁이 친구의 말을 들으며 '아, 그런 거구나. 역시 내 친구 짱!'이라고 생각했다. 외삼촌은 고개를 저었다.

"희자씨, 방에 가서 누워요, 침 맞게." 친구가 외할머니에게 침통을 들어 보이자 외할머니가 겁을 먹은 표정으로 도리질을 쳤다.

"침 싫어, 무서워." 외할머니가 혀 짧은 소리를 내며 내 뒤로 숨었다.

"여태 잘 맞았으면서 왜 그래? 무섭지도 않고 아프지도 않아." 친구가 외할머니를 달랬다.

"싫다지 않습니까? 그만 두시고 가세요. 오늘 어머니를 집으로 모시려고 왔어요. 우롱이 너도 어서 짐 싸." 헐, 입술에 침도 바르지 않고 저런 말을 하다니. 외삼촌은 내가 만난 사람 중에서 극강의 고수였다. 나는 침쟁이 친구에게 눈짓으로 신호를 보냈다. 친구가 눈치를 채고 고개를 끄덕인 뒤 외삼촌 앞으로 나섰다.

"그동안 꾸준하게 침을 맞으며 치료를 해왔으니 여기서 지내도록 그냥 두시는 게 어떨는지요?" 침쟁이 친구가 조심스레 입을 열었다.

"제가 모시고 큰 병원 가서 좋은 치료를 받게 할랍니다. 어머니, 가시죠. 우룡이 너도 그냥 따라와." 외삼촌이 단호하게 말한 뒤에 침쟁이 친구를 밀치고 외할머니의 손을 잡아끌었다. 잠시 기억의 회로가 끊긴 외할머니는 외삼촌의 억센 손을 뿌리치지 못하고 끌려나갔다. 나는 중간에서 이러지도 저러지도 못하고 눈치만 살폈다. 외삼촌은 외할머니를 끌고 집에서 나갔다. 침쟁이 친구는 물러서서 고개만 가로저었다.

"집에 갈래." 대문 앞 골목에서 갑자기 외할머니가 도리질을 치며 버텼다. 그러나 외삼촌은 우격다짐으로 외할머니를 데리고 골목을 나가 차에 태웠다. 외할머니가 간절하게 손짓하는 바람에 나도 얼떨결에 차에 탔다. 차가 출발하자 마을버스 종점을 벗어나기도 전에 멀미가 시작됐다. 아무리 차를 세워달라고 해도 외삼촌은 그냥 달렸다. 나는 구역질을 하다가 유리창도 내리지 못하고 그냥 토하고 말았다.

"멍멍멍."
"아니, 어머니까지 모시고 오면 어떻게 해요?"
아파트에 도착하자마자 내가 들은 첫인사는 개 짖는 소리와 외숙모의 앙칼진 목소리였다. 외숙모는 마치 송충이를 보는 듯한 눈길로 외할머니를 위아래로 훑었다. 그사이에 외삼촌은 짧게 기도했다.
"어쩔 수 없었어. 일단 작은방으로 모시자고."
"나는 몰라요. 당신이 모시고 왔으니까 알아서 하세요. 오, 주여!" 외숙모는 외할머니와 나를 흘겨보고는 안방으로 들어가 문을 쾅 닫았다. 외삼촌은 운동장보다 넓은 거실을 지나 주방 옆에 붙은 작은 방으로 외할머니와 나를 데려다놓고 방을 나갔다. 나와 외할머니는 침대 모서리에 걸터앉아 방을 둘러보았다. 작은 책상과 침대만 덜렁 있는 썰렁한 방이었다.

"만돌아, 여기가 어디냐?" 외할머니가 물었다. 천사마을에서 외삼촌네 집까지 오는 동안의 시간은 외할머니의 기억창고에 저장되지 않은 모양이었다.

"외삼촌네 아파트인가봐요." 예전에 함께 살았던 복음교회 삼층의 교회 사택은 분명히 아니었다. "아파트가 궁전처럼 넓어요, 할머니."

"빈대 콧구멍처럼 좁아도 내 집이 좋고 편하다. 어여 가자."

"찌찌뽕." 외할머니가 먼저 방에서 나갔고 내가 뒤를 따랐다. 복구가 왈왈거리며 다리에 달라붙었다. 확 발로 차버릴까 하다가 참았다. 거실로 나가니 외삼촌이 앞을 막았다. 외할머니가 천사마을로 돌아가겠다고 말했지만 외삼촌은 콧방귀도 뀌지 않았다.

"어머니, 잘 들으세요. 내가 우룡이 큰아버지를 상대로 가정법원에 후견인 자격상실 청구소송을 시작했고 또 우룡이 유산 반환소송도 동시에 진행하고 있어요. 우룡이 큰아버지 그자가 후견인 지정 신청을 할 때 이의를 제기했어야 했는데 우리가 너무 몰랐던 것이고, 늦었지만 소송을 하면서 후견인 자격 효력정지 가처분신청도 했어요. 그러니까 우룡이는 우리 집에 있어야 해요. 어머니야 천사마을로 가셔도 되지만 우룡이는 안돼요. 적어도 소송이 마무리 될 때까지는 여기서 지내야 한다구요. 그리고 어머니는 지금 치매에 걸렸어요. 제가 좋은 병원 알아볼 테니까 그동안이라도 여기 계세요. 아셨죠?"

외삼촌의 말을 나는 다 알아듣지 못했다. 하지만 외할머니를 입원시킨다는 것만은 정확히 알아들었다.

"모른다." 외할머니가 딴청을 부렸다. 외삼촌이 답답해 죽겠다는 표정을 지었다. '주여'를 두어번 반복하더니 다시 처음으로 돌아가서 외할머니에게 상황을 설명했다.

"그건 형주 니놈 생각이고, 내 생각은 다르다." 외할머니가 완강하게 버텼다.

"어머니한테는 잡귀가 착 들러붙어 있어요. 그래서 치매도 걸린 거고. 어찌 되었든 천사마을로는 못 갑니다. 우룡이와 함께 여기 그냥 계세요."

외할머니는 외삼촌의 완력에 못 이겨 도로 작은방으로 들어갔다. 우리는 외삼촌의 집에 갇힌 것이었다. 외할머니는 속을 끓이다가 침대에 쓰러져 잠이 들었고, 나는 방 안을 서성거렸다. 잠시 후 외할머니가 가늘게 코를 골았다. 나는 외할머니를 물끄러미 바라보다가 목에 걸린 이크로 굵은 주름과 검버섯을 여러 각도에서 찍었다. 작은 방에 갇혀서 외할머니의 코 고는 소리를 듣는 것 외에는 할 수 있는 일이 별로 없었다. 책상에 앉아 그동안 이크로 찍은 사진을 대충 훑어보았는데 망루에서 찍은 사진이 제일 많았다. 잿더미가 된 아랫말, 중장비가 들어오지 못하도록 막고 있는 천막, 중장비 뒤에서 명령을 기다리고 있는 용역들, 게딱지처럼 다닥다닥

이마를 맞대고 있는 천사마을의 집들, 무당집 지붕 위에서 펄럭이는 붉은 깃발을 막 넘기는데 여수경의 뒷모습이 보였다. 망루에서 사진을 찍고 있는 여수경을 몰래 찍은 사진이었다. 비록 뒷모습이었지만 여수경의 사진을 보니 기분이 좋아졌다. 다음에는 얼굴을 크게 찍어야겠다고 생각했다. 지금 공부방에 있다면 여수경 앞에 앉아 있을 시간인데…… 아쉬웠다. 여수경의 얼굴을 바라보고 목소리를 듣는 것만으로 마음이 편해지곤 했는데, 이게 뭐람? 시간이 지날수록 점점 더 외삼촌을 향한 분통이 풍선처럼 부풀었다. 만일 외삼촌의 집에서 나가지 못한다면 다시는 여수경을 만날 수 없게 된다고 생각하니 미칠 것만 같았다.

'어떻게 하지?' 나는 빠른 속도로 잔머리를 굴리기 시작했다. 그러나 내 잔머리는 제자리만 맴맴 돌 뿐 뾰족한 수를 찾아내지 못했다. SOS를 보낼 사람은 몇 있었지만 전화번호를 모르니 연락할 방법이 없었다. 창문을 열고 밤하늘을 향해 손가락으로 SOS를 수없이 그렸다. 너무 어두워서 아무도 내 신호를 못 보면 어쩌나 하는 생각도 잠시 스쳤다. 하지만 저 먼 우주 어디쯤에서 누군가는 내 신호를 볼 것이라고 믿었다.

"옥주야, 가지 마, 미안허다." 한참 SOS를 보내고 있는데 외할머니가 잠꼬대로 엄마의 이름을 나직하게 불렀다. 외할머니의 얼굴을 들여다보니 감긴 눈에서 눈물이 흐르고 있었다. 엄마 꿈을 꾸는 모양이었다. 외할머니는 엄마의 이름을 부르면서 울었다. 주름 사이로 흐르는 외할머니의 눈물을 소매로 닦아주었다. 외할머니의 어깨가 심하게 떨렸다. 나는 외할머니를 뒤에서 꼭 끌어안았다. 나는 엄마를 잃었지만 외할머니는 딸을 잃었다. 그 슬픔의 크기를 내가 몰라주면 누가 알아줄 것인가? 내가 뒤에서 안아준 탓인지 외할머니의 떨림이 조금 잦아들었다. 어쩌면 외할머니는 꿈속에서 딸을 만났는지도 모르겠다. 나도 가끔은 꿈에서 엄마를 만났다. 꿈에서 가족을 만난 뒤의 아침이 얼마나 지랄같은지 나는 잘 알고 있다. 차라리 꿈을 꾸지 않는 편이 훨씬 나았다. 외할머니의 잠꼬대를 들으니 이런저런 생각이 마구 스쳐지나갔다. 산다는 게 참, 슬펐다. 차라리 외할머니처럼 잠이라도 들었으면 좋으련만. 나는 천장의 밋밋한 무늬를 하염없이 바라보다가 어느 작은 방 구석에 홀로 앉아 있는 어떤 꼬마를 만났다. 삼년 전의 나였다.

기억의 창고 속에서

나무로 된 관이 화덕 속으로 들어가자 외할머니의 울음이 낭자하게 울려퍼졌다. 화덕의 파란 가스불이 어린 소년의 젖은 눈동자 속에서 활활 타올랐다. 염불 소리와 찬송가가 뒤섞인 화장장의 풍경이 소년에게는 참으로 기이했다. 외할머니가 화덕이 보이는 작은 창을 붙잡고 몸부림치며 우는 모습을 소년은 무덤덤하게 바라보았다. 여기는 한번도 경험해보지 못한 완벽히 다른 세계였다. 아직 소년은 상실이 무언지 몰랐다. 친척들은 장례가 끝나자마자 서둘러 떠났고 소년은 그들의 뒷모습을 물끄러미 바라보았다. 아무도 소년을 데려가지 않자 외할머니가 다가와 삭정이처럼 메마른 손을 내밀었다. 소년이 외할머니의 손을 잡으려는 찰나, 큰아버지가 와서 소년의 손을 붙잡았다. 큰아버지가 소년을 데리고 가자 외할머니는 치맛자락으로 눈물을 찍어냈다.

 소년은 큰아버지의 아파트에 살게 되었고 두살 위의 사촌형과 함께 방을 썼다. 오래지 않아 큰아버지는 소년의 법적인 후견인이자 보호자가 되었다. 큰아버지와 큰어머니는 늘 바빴고 사촌누나와 사촌형은 학교에서 학원으로 또 학원으로 다니느라 집에 있는 시간이 거의 없었다. 소년은 학교에서 돌아오면 텅 빈 집에서 혼자 지냈다. 사촌형의 컴퓨터에는 암호가 걸려 있었다. 소년은 몇번인가 컴퓨터를 켰다가 암호의 장벽 앞에서 번번이 헛물을 켰다. 학교에서 돌아오면 소년은 방구석에 쪼그린 채 무릎에 얼굴을 묻고 가만히 앉아 우울증을 앓았다. 소년을 우울증에서 건져낸 것은 작은 개미들이었다. 돋보기로 봐야만 겨우 그 모습을 제대로 확인할 수 있는 개미들은 콘크리트 틈에서 빠져나와 길게 대열을 지어 이동했다. 처음 개미를 만났을 때 소년은 손가락으로 개미를 눌러버렸다. 살짝만 눌러도 개미들이 죽어버리자 소년은 묘한 쾌감을 느꼈다. 개미의 길에 쪼그리고 앉아 누르고 또 눌렀지만 개미들은 쉬지 않고 기어나왔다. 사흘쯤 지나자 개미를 죽이는 것도 지겨워져서 그냥 보기만 했다.

 개미는 문틀과 콘크리트 틈 사이에서 나와 벽을 따라 주방으로 갔다가 다시 돌아오곤 했다. 개미의 이동경로는 단순했고 거의 변하지 않았다. 소년은 재미 삼아 손가락에 침을 묻혀 개미의 길 몇군데를 지워버렸다. 길이 지워지자 개미들은 우왕좌왕하다가 다시 길을 만들었다. 신기하고 재미있었다. 소년은 개미의 길 주변에 설탕 알갱이로 '엄마'라고 썼다. 아주 자세히 살펴보지 않으면 글씨가 있는 줄도 모를 정도로 희미한 글씨였다. 곧 개미 떼가 설탕에 몰려들자 검고 뚜렷하게 '엄마'라는 글자가 나타났다. 소년은 설탕으로 엄마와 아빠, 여동생의 얼굴을 밑그림으로 그렸고 개미들은 어김없이 그림을 완성했다. 가족의 얼굴을 그려주는 개미를 보며 소년은 행복했다. 소년은 개미를 친구로 삼았다. 소년의 그림은 날이 갈수록 정교해졌고 다양해졌다. 소년은 가족과 함께 떠났던 소풍, 가족과 함께 살고 싶은 아파트의 평면도, 가족이 모여 앉은 밥상을 상상했고 개미들은 그 상상을 그림으로 완성했다. 어느날 소년은 설탕물을 이쑤시개에 찍어 편지를 써보기도 했다.

보고 싶은 엄마, 아빠, 이크에게
엄마 안녕. 잘 있지? 나도 잘 지내고 있어. 아빠는 수염 좀 깎지그래. 꿈에 봤는데 너무 덥수룩하더라. 이크 너는 좋겠다, 엄마 아빠랑 함께 살고 있으니. 큰아빠네 동네로 전학했는데 학교 다니는 거 정말 재미없어. 참, 새 친구들이 생겼는데 궁금하지? ㅋㅋ 개미들이야. 학교 갔다 오면 하루 종일 개네들이랑 놀아. 개미들이랑 말도 하고 그림도 그리고 글씨도 써. 어떻게 하냐면, 그건 비밀. 보고 싶어 엄마. 나도 그리로 가고 싶어. 거기 가서 함께 살면 안되나? 함께 사는 게 가족이잖아. 여기서 나 혼자 사는 거 너무 심심해. 재미가 하나도 없어.

편지가 길어질 것 같았다. 소년은 인사도 없이 편지를 마쳤다. 개미들이 설탕물을 먹으러 몰려들면서 방바닥에 쓴 편지가 완성되었다. 소년은 개미들이 편지를 잘게 쪼개서 하늘나라로 보내줄 것이라고 믿었다. 개미들이 보낸 글씨가 하늘나라에서 모여 한통의 편지가 되고 온 가족이 함께 읽을 상상을 하니 기분이 좋았다.

소년과 개미가 친구가 된 뒤로 집 안 곳곳에 개미들이 흘러넘쳤다. 스트레스를 받은 큰어머니는 독일제 개미퇴치약을 사다가 개미의 길에 뿌려놓았다. 하룻밤 사이에 수백마리의 개미가 떼죽음을 당했다. 소년은 깜짝 놀라 큰어머니가 외출하자 개미퇴치약을 설탕물로 지워버렸다. 개미가 좀체 없어지지 않자 큰어머니는 이번에는 방역업체를 불러 집 안을 완전히 소독해버렸다. 결국 소년의 친구들은 모두 사라졌다. 소년은 그림도 그리지 않고 편지도 쓰지 않게 되었다.

소년이 큰아버지의 집에서 산 지 석달쯤 지나 갑자기 이사를 가게 되었다. 평수가 아주 넓은 아파트로 옮기면서 큰어머니는 집 안의 모든 물건을 새것으로 바꾸었다. 하지만 그중에 소년의 물건은 아무것도 없었다. 소년의 방이 새로 생기고 낡은 책상이 하나 생기긴 했지만 컴퓨터는 사주지 않았다. 사촌형은 최신 컴퓨터로 밤마다 게임을 했다. 소년도 게임이 하고 싶었다. 큰어머니는 밥도 소년이 스스로 차려먹게 했다. 소년은 언제나 혼자 밥을 먹었다. 철거전문회사를 운영하던 큰아버지는 작은 건설업체까지 인수하면서 눈코 뜰 새 없이 바빴다. 4학년에 올라가자 고아라는 소문이 퍼져 외톨이가 되었다. 학교가 파하면 소년은 큰아버지의 아파트로 돌아가기 싫어 하염없이 걷곤 했다. 소년이 제일 싫어하는 날은 놀토였다. 놀토가 되면 큰어머니는 사촌들만 데리고 밖으로 나갔다. 소년은 하루 종일 잤다. 잠이 깨면 학교를 갔고 집으로 돌아오면 혼자 놀았다.

  11월의 흐린 오후에 소년은 학교 앞에서 외할머니를 만났다. 소년은 외갓집에 가서 잘 차려진 상에 절을 했다. 그리고 외할머니의 손에 이끌려 복음교회 삼층으로 갔다. 그곳은 외삼촌이 살고 있는 복음교회 사택이었다. 외할머니가 초인종을 누르자 안에서 개 짖는 소리가 들려왔다. 문이 열리기를 기다리며 소년은 외할머니 뒤에 숨었다. 문이 열리고 외숙모의 차가운 얼굴이 나타났다. 외숙모는 아무런 인사도 없이 누군가에게 전화를 걸어 마구 신경질을 부렸다. 그사이에 강아지가 소년에게 다가와 냄새를 맡더니 열렬하게 꼬리를 흔들었다. 소년은 강아지의 머리를 쓰다듬어주었다. 잠시 후에 외삼촌이 오더니 대뜸 기도부터 했다. 소년은 두 손을 모으고 기도하는 외삼촌을 반가운 마음으로 바라보았다. 외삼촌의 기도가 끝나자 외숙모는 안방으로 들어가버렸다. 찬바람이 쌩쌩 불었다. 소년을 거실에 두고 외할머니와 외삼촌은 방으로 들어갔고 잠시 후에 서로 다투는 소리가 들려왔다. 예수님의 초상화, 십자가, 붓글씨로 쓴 성경 말씀이 벽에 걸려 있었다. 그중에서도 '오직 예수'라고 쓴 큼지막한 붓글씨가 소년의 눈길을 사로잡았다. 예수님을 저렇게 열심히 믿는 사람이라면 외삼촌은 착한 사람이 분명했다. 소년은 외할머니처럼 착한 사람과 살고 싶었다.

  외할머니는 소년을 외삼촌의 집에 남겨두고 천사마을로 돌아갔다. 외삼촌과 외할머니 사이에 무슨 말이 오갔는지 소년은 몰랐다.

한가지 확실한 것은 소년이 외삼촌 집에 남겨졌다는 것이었다. 소년은 자신의 거처를 스스로 선택하지 못했다. 소년은 자신에게 선택권이 없다는 것을 뼈저리게 느꼈다. 소년은 혼자 우두커니 거실 소파에 앉아 있어야만 했다. 외사촌들이 오고 갔지만 그들은 소년에게 무심했다. 외사촌들은 각자의 컴퓨터와 게임기 앞에 앉아 있느라 그들끼리도 섞이지 않았다. 외숙모가 소년에게 내준 방은 주방에 딸린 창고 비슷한 방이었다.

 그날 저녁, 큰아버지 집에 있을 때와 달리 소년은 외삼촌네 가족과 함께 식탁에 앉게 되었다. 당연히 혼자 식사할 줄로만 알았던 소년은 잔뜩 긴장했다. 외사촌형 둘과 외삼촌과 외숙모 사이에 앉아 있으니 어색해서 손바닥 가득 땀이 흥건했다. 밥상이 차려지자 외삼촌이 큰아들을 향해 고개를 끄덕였다. 큰아들은 공손하게 손을 모으고 감사기도를 올렸다. 기도가 끝나자 모두들 수저를 들었다. 소년은 눈치껏 그들의 방식을 따라 움직였다. 식구들은 수도원처럼 침묵 속에서 식사를 했다.

 "주찬이 너, 수저 놓아." 외삼촌이 무겁게 말했다. 초등학교 6학년에 다니는 막내가 조용히 수저를 내려놓았다. "대체 몇번이나 말을 해야 알아들어? 쩝쩝거리는 소리 내지 말라고 했어 안했어? 음식을 씹을 때에는 입술을 다물고 교양인답게 먹으라고 했잖아? 잠시 반성해."

 소년은 얼른 입술을 다물고 천천히 음식을 씹었다. 씹은 음식을 삼킬 때조차도 소리가 나지 않도록 조심했다. 식구들이 밥을 먹는 동안에 강아지가 애처로운 눈빛을 보내며 주변을 어슬렁거렸다.

소년은 강아지한테 먹을 것을 주고 싶었지만 아무도 안 주길래 눈치를 보다가 포기했다.

"복구!" 외삼촌이 이름을 부르자 강아지는 얼른 꼬리를 사타구니 아래에 숨기고 개집으로 들어갔다. 식사가 먼저 끝난 사람이 식탁에서 일어서지 못하고 그대로 앉아 있는 것도 소년의 눈에는 기이하게 비쳤다. 기이한 것은 그것뿐만이 아니었다. 자식들한테는 입술을 꼭 다물고 소리를 내지 말라고 야단치면서 정작 외삼촌은 우걱우걱 쩝쩝 소리를 내면서 밥을 먹었다. 게다가 식사하는 내내 혼자만 잔소리를 길게 늘어놓았다. 마침내 외삼촌이 수저를 놓자 식구들이 일제히 식탁에서 일어났다. 외삼촌은 개집 앞으로 가서 복구를 불렀다. 복구가 꼬리를 흔들며 개집에서 나오자 외삼촌이 복구의 밥그릇에 사료를 담아주었다.

"기도!" 외삼촌이 명령을 내리자 복구는 앞발을 모으고 잠시 눈을 감았다. 소년은 강아지가 기도하는 모습을 보고 너무 신기했다. 기도가 끝나자마자 복구는 콩처럼 생긴 사료를 죽 마시듯 눈 깜짝할 새에 먹어치웠다. 식사가 끝나자 가족들은 각자의 공간으로 흩어졌다. 소년도 주방 옆의 골방으로 들어가 구석에 쪼그리고 앉았다.

어른들이 어떻게 했는지는 몰라도 소년은 계속 외삼촌과 함께 살게 되었고, 방학이 되기 전에 학교도 옮겼다. 학교를 떠나올 때 소년은 조금도 슬프지 않았다. 선생님이 가볍게 손을 흔들었다. 소년은 텅 빈 운동장을 가로질러 나오면서 열한살의 시절과 기꺼이 이별했다. 겨울이 시작되고 있었다. 소년은 나쁜 기억들이 영원히 얼음 속에 갇혀 다시는 세상에 나오지 않기를 소망했다. 아니, 소망하지 않았다. 나쁜 기억들을 학교와 큰아버지 집에 두고 떠나왔을 뿐이었다.

예수님의 생일이 다가오자 소년을 둘러싼 세상이 조금씩 명랑해졌다. 빠른 멜로디에 실린 앙증맞은 목소리가 여기저기에서 들려왔고 교인들은 복음교회와 사택을 화려하게 장식했다. 플라스틱 나무에 가짜 눈송이와 반짝이와 별과 종을 얹고 손톱만한 전구를 휘감아 크리스마스트리를 만들었고, 교회 벽과 유리창도 반짝이로 치장했다. 성가대는 날마다 성가를 연습했고, 초등부는 연극 연습에 날마다 바빴다. 소년은 배역을 맡지 못해서 구경만 하다가 교회를 나오곤 했다.

"기쁘다 구주 오셨네~ 만백성 맞으라~!" 어디선가 합창 소리가 들려왔다. 소년은 노래를 피해 어둠 속으로 몸을 숨겼다. 그때 누군가가 소년의 손을 잡아끌었다. 사촌형 주담이었다. 주담은 또래 친구들과 어린이 놀이터에서 놀고 있었다. 나무의자 위에 어지럽게 놓인 찌그러진 맥주캔과 먹다 남은 통닭과 담배가 소년의 눈길을 끌었다. 놀이터에서 소년은 맥주를 마셨고 담배를 피웠다. 담배는 먼지를 목구멍에 털어넣는 기분이었고 맥주는 먼지를 씻어내는 느낌이었다. 소년은 담배를 버린 뒤 맥주를 물처럼 벌컥벌컥 마셨다. 고요한 밤 거룩한 밤이었다. 주담 형은 외삼촌과 외숙모 몰래 베란다에서 담배를 피웠다. 목사의 아들이지만 새벽예배도 자주 빠졌다. 하지만 속마음은 아주 따뜻했다. 주담 형이 없었다면 소년은 진즉에 교회 사택에서 달아났을지도 몰랐다.

다시 11월이 왔다. 11월이 오면 소년은 자신도 모르게 시름시름 앓았다. 학교 운동장의 플라타너스와 등하굣길의 은행나무 가로수 푸른 잎들에 단풍이 들었다. 찬바람이 불어와 나무를 흔들었고 잎들은 떨어져 허공에서 죽은 나비처럼 흩날렸다. 소년은 창문을 우두커니 바라보면서 11월이 깊어지는 것을 하염없이 바라보았다. 그러던 어느날, 외할머니가 불쑥 찾아왔다. 외할머니는 소년의 방에 들어갔다가 지린내에 질겁하고 펄쩍 뛰었다. 오랫동안 청소도 하지 않고 빨래를 구석에 쌓아놓은 탓이었다. 외할머니가 외숙모에게 단단히 따지겠다고 했지만 소년은 그렇게 하지 말아달라고 간청했다. 외할머니는 울면서 소년의 냄새나는 옷들을 내다버리고는 꼼꼼하게 방을 청소했다. 그런 다음 멸치로 국물을 내어 약간 매운 두부찌개를 끓여주었다. 소년은 땀을 뻘뻘 흘리며 밥을 두 공기나 해치웠다. 주담 형도 할머니의 요리가 최고라며 엄지를 치켜세웠다. 외삼촌과 외숙모가 심방을 마치고 밤늦게 돌아오자 외할머니가 결기를 세웠다.

"옥주 제사가 내일인데 어찌할 거냐?" 외할머니가 냉정하게 말하자 외숙모는 움찔 놀랐다.

"어머니, 무슨 제사를 지내요?" 외숙모가 시큰둥하게 받았다.

"그건 우상숭배입니다." 외삼촌이 덧붙였다.

"작년에도 만돌이 큰아버지가 제사를 지내주지 않아서 내가 만돌이를 데리고 나온 거다. 어찌 인두겁을 쓰고 그럴 수 있는 것이냐?" 외할머니의 눈에서 불꽃이 튀었다.

"상차시 차려야 하니까 제사는 어렵구요, 가족들이 모여 추모기도회나 하시죠, 어머니?" 외숙모가 마지못해 입을 열었다. 외할머니가 외숙모를 죽일 듯이 노려보았다. 소년은 더럭 겁이 났다.

"난 그렇게 못한다. 일년에 한번 겨우 제사상을 받으려고 저 먼 하늘에서 찾아올 텐데, 비록 귀신이지만 굶겨서 돌려보내고 싶지 않다." 외할머니가 분을 참지 못하고 떨면서 말했다.

"우상숭배라니까요, 어머니!" 외할머니의 말이 떨어지기가 무섭게 외삼촌이 화를 냈다. 외할머니가 고개를 들고 한숨을 길게 내쉬었다.

"만돌아, 가자." 외할머니가 소년의 손을 잡고 일어섰다.

11월

기억의 창고 속에서 소년을 만나고 돌아온 뒤, 나는 창고 문을 굳게 닫았다. 그 창고에는 좋은 기억보다는 나쁜 기억만 잔뜩 쌓여 있었다. 나는 그 문을 다시는 열고 싶지 않았다. 제사를 지낸 지도 벌써 일년이 훌쩍 지나갔다. 시간은 바람과도 같아서 손으로 잡을 수도 눈으로 볼 수도 없다. 다만 키가 좀 크고 마음이 조금 더 복잡해진 것으로 그 흔적을 느낄 수 있었다. 메마른 허공으로 짙은 구름이 느리게 흘러갔다. 구름이 흘러가는 창문 아래에 외할머니가 한껏 몸을 구부리고 자고 있었다. 살짝 벌어진 입이 검버섯 몇개와 어울려 깊은 동굴처럼 보였다. 동굴 깊은 곳에서 그릉그릉 소리가 울려나왔다. 늙은 짐승 한마리가 동굴에 살고 있을지도 모른다는 생각이 들었다.

복구가 와서 문을 긁었다. 안에 사람이 있는 줄 알고 있으니 문을 열어달라는 신호였다. 강아지의 염원은 간절했으나 나는 그 신호를 무시했다. 지금은 그럴 기분이 아니었다. 복구는 문을 긁다가 아무 반응이 없자 컹컹 짖기도 했다. 갇혀 있으니 구해달라는 간절한 신호처럼 느껴졌다. 문을 열어주니 복구가 미친 듯이 달려와 펄쩍펄쩍 뛰며 꼬리를 흔들었다. 복구의 열렬한 애교에 나는 싱겁게 웃었다. 복구는 침대로 뛰어올라와 외할머니의 얼굴도 핥았다. 그 바람에 외할머니가 잠에서 깼다. 외할머니는 나를 슬쩍 쳐다보고는 거실로 나갔다. 마침 주담 형이 외할머니에게 인사를 했다. 외할머니는 주담 형을 보더니 엉뚱하게도 밥을 달라고 했다. 주담 형이 안방으로 가서 외숙모를 불러오자 외할머니는 대뜸 "이년아, 밥 줘!"라고 말했다. 외숙모가 얼굴이 파랗게 질리더니 어딘가로 전화를 걸었다. 외삼촌인 모양이었다. 외숙모는 어머님이 욕을 한다며, 빨리 병원을 알아보고 입원시켜야 한다고 교양있게 주장했다. 외할머니는 소파에 반듯하게 앉은 채로 탐욕스러운 눈빛으로 외숙모를 쳐다보았다. 약간 벌어진 입에서 흘러내린 침과 허옇게 센 머리카락, 노란 눈곱이 혐오를 불러일으켰다. 나는 휴지로 외할머니의 눈곱을 떼내고 입가의 침도 닦아주었다. 외숙모가 전화를 끊었다.

"밥 줘, 이년아!" 외할머니가 쌍욕을 퍼부었다.

"욕 좀 하지 마세요, 어머니. 내가 무슨 잘못을 했다고 욕을 하는 거예요? 밥을 먹든 말든 맘대로 하세요." 외숙모가 속사포처럼 말을 쏟아놓더니 안방으로 들어가버렸다. 잠시 후에 외숙모는 싸늘

한 눈빛을 남겨놓고 집에서 나갔다.

"드런 년." 외할머니가 짧게 한마디를 날렸다. 나는 외할머니가 이렇게 욕을 잘하는지 몰랐다. 입이 약간 거칠기는 했지만 이 정도는 아니었다. 주담 형이 싱긋 웃더니 외할머니 앞으로 다가왔.

"할머니, 내가 밥 차려줄게." 주담 형이 다정하게 말하자 외할머니의 굳은 표정이 조금 풀어졌다. 주담 형이 주방으로 가서 냉장고를 열더니 반찬을 식탁에 내놓고 국을 데웠다. 잠시 후 주담 형이 외할머니를 모시고 식탁으로 갔다. 외할머니는 식탁에 앉자마자 며칠 굶은 사람처럼 밥을 퍼먹었다. 그 모습을 보고 주담 형이 깜짝 놀라 천천히 먹으라고 말했다. 외할머니는 그러거나 말거나 복구가 사료를 먹듯이 밥 한 그릇을 뚝딱 해치우고 빈 그릇을 주담 형에게 내밀었다. "더 줘."

주담 형이 고개를 갸웃하며 밥을 반만 담아 외할머니 앞에 놓았다.

"뻬아리 눈물만치 적네. 더 줘."

"할머니 많이 먹었어."

"배고파." 외할머니는 투정하는 어린아이처럼 굴었다.

주담 형이 그릇을 가득 채웠다. 그제야 외할머니는 만족한 듯 다시 밥을 먹기 시작했는데, 코로 들어가는지 입으로 들어가는지 모를 정도로 수저 놀림이 빨랐다. 반찬은 거의 손도 대지 않았다. 나는 어떻게 해야 할지 몰라 그저 멍하니 쳐다만 봤다. 이렇게 빠른 속도로 치매가 악화될 줄은 꿈에도 생각지 못했다. 밥을 다 먹은 외할머니가 수저를 빨며 앉아 있자 주담 형이 소파로 가자며 외할머니의 손을 잡아끌었다. 외할머니는 못내 미련이 남는 몸짓으로 소파에 털썩 주저앉았다. 주담 형이 내게 함께 밥을 먹자고 했지만 나는 입맛이 싹 사라진 뒤여서 싫다고 했다. 주담 형도 혼자 먹기는 싫은지 식탁을 치워버렸다.

　나는 외할머니 옆에 앉아 멍한 눈길로 창밖에 와 있는 어둠을 바라보았다. 내가 할 수 있는 일이라고는 그저 무언가를 바라보는 것밖에 없었다. 창밖의 어둠 저편에서 불빛이 아름답게 반짝거렸다. 너무 예뻐서 그 아래에 우두커니 서 있고 싶었다. 불빛을 받아 나도 환해지고 싶었다. 그렇게 된다면 마음에 드리워진 어두운 그늘도 사라질 텐데. 나는 가만히 외할머니의 손을 잡았다. 외할머니가 움찔하더니 손을 빼려다가 그냥 가만히 있었다. 나는 외할머니가 치매를 이겨내고 예전의 씩씩한 희자씨로 돌아오기를 속으로 기도했다. 기도를 끝내고 '아멘'을 할까 말까 한참을 망설이다가 그냥 해버렸다.

　잠시 안 보이던 주담 형이 내 옆에 와서 앉았다. 몸에서 담배 냄새가 났다. 나도 문득 담배가 피우고 싶어졌다. 담배를 피우면 주담 형처럼 고등학생이 되고 생전의 아빠처럼 강한 사람이 될 수 있을까? 담배를 피우든 안 피우든 얼른 강한 사람이 되었으면 좋겠다. 강한 사람이 되면 외할머니의 치매도 고치고, 슬픔이 밀려와도 장풍으로 신나게 날려버릴 수 있을 것만 같았다. 나는 담배를 달라고 할까 말까 망설이면서 주담 형을 눈길로 좇았다. 주담 형은 못 본 사이에 키가 훌쩍 커버렸다. 갑빠가 없이 홀쭉한 게 흠이었지만 키가 크니 그래도 봐줄 만했다. 외꺼풀 눈에 반듯한 콧날, 툴툴거리는 말투가 맘에 쏙 들었다. 주담 형이 텔레비전을 켜자 외할머니는 미동도 없이 소파에 앉아 화면에 눈길을 던졌다. 뉴스가 시작되고 앵커가 인사하자 외할머니는 송구한 표정을 지으며 얼른 인사를 받았다. 주담 형이 채널을 개그콘서트로 바꾸었다.

"야야, 잘생긴 남자는 금방 어디로 가버렸냐?" 외할머니의 질문에 주담 형이 이마를 찡그리고 대답을 고민했다.

"짜식이 싸가지 없이 할머니한테 간다는 인사도 없이 가버렸네. 불러다가 한대 때려줄까, 할머니?"

"야야, 냅둬라. 지도 바빴겠지." 외할머니가 손을 내저었다. 주담 형이 알았다고, 한번만 봐주자고 맞장구를 쳤다. 나는 외할머니랑 놀아주는 주담 형이 참 좋았다. 주담 형은 냉장고에서 귤을 가져와 외할머니에게 주었다. 외할머니는 껍질을 까지도 않고 한입 크게 베어물었다가 시다며 내던져버렸다. 그것을 복구가 잽싸게 달려와 입에 물더니 개집으로 쏙 들어가버렸다.

"장난이 아닌데. 야, 만돌아, 할머니 병원에 입원해야 하는 거 아냐?" 주담 형이 심각하게 물었다.

"잘 모르겠어." 나는 진심을 담아 대답했다. 나도 외할머니의 치매가 아주 심각하다는 것을 알았지만 입원에 대해서는 확신이 서질 않았다. 외할머니를 병원에 입원시키고 혼자 사는 것에 대해 한번도 상상해본 적이 없었다.

개그콘서트가 끝나갈 무렵 주찬 형이 학원에서 돌아왔다. 주찬 형은 나와 외할너니를 보너니 아무 표정도 없이 고개만 살짝 숙여 인사하고 방으로 들어가선 코빼기도 비치지 않았다. 오래지 않아

은행나무 소년　133

외할머니가 꾸벅꾸벅 졸았다. 나는 외할머니를 방으로 데리고 들어가 침대에 눕혔다. 나도 침대에 누워 작은 창문으로 아파트 꼭대기에 걸린 달을 바라보았다. 달은 약간 이지러지고 창백했다. 달을 보면 언제나 엄마 생각이 났는데 오늘은 이상하게도 여수경이 떠올랐다. 얼굴을 못 본 지 겨우 하루가 지났을 뿐인데, 몇년이 흐른 것처럼 느껴졌다.

잠자리가 바뀌어서 그런지 잠이 깊게 들지 않았다. 비몽사몽 중에 외삼촌네 가족이 새벽에 나가는 소리를 언뜻 듣고 다시 잠들었다. 외할머니가 침대에서 일어나 잠시 나갔다가 들어오는 기척을 느꼈지만 모른 척했다. 그리고 얼마나 지났을까, 외마디 비명 소리에 잠이 깼다. 비명의 주인공은 외숙모였다. 무슨 일인가 싶어 나가볼까 하다가 침대에 엎드려 가만히 귀를 기울였다. 외숙모의 악쓰는 소리가 점점 가까워지더니 문이 벌컥 열렸다. 나는 깜짝 놀라 몸을 일으켰다. 외숙모는 자고 있는 외할머니를 살벌한 눈빛으로 쏘아보더니 나더러 나오라고 했다. 나는 영문도 모르고 외숙모를 따라 나갔다. 외숙모는 나를 화장실로 데리고 갔다.

"이거 니가 치워. 난 못해!"

나는 할 말을 잃었다. 화장실 바닥에 응가 한 무더기가 고약한 냄새를 풍기며 놓여 있었다. 묻고 따지고 할 것도 없이 외할머니의 짓이 분명했다. 목구멍을 타고 구토가 올라왔다. 입을 틀어막고 간신히 헛구역질을 참았다. 외숙모가 화장실 안으로 내 등을 떠밀었다. 슬리퍼도 신지 못하고 화장실 바닥에 우뚝 섰다. 냄새에 다시 헛구역질이 올라와 손바닥으로 입을 막았다.

"뭐 해? 빨리 안 치우고!" 외숙모가 거의 울부짖듯이 소리를 질렀다.

"너 나와! 내가 할게." 그때 외숙모 뒤에 서 있던 주담 형이 화장실로 들어오더니 나를 밖으로 밀어내고 문을 쾅 닫았다. 외숙모가 나를 죽일 듯이 노려보더니 안방으로 들어갔고 외삼촌은 한숨을 푹 내쉬었다. 나는 밖에서 주담 형이 나오기를 기다렸다. 한참 후에 주담 형이 나오더니 방향제를 가져와 화장실에 뿌렸다. 내가 방으로 들어가지 못하고 머뭇거리고 서 있자 주담 형이 괜찮으니 들어가서 자라며 등을 밀었다. 나는 고맙다는 말도 못하고 방으로 들어왔다. 외할머니한테서 구린내와 지린내가 났다. 나는 울었다.

밀려드는 서러움을 감당하기 어려웠지만 오래 울진 않았다. 눈물을 닦고 코를 팽 푼 뒤에 침대에 엎드려 가슴을 꾹 누르고 있는데 외할머니가 잠에서 깨어났다. 나는 모른 척했다. 외할머니는 방을 나가더니 한참 만에야 돌아왔다. 실눈을 뜨고 보니 완전히 딴사람이 되어 있었다. 구린내와 지린내 대신에 향긋한 비누 냄새가 풍겼다.

"할머니, 어디 갔다 와?" 행여 하는 마음에 일부러 눈을 비비며 일어나 물었다.

"씻고 왔어. 더 자." 외할머니가 나를 침대에 눕혔다. 나는 침대에서 튕기듯 일어났다. 외할머니가 온전한 모습으로 돌아온 것을 보니 하늘로 날아갈 것만 같았다. 외할머니는 침대 모서리에 앉아 손가락 끝에 침을 묻혀가며 머리를 매만졌다. 내가 "괜찮아?"라고 물었더니 외할머니가 평온한 말투로 "뭐가?"라고 되물었다.

"아니야, 아무것도."

"원, 녀석도 싱겁긴. 그런데 여기는 누구 집이야?" 외할머니의 질문에 그만 어처구니가 모두 달아나는 것 같았다. 외삼촌네 집인데 어제 왔다고 대답하며 외할머니의 눈치를 살폈다. 눈빛이나 태도로 봐서 새벽에 일어난 응가 사건을 기억하지 못하는 게 분명했다. 차라리 잘되었다 싶었다. 작은 창문이 뿌옇게 밝아오자 외할머니가 가자며 일어섰다. "외삼촌이 나더러 여기서 살아야 한다고 했어"라고 말하며 외할머니의 반응을 떠보았다.

"누구 맘대로?" 외할머니가 콧방귀를 뀌었다. 어제와 완벽하게 달라져 평상시의 모습으로 돌아온 외할머니가 반가우면서도 한편으로는 몹시 불안했다. 언제 치매가 찾아와 사람을 엉망으로 만들어버릴지 몰라 조마조마했다. 다시 치매가 와서 외할머니가 정신을 잃어버리기 전에 이 집에서 나가고 싶었다. 일단 천사마을로 돌아가는 게 우선이었다. 무엇보다도 외삼촌한테 들키지 않고 조용히 떠나야 한다는 생각에 벌떡 일어나 웃옷을 걸치고 외할머니에게 당장 가자고 졸랐다. 외할머니가 외삼촌한테 받을 게 있다며 미적거렸다. 내가 화를 내며 손을 잡아끌자 외할머니는 못 이기는 척 따라나섰다.

"어딜 가는 거야?" 현관에서 막 신발을 신는데 외삼촌이 나와서 버럭 화를 냈다. 외삼촌 뒤에서 외숙모가 팔짱을 끼고 서서 외할머니와 나를 흘겨보았다. 가슴이 덜컥 내려앉았다.

"내가 여기에 왜 있는지 모르겠다만, 내가 어디를 가든 니가 무슨 상관이냐?" 외할머니가 차분하게 대꾸했다. 외삼촌은 고개를 들고 한숨을 쉬더니 '주여'라며 탄식했다.

"어머니는 지금 정상이 아니고 치매 환자라구요. 당장 입원해서 치료를 받아야 될 사람이 어딜 가시겠다는 거예요?"

"니놈이 에미를 아예 정신병자로 취급하는구나. 미안하다만 그렇게는 할 수 없고, 난 할 일이 있어 가야겠다."

"무슨 일이 있다는 거예요?" 외삼촌이 답답해서 미치겠다는 투로 물었다.

"가시겠다는데 얼른 보내드려요!" 외숙모가 옆에서 쏘아붙였다. 외삼촌이 외숙모를 노려보며 아무것도 모르면 가만히 있으라고 타박을 주었다.

"오늘이 옥주 제삿날이다. 먼저 간 딸년과 사우, 손녀에게 뜨신 밥 한 그릇 해줄라고 간다. 그러지 못할 거면 주둥아리 닥치고 조용히 있거라. 가자, 만돌아!" 외할머니가 나를 앞세우고 외삼촌의 아파트에서 나왔다. 속이 후련했다. 나는 두 팔과 두 다리를 팔랑거리며 지하철을 두번 갈아타고 천사마을로 향했다.

겨우 하룻밤인데 천사마을이 확 달라져 보였다. 담벼락마다 스프레이로 휘갈겨 쓴 낙서 비슷한 구호들이 엄청 많았고, 어딘가 불길한 기운이 골목마다 고여 있었다. 그래도 나는 여기가 좋았다. 집에 도착하자마자 외할머니는 아침밥을 지으려 쌀을 씻었고 나는 꺼진 연탄불을 살리려고 침쟁이 친구네로 갔다.

"온다고 미리 연락을 줬으면 내가 불을 좀 살피는 건데." 침쟁이 친구가 환하게 웃으며 활활 타고 있는 연탄불을 칼로 쪼개 윗불을 내주었다. 나는 윗불을 들고 집으로 와 아궁이에 넣었다. 잠시 후 침쟁이 친구가 우리 집으로 왔다. 외할머니가 명랑한 목소리로 아침을 함께 들자고 말하자 침쟁이 친구의 입이 귀에 걸렸다. 침쟁이 친구는 재봉틀 의자에 앉아 외할머니가 요리하는 뒷모습을 지켜보았다. 나는 티라노가 궁금해 은행나무로 가보았다. 초겨울의 따스한 햇살이 은행나무 위로 쏟아지고 있었지만 티라노는 보이지 않았다. 나는 은행나무를 껴안고 어제 하루 동안에 일어난 일을 미주알고주알 이야기했다.

아침밥을 먹은 뒤에 미적거리고 있자 외할머니가 가방을 주며 어서 학교에 가라고 했다. 학교에 가야 한다는 사실에 나는 절망했다. 나는 학교보다 공부방으로 가서 여수경을 먼저 보고 싶었다. 하지만 공부방은 오후가 되어야 문을 열었다. 나는 터덜터덜 걸어서 학교로 향했고 지각생이 되었다. 담임선생님이 꾸짖었지만 귓등으로 흘려들었다.

"야, 어제 공부방에 왜 안 왔어?" 쉬는 시간에 지혜가 내 책상으로 와서 물었다. 외삼촌 집에 갔었다고 말하려다가 참았다. 외삼촌 집은 생각만 해도 싫었다.

"여수경 선생님 있잖아, 어제 누가 찾아와서 데리고 갔어. 다신 못 올지도 몰라." 지혜의 말에 나는 깜짝 놀랐다. 이게 무슨 소리인가? 여수경 선생님이 다신 못 온다니. 갑자기 눈앞이 캄캄해졌다.

"애인인지 오빠인지 모르겠지만, 무섭게 화를 내면서 데려가더라. 김수인 선생님도 그냥 보고만 있었어." 지혜가 신이 나서 속삭였지만 내 머리는 순식간에 텅 비어버렸다. 수업시간 내내 창밖만 바라보고 있었다. '다신 못 올지도 몰라'라는 말이 귀에서 윙윙거리며 맴돌았다. 나는 종례가 끝나자마자 부리나케 일어나 천사공부방을 향해 뛰었다. 지혜의 말대로 여수경은 없었고 하율스님이 김수인 선생님과 이야기를 하고 있었다. 김수인 선생님에게 물었더니 언제 올지는 잘 모르겠지만 반드시 돌아올 것이라고 대답했다. 반드시 돌아올 것이라는 말이 없었으면 나는 그 자리에 푹 주저앉았을지도 몰랐다. 그래도 무릎에서 맥이 쭉 빠지는 느낌이었다. 나는 저녁에 제사가 있다고 하고는 곧장 집으로 왔다.

"희자씨는 자고 있어. 깨우지 마. 만돌이 너 학교 간 사이에 또 이상해졌어. 제사 준비한다고 시장에 간다고 하더니 어느 순간에 정신을 확 놓아버렸어. 침을 놓고 일단 재웠으니 좀 기다려보자. 그리고 음식은 어차피 못하니까 제사는 간단하게 지내자. 괜찮지?"

침쟁이 친구의 말에 고개는 끄덕였지만 속으로는 정말 괜찮지 않았다. 여수경도 없고, 외할머니는 하루에도 몇번씩 오락가락하는데 어떻게 괜찮을 수 있단 말인가. 나는 입술을 깨물었다.

너의 침묵에 메마른 나의 입술

외할머니의 재봉틀에 먼지가 쌓여갔다. 일감을 가져오던 아주머니는 다시 오지 않았다. 나는 재봉틀 앞에 앉은 외할머니가 보고 싶었다. 의식이 돌아오면 외할머니는 욕을 퍼부으면서도 아주머니를 기다렸다. 그러다 문득 처녀 시절의 엄마를 기다렸고, 더 멀게는 외할머니가 처녀였던 시절의 기억 속 남자를 기다렸다. 나는 여수경을 기다렸다. 외삼촌네 집에서 돌아온 지도 벌써 일주일이 되어가는데 공부방에서 여수경을 만나지 못했다. 여수경은 다시 돌아오지 않는 것일까? 왜 내가 좋아하고 사랑하는 사람들은 내 곁을 떠나가는 것일까? 치매란 무엇이길래 날마다 옛날의 시간 속으로 돌아가는 것일까? 과거의 시간 속에서 외할머니는 왜 처녀처럼 수줍게 웃는 것일까? 나는 숱한 질문 속에서 살았다. 하지만 누구도 내 질문에 속 시원히 대답해주는 사람은 없었다. 나는 외할머니가 밥을 잔뜩 먹고 잠을 잘 때가 제일 좋았다. 그럴 때면 혼자서 은행나무를 찾아가곤 했다.

토요일은 공부방에서 특별활동을 하는 날이다. 여수경 앞에서 그동안 찍은 사진을 뽐내며 이야기를 하던 날인데, 여수경이 없다고 생각하니 맥이 빠졌다. 공부방으로 갈까 하다가 은행나무로 갔다. 얼마 전까지만 해도 노란 잎으로 퉁퉁하고 넉넉했던 은행나무가 부쩍 야위어 보였다. 나무가 잎을 떨구는 것은 춥고 긴 겨울을 견디기 위해서라고 침쟁이 친구가 말해주었지만, 앙상한 가지만 있는 은행나무를 보니 마음이 허전했다. 은행나무를 꼭 끌어안고 있는데 어디선가 고양이가 '야옹' 하고 말을 걸었다. 반가운 마음에 살펴보니 담벼락 위에서 티라노가 햇볕을 쬐고 있었다. 다가가서 손을 내밀자 티라노가 내 손가락을 꽉 깨물고는 달아나버렸다. 손가락도 아팠지만 마음이 더 아팠다. 그때 침쟁이 친구가 천사교회 쪽에서 내려오는 게 보였다.

"그게 뭐야?" 내가 물었다.

"응, 기타. 천사교회에서 빌렸어." 침쟁이 친구가 쑥스러워하며 말을 흐렸다.

"뭐 하게?" 노인네가 기타를 메고 있는 모습이 우스꽝스러워서 캐묻듯이 물었다.

"으응, 뭐 그냥." 침쟁이 친구가 명확한 대답을 못하고 돌아섰다. 기타를 메고 시둘러 골목길을 내려가는 침쟁이 친구의 뒷모습을 보고 있는데 누군가 등을 쿡 찔렀다. 돌아보니 지혜였다. 지혜가 뭐

하느냐고 물어서 나도 모르게 천사교회에 가는 중이라고 거짓말로 대답했다. 지혜가 대뜸 자기도 따라가겠다고 말했다. 교회에 간다면 따라오지 않을 줄 알고 그냥 해본 거짓말이었는데, 지혜는 언제나 추측에서 벗어났다. 천사교회로 올라갈 수밖에 없었다. 가끔은 거짓이 진실로 변하기도 하는 법. 나는 곧장 예배당으로 들어가지 않고 천사교회의 작은 마당에서 마을을 내려다보았다. 마을의 전경이 한눈에 들어왔다. 웃말의 붉은 기와지붕들과 꼬불꼬불한 골목길, 잿더미로 변한 아랫말의 망루와 비닐천막들이 아스라했다. 더 멀리 포치동 쪽으로는 오십층 높이의 주상복합아파트가 산맥처럼 이어져 있었다. 목에 걸고 있던 이크로 천사마을의 전경을 사진에 담았다. 셔터를 누를 때 잠시 여수경이 떠올랐다가 찰칵 하는 소리와 함께 사라졌다. 이왕 이크를 잡은 김에 천사교회를 한바퀴 돌면서 여기저기 렌즈를 들이댔다. 외삼촌의 복음교회가 주상복합아파트라면 천사교회는 그야말로 오두막집이었다. 교회 처마 아래에서 오래된 거미줄에 걸린 매미의 갈색 날개를 발견했다. 칠년이란 긴 시간을 깊은 어둠 속에서 굼벵이로 지내다 겨우 일주일 동안만 날개를 달 수 있다는 매미에게 거미줄은 너무 가혹해 보였다. 어쩌면 하루도 날아보지 못하고 거미줄에 걸렸는지도 몰랐다. 나는 한참을 망설이다가 셔터를 눌렀다.

 "이런 걸 왜 찍어? 이왕이면 예쁜 걸 찍어야지." 지혜가 퉁명스럽게 물었지만 나는 대꾸하지 않았다. 나중에 여수경을 만나면 매미의 날개에 아로새겨진 굼벵이 시절의 이야기를 동화처럼 지어내 들려주고 싶었다. 지혜가 천사교회를 배경으로 사진을 찍어달라며 포즈를 취했다. 찍는 척만 할까 하다가 지혜의 뒤끝 작렬이 더 싫어 애써 예쁘게 찍어주었다. 아니나 다를까 지혜가 당장 확인을 하자고 졸랐다. 나는 지혜를 찍은 사진만 보여주었다. 사진이 마음에 들었는지 지혜는 입가에 흡족한 미소를 띠며 예배당으로 나를 끌고 들어갔다. 예배당은 아침의 고요 속에 잠겨 있었다. 유리창으로 햇살이 쏟아져들어와 십자가를 비추었다. 갑자기 기도를 하고 싶어졌다. 나의 기도는 오직 하나, 외할머니의 쾌유였다. 외할머니가 악마의 치매에서 벗어나 재봉틀을 밟게 되기를 소망했다. 기도는 짧고 간절했다. 기도를 끝내고 보니 옆에서 지혜도 기도를 하는 중이었다. 내가 본 중에서 제일 예쁜 지혜였다. 기도하는 지혜의 모습을 여러 각도로 찍고 있는데 눈물 한 줄기가 지혜의 얼굴을 타고 흘러내렸다. 그 눈물을 크게 확대해서 찍었다.

지혜네 집 이야기는 동네에서 모르는 사람이 없었다. 지혜 아빠는 두가지 특기를 가지고 있는데, 하나는 노름이고 다른 하나는 주먹이었다. 문제는 그 주먹을 오직 한 사람, 지혜 엄마한테만 사용한다는 데 있었다. 깊은 밤 동네 골목에 울려퍼지는 지혜 엄마의 비명을 들을 때마다 외할머니는 혀를 끌끌 찼다. 지혜 엄마는 달걀을 눈두덩에 문지르며 아침 일찍부터 재봉틀을 밟았다. 재봉틀을 밟아 돈을 벌면 지혜 아빠가 귀신같이 찾아내 노름을 하러 나갔다. 한번도 돈을 따가지고 온 적은 없었다. 꼬리가 길면 잡히는 법, 지혜 아빠는 결국 상습도박으로 감옥에 갔다. 남편이 감옥에 가자 지혜 엄마는 눈이 퉁퉁 붓도록 울었다. 지혜 아빠는 지난주에 감옥에서 나왔다. 그리고 한동안 들리지 않던 비명이 다시 창문 밖으로 새어나왔다. 지혜가 기도를 하는 동안에 나무의자에 앉아 기다렸다. 먼저 나갈까 했지만 그건 지혜에 대한 예의가 아닌 것 같았다. 지혜의 기도는 길었다. 묵언으로 기도에 열중하는 지혜의 마음을 조금은 알 것도 같았다. 크게 소리치지 않아도 그 간절한 마음을 충분히 헤아릴 수 있었다. 긴 기도를 끝내고 지혜가 절룩거리며 일어나더니 손가락에 침을 묻혀 코끝을 툭툭 쳤다. 무슨 계집애가 저래?

"야, 우리 여기서 결혼하자. 아주 느낌이 좋다." 지혜가 성큼 다가오더니 팔짱을 끼며 말했다. 나는 소스라치게 놀라 얼른 팔을 뺐다. 씩 웃는 지혜에게서 두어 걸음 물러섰다.

"왜, 싫어?" 지혜가 물었다.

지혜가 결혼하고서 알을 낳자고 조를까봐 무서워 얼른 예배당을 나왔다. 지혜가 내 이름을 부르며 따라왔다. 지혜에게 우롱당하는 느낌이었다. 지혜가 따라오든지 말든지 나는 천사교회를 나와 집으로 향했다. 지혜는 끈질기게 따라왔다. "이따가 점심 같이 먹자. 시간 되면 망루로 나와. 거기 가면 점심 얻어먹을 수 있어."

"야, 우리가 거지냐? 얻어먹게?" 지혜를 노려보며 벌침을 놓듯이 톡 쏘았다.

"얻어먹는 건 취소. 암튼 이따가 안 나오면 너 죽는 줄 알아!" 무슨 까닭으로 저리 당당한지 모르겠지만 지혜는 주먹을 들어 보이며 으름장을 놓았다. 나는 그게 하나도 무섭지 않았다. 내가 대문 안으로 들어서자 지혜는 돌아서서 골목 아래로 팔랑거리며 걸어갔다. 도무지 알 수 없는 애라고 생각하며 고개를 갸웃하며 집으로 들어갔다. 들어가자마자 외할머니부터 찾았다. 그런데 외할머니가 보이지 않았다. 가슴이 덜컥 내려앉으면서 싸한 기분이 들었다. "할머니" 하고 소리를 지르며 집 안 곳곳을 살피다가 침쟁이 친구네로 달려갔다. 침쟁이 친구도 집에 없었다. 머리가 하얗게 비는 느낌이었다. 집 앞 골목부터 뒤지기 시작했다. 공부방으로 가는 골목, 천사교회로 가는 골목, 무당집으로 가는 골목, 산길로 올라가는 골목, 옆으로 가로질러 아랫말로 내려가는 골목을 숨이 턱까지 차오르도록 뛰어다녔지만 외할머니를 찾을 수 없었다. 천사시장을 향해 걸어가면서 작은 골목도 놓치지 않고 기웃거렸다. 우연히 집을 나섰다가 길을 잃고 헤매고 있을 외할머니의 모습이 자꾸만 머릿속에 그려졌다.

"우리 할머니 못 보셨어요?" 시장에서 아는 얼굴을 만날 때마다 물었지만 모른다는 대답만 들었다. 마을버스 종점을 한바퀴 돌고 홍콩반점을 지나쳐 아랫말로 가는 길로 접어들었다. 아랫말로 가는 길에는 포클레인과 불도저가 줄지어 서 있었고, 철거용역들이 족구를 하며 놀고 있었다. 나는 철거용역 앞에 방패를 들고 진을 치고 있는 전투경찰 사이를 지나갔다. 전투경찰과 망루 사이에는 아랫말 사람들이 설치한 바리케이드가 있었는데, 그 사이로 콩콩이모가 철가방을 들고 절룩거리며 걸어가는 게 보였다. 얼른 콩콩이모한테 가서 철가방을 달라고 했다.

"무거울 텐데." 콩콩이모가 말했다.

나는 괜찮다는 콩콩이모한테서 기어이 철가방을 건네받았다. 헐, 어깨가 휘청할 정도로 무거웠다. 나는 입술을 살짝 깨물며 손아

귀에 힘을 주었다. 남자라면 깡빠가 있어야지. 나는 철가방이 무겁지 않은 척 태연한 표정을 지었다.

"무겁지?" 콩콩이모가 물었다.

"괜찮아요. 그런데 혹시 우리 할머니 못 보셨어요?"

"글쎄, 못 봤는데. 할머니는 왜?"

"잠시 집을 비웠는데 그사이에 외할머니가 집에서 나갔어요." 내 말을 듣고 콩콩이모가 혀를 끌끌 찼다. 바리케이드를 지나자 망루가 나타났다. 아랫말 사람이 나와서 철가방을 받아 식당으로 사용하는 천막으로 가지고 갔다. 식당에서 심부름을 하던 지혜가 나를 보더니 자기 쪽으로 오라고 손짓했다. 나는 싹 무시하고 망루로 올라가려고 사다리에 발을 걸쳤다. 지혜가 식판을 정리하다 말고 내게로 왔다. 나는 이미 사다리를 올라가기 시작한 참이었다.

"야, 김우룡, 니네 할머니 봤어!" 지혜가 사다리 밑에서 외쳤다. 나는 사다리에서 도로 내려와 지혜 앞에 섰다.

"어디서?" 속으로는 무척 반가웠지만 일부러 무뚝뚝하게 물었다.

"침쟁이 할아버지랑 아랫말로 같이 가시더라." 지혜가 손가락으로 방향을 가리켰다.

"알려줘서 고마워." 나는 지혜가 가리킨 방향으로 냅다 뛰면서 속으로 침쟁이 친구에게 욕을 퍼부었다. 만나기만 하면 한방 먹이고 싶었다. 그런데 왜 아랫말에 온 것일까. 뭐 볼 게 있다고? 도무지 외할머니를 이해할 수 없었다. 아랫말에서 산으로 올라가는 언덕에 이르자 외할머니와 침쟁이 친구가 언덕 중간에 나란히 앉아 있는 게 보였다. 헐, 왕짜증. 외할머니가 뭐라고 말을 하자 침쟁이 친구가 환하게 웃고는 기타를 치며 노래를 부르기 시작했다.

"한 사람 여기 또 그 곁에~ 둘이 서로~ 바라보며 웃네~ 먼 훗날 위해~ 내미는 손~ 둘이 서로 마주 잡고 웃네~ 한 사람 곁에 또~ 한 사람~"

한번도 들어본 적이 없는 느릿한 곡조의 노래를 기타 반주에 맞춰 침쟁이 친구가 열창했고, 외할머니는 지그시 눈을 감고 들었다. 뭐 저딴 노래가 다 있어. 침쟁이 친구의 노래와 기타 솜씨는 형편없었다. 고음으로 올라가다가 힘에 부치는지 목소리가 탁하게 갈라지곤 했다. 내가 가까이 가자 침쟁이 친구가 노래를 부르며 눈을 찡긋했다. 노래가 끝나자 외할머니가 박수를 쳤다.

"할머니, 여기서 뭐 해? 한참 찾았잖아." 내가 볼멘소리를 하며 다가갔지만 외할머니는 '넌 누구냐?' 하는 눈빛으로 나를 봤다. 침쟁이 친구가 손짓으로 앉으라고 했다. 외할머니는 이미 과거의 시간 속에서 노닐고 있었다. 나는 포기하고 침쟁이 친구 옆에 앉았다.

"기타 배울 때는「이루어질 수 없는 사랑」이 최고인데. 내가 한번 불러볼게. 기타 줘." 외할머니의 말에 침쟁이 친구가 기타를 건네주었다. 외할머니가 목청을 가다듬더니 기타를 치기 시작했다. 솜씨가 완전 젬병은 아니었다. 전주가 끝나자마자 "너의 침묵에 메마른 나의 입술~"이 외할머니의 입에서 흘러나왔다. 맑고 청아한 목소리가 아랫말의 잿더미 위로 흘러갔다. 침쟁이 친구는 눈을 지그시 감았다. 나는 끔찍하게 변한 아랫말을 멍하니 바라보았다. 노래는 잿더미로 변한 아랫말을 구불구불 기어갔다. 외할머니의 노래는 내 가슴속에서 길이 되었고, 그 길의 끝에서 얼굴을 정확히 알 수 없는, 엄마 같기도 하고 여수경 같기도 한 어떤 여자가 천천히 걸어왔다. 꿈을 꾸는 걸까? 엄마였으면 좋겠다. 노래의 길 위를 걸어오는 그 사람을 향해 나도 걸었다. 하지만 노래가 끝나자 길도, 길 위의 사람도 사라졌다. 나는 열렬하게 박수를 치며 앙꼬르를 외쳤다. 외할머니는 쑥스럽게 웃으며 기타를 침쟁이 친구에게 넘겨주었다. 외할머니의 뺨이 붉어졌다. 처녀 시절로 돌아간 외할머니는 행복해 보였다. 반짝거리는 눈동자, 수줍은 표정, 어색한 미소와 몸짓, 몽환적인 눈빛. 외할머니는 다른 세상에 사는 사람 같았다. 나는 외할머니의 행복한 시간이 좀더 오래 이어지기를 소망했다. 침쟁이 친구는 내가 모르는 외국 노래를 두어 곡 더 불렀고 외할머니는 박수로 격려했다. 노래가 끝나자 두 사람은 산책에 나섰다. 기타를 거꾸로 멘 침쟁이 친구가 외할머니의 손을 잡았다. 외할머니는 침쟁이 친구를 첫사랑의 남자로 착각하고 있었다.

"이제 가면 언제쯤이나?" 외할머니가 물었다.

"고려의학을 하는 선생님 밑에서 공부를 하는 것이니 금방 돌아오진 않을 것 같소만…… 나를 기다려줄 수 있겠소?" 침쟁이 친구의 진지한 대답이 웃겨 큭, 웃음이 터지려는 것을 간신히 참았다. 외할머니는 고개를 끄덕였다. 오래전의 기억 속을 헤매는 외할머니를 침쟁이 친구는 잘도 받아주었다. 외할머니는 청계천에 있는 옷공장에 취직하게 될 것 같다고, 돈을 벌어 동생들 공부도 시키고 식구들을 위해 방 한 칸이라도 마련해야 한다고 말했다. 침쟁이 친구는 옷공장에 다니는 틈틈이 공부를 해서 검정고시라도 보라고 조언했다. 마치 옛날 연속극의 한 장면 같았다. 침쟁이 친구와 외할머니는 조곤조곤 이야기를 나누며 아랫말 여기저기를 산책했다. 외할머니는 여기도 곧 농사철이 되면 논밭에 푸른 물결이 파도처럼 출렁일 거라고 말했다. 잿더미로 변한 아랫말의 풍경이 외할머니의 눈에는 논밭으로 비친다는 게 참 신기했다. 서로 손을 놓지 않는 두 사람 때문에 아랫말의 잿더미가 아름답게 느껴지기까지 했다. 침쟁이 친구는 천사마을로 올라가는 길로 방향을 잡았다. 나는 멀찍이 떨어져 걸으며 두 사람의 데이트를 지켜보았다. 잘 어울리는 한 쌍의 남녀였다. 두 사람은 망루를 지나 무당집으로 올라가는 골목길로 접어들었다.

"야! 한참 찾았잖아!" 갑자기 지혜가 내 앞으로 튀어나오더니 신경질을 부렸다. 대체 지가 뭔데 이러는 거야? 어처구니가 안드로메다로 이동하는 기분이었다.

"아까 같이 점심 먹자고 약속했어 안했어?" 지혜가 따지고 들었다. 약속은 지혜 혼자 했지 내가 한 적은 없었다. 아니라고 하려는 순간 배에서 꼬르륵 소리가 울려나왔다. 지혜가 눈을 흘기더니 나를 끌고 천막으로 데려갔다. 콩콩이모가 반갑게 맞이했다. 박정철의 어머니가 밥을 퍼주었고 콩콩이모가 짬뽕 국물을 부어주었다. 나는 지혜와 나란히 앉아 국밥을 맛있게 먹었다. 밥을 먹고 나서 천막 뒤에서 그릇을 씻고 있는데 하율스님과 최목사님도 빈 그릇을 들고 왔다. 내가 씻어드리겠다고 그릇을 달라고 하자 두 사람은 약속이라도 한 듯이 웃으며 고맙지만 직접 하겠다며 소매를 걷었다.

그릇을 반납한 뒤에 망루 주변을 돌아다니며 사진을 찍었다. 망루 아래에는 온갖 현수막이 칭칭 감겨 있고 위에는 깃발이 휘날리고 있어서 정말로 무슨 본부나 사령부처럼 근사해 보였다. 하지만 현수막에 쓰인 구호는 살벌해서 조금 무서운 생각이 들기도 했다. 여수경은 왜 이런 곳에 와서 사진을 찍었을까 생각하며 정신없이 셔터를 눌렀다. 그러다 최목사님과 심각한 표정으로 이야기를 주고받는 콩콩이모가 이크의 뷰파인더에 들어왔다. 뷰파인더에서 눈을 떼며 나는 고개를 갸웃거렸다. 그러고 보니 대머리 주방장 아저씨는 왜 안 왔을까. 투쟁은 주방장 아저씨가 전문일 것 같은데.

이크에 망루 주변의 풍경을 거의 담은 다음 몰래 지혜를 따돌리고 무당집 골목길로 들어서는데 김수인 선생님과 딱 마주쳤다. 제기랄, 땡땡이치는 날에는 이상하게도 잘 걸린단 말이야. 나는 머뭇거리며 김수인 선생님에게 인사했다. 핑곗거리가 굳이 없는 것은 아니었지만 김수인 선생님 앞에만 서면 이상하게도 졸아드는 기분이 들었다.

"사진은 많이 찍었어?" 김수인 선생님이 목에 걸린 이크를 가리키며 물었다. '사진을 찍으면 뭐하나, 여수경도 없는데'라는 생각에 대답을 못하고 머뭇거렸다.

"여수경 선생님 곧 돌아오실 거야. 선생님이 오셨을 때 실망하지 않게 사진 열심히 찍어야 해. 알았지?" 김수인 선생님이 내 마음을 꿰뚫어보는 듯이 여수경의 이름을 말했다. 나는 고개를 끄덕였다. 김수인 선생님은 외할머니 걱정을 한 뒤에 아랫말로 내려갔다. 나는 발걸음을 떼려다가 다급하게 김수인 선생님을 불렀다. 여수경의 전화번호를 알려달라고 말하는데 손바닥에 진땀이 홍건히 배어나왔다. 김수인 선생님이 휴대폰을 만지작거리더니 전화번호를 불러줬다. 나는 열한자리 숫자를 빠르게 외웠다.

　무당집 골목길을 벗어나 천사마을로 이어지는 옆 골목으로 들어서자 빈집들 사이로 예전에는 집이었지만 지금은 폐허가 되어버린 공터가 나타났다. 공터에는 녹슨 구형 냉장고, 찢어진 소파, 문짝이 떨어져나가 고양이들의 집이 된 장롱, 깨진 소주병과 맥주병, 햇볕에 허물어진 옷들, 하얗게 타버린 연탄재가 수북했다. 나는 이크로 그 모든 쓰레기를 찍고 저장했다. 쓰레기도 이크의 뷰파인더로 보면 이상하게도 낯설고 예쁜 그림처럼 보였다. 한때는 소중했던 물건들이 지금은 버려져 폐허의 고요 속에서 침묵하고 있었다. 나는 삭아가고 있는 담벼락과 빈집의 깨진 유리창 너머로 아스라하게 보이는 포치동의 주상복합아파트를 찍었다. 깨진 유리창은 액자틀이 되고 먼 곳의 아파트는 그림이 되어 뷰파인더에 잠시 나타났다가 메모리카드 속으로 사라졌다.

　천사교회를 거쳐 은행나무가 있는 곳까지 내려와 은행나무를 살짝 안아주고 돌아서는데 티라노가 담벼락 위에 앉아 나를 보며 '야옹' 했다. 반가운 마음에 쓰다듬어주려고 손을 뻗었는데 티라노가 또 손가락을 물었다. 얄미운 티라노. 나는 손가락이 물린다고 해도 꼭 끌어안을 마음으로 티라노에게 다가갔다. 그때 골목에서 어느 집 대문이 요란하게 열리는 소리가 들려왔고, 티라노는 그 소리에 놀라 침쟁이 친구네 지붕 위로 달아나버렸다. 대문을 발로 걷어차며 나온 사람은 박정철의 아버지 박노인이었다. 박노인은 무엇에 심사가 뒤틀렸는지 혼자 버럭버럭 화를 내며 골목을 내리갔다. 침쟁이 친구의 말로는 외로운 사람이라고 했는데, 하는 행동으로 봐서는 별로 외로워 보이질 않았다. 나는 모퉁이를 돌기 직전의 박 노인의 뒷모습을 향해 셔터를 눌렀다.

평소와 다름없이 문을 벌컥 열고 집으로 들어갔다. 순간 외할머니와 침쟁이 친구가 소스라치게 놀라며 떨어져 앉았다. 침쟁이 친구는 헛기침을 했고 외할머니는 얼굴이 빨갛게 달아올라 있었다. 둘이 무슨 짓을 한 거냐고 물어보려다 참았다. 내가 오히려 민망한 표정을 짓자 외할머니가 슬며시 방으로 들어가 몸을 숨겼다. 나는 속으로 웃었다. 무슨 짓을 했든 무슨 상관이랴. 나도 여수경을 만나면서 알게 되었다. 누군가를 사랑한다는 것은 같이 있고 싶어하는 마음이라는 것을. 같이 있지 못하면 며칠 동안 물을 마시지 못해 목이 타는 것처럼 마음에 지독한 갈증이 생긴다는 것을. 침쟁이 친구는 구멍가게에서 사탕을 훔치다 들킨 아이처럼 어색하게 행동했다. 괜히 냉장고를 열었다 닫았다 하더니 개수대에서 수돗물을 틀어 입을 대고 벌컥벌컥 마셨다. 나는 침쟁이 친구에게 손가락으로 브이 자를 그려 보인 뒤 방으로 들어갔다. 이크로 찍은 사진을 옮겨두려고 컴퓨터를 켰다. 컴퓨터가 부팅되는 사이에 자판 옆에 있는 휴대폰을 켜는데 "희자씨, 방으로 들어가요"라는 침쟁이 친구의 목소리가 들렸다. 침쟁이 친구는 외할머니에게 아주 극진했다. 날마다 쑥뜸과 침을 놓았고 병원에서 받아온 처방전으로 약도 사와서 제시간에 맞춰 먹였다. 그런 노력 때문인지 대소변을 못 가리는 일은 다시 생기지 않았다. 그것만으로도 참 고마웠다. 스스로 대소변을 통제 못하는 것은 밑바닥이 훤히 드러난, 최고의 수치였다. 치매에 걸린 사람은 그것마저도 기억하지 못했다. 수치를 기억하지 못하는 것은 정말 불행 중 다행이었다.

딩동딩동, 문자 메시지가 왔다는 신호가 계속 울렸다. 보나마나 돈을 빌려가라는 스팸문자만 가득 왔을 터였다. 나는 문자를 열어보지도 않고 한꺼번에 삭제했다. 삭제가 완료되었다는 메시지를 가만히 들여다보았다. 휴대폰을 만지작거리다가 '초기화' 기능을 발견했다. 단추를 누르니 저장된 전화번호도 사라지고 기기의 상태가 처음으로 돌아간다는 메시지가 떴다. 고물 휴대폰을 초기화하는 것은 무의미하지만, 나는 나를 '초기화'하고 싶었다. 교통사고 이전의 시간으로 초기화가 가능하다면 얼마나 좋을까? 하지만 나는 전자제품이 아니다. 언젠가 침쟁이 친구가 한 말이 생생하게 떠올랐다. '시간은 직선으로 흐르고, 흘러간 시간을 바꿀 순 없단다. 삶이 언제 끝날지 모르니까 살아 있는 동안 최선을 다해 사랑해야지. 그게 직선의 시간 위에 서 있는 나를 비로소 살아 있게 해주니까. 이미 직선의 시간을 많이 지나온 사람만이 그것을 알지.'

"돌팔이 주제에 말을 너무 어렵게 해. 좀 쉽게 하면 안돼? 에이, 짱나." 나도 모르게 험한 말이 튀어나왔다. 휴대폰을 던져버리고 이크에서 메모리카드를 뽑아 컴퓨터에 복사하자 아주 느리게 사진이 이동했다. 시간이 오래 걸릴 것 같아 침대로 가서 엎드렸다. 내 안에서 어떤 짐승 같은 것이 자꾸 꿈틀거렸다. 나는 그 짐승을 있는 힘껏 꾹 눌렀다. 그러다 설핏 잠이 들었다. 잠에 확실히 빠져든 것도 꿈을 꾸는 것도 아닌 시간이 흘렀다. 고양이가 우는 것인지 은행나무가 우는 것인지 모를, 누군가의 울음소리가 아스라하게 들려왔다. 시간이 얼마나 지났을까. 거실 쪽에서 달그락거리는 소리가 들려왔다. 무슨 일인가 싶어 문틈으로 보니 침쟁이 친구의 등이 보였다. 창문에는 벌써 어둠이 와 있었다. 나는 벌떡 일어나 거실로 나갔다. 침쟁이 친구가 나를 보더니 "웬 낮잠을 그리 곤하게 자는 거야?"라고 물었다. 이어 "희자씨는 자" 하고 덧붙였다. 안방 문을 열고 보니 쑥 향기 속에서 외할머니가 자고 있었다. 얼른 방문을 닫았다.

"뭐 해?" 내가 묻자 "목욕물 데운다. 희자씨 씻어야지"라고 침쟁이 친구가 대답했다. "걱정이다. 너나 내가 씻겨줄 수도 없고. 만돌이 너, 물 끓으면 불 꺼. 김수인 선생 찾아가서 부탁해볼게." 침쟁이 친구가 내 등을 툭 치고 갔다.

나는 물이 든 솥단지를 물끄러미 바라보았다. 오래지 않아 물이 끓어오르자 가스불을 껐다. 한참이 지나도 침쟁이 친구는 돌아오지 않았다. 그사이에 물은 다 식어버렸다. 침쟁이 친구를 기다리면서 휴대폰을 만지작거렸다. 마침내 용기를 내어 여수경의 전화번호를 찍었지만 통화 버튼을 누르지 못했다. 휴대폰을 닫았다가 다시 열고 이번에는 엄마한테 전화를 걸었다. 엄마한테 전화를 걸면 언제나 노래가 흘러나왔다. 걱정은 태산이고 불행은 쌓여가는데, 돈 워리 비 해피라니. 엄마는 아무것도 모르면서. 엄마가 미웠다. 노래가 끝나자 고객이 전화를 안 받는다며 음성 메시지를 남기라는 안내음이 나왔다. 나는 안내음에 따라 1번을 누르고 "엄마, 외할머니 목욕해야 돼. 외할머니는 여자라서 내가 씻겨줄 수가 없어. 어디 가서 뭐 하는 거야? 빨리 안 와!"라고 말한 뒤에 별표를 눌렀다. 엄마한테 화가 났다. 홧김에 용기가 불끈 생겨 여수경에게 전화를 걸었다. 신호가 가고 컬러링이 흘렀다. 나는 침을 꿀꺽 삼켰다. 여수경도 엄마처럼 끝내 전화를 받지 않았다. 혹시 모르는 번호라서 안 받는 것일 수도 있다고 생각하고 '저 만돌이인데요'라고 문자를 남겼다. 잠시 후에 다시 전화를 했더니 컬러링이 흘러나오는 중간에 전화가 툭 끊겼다. 휴대폰을 멍하니 들여다보다가 책상 위에 놓았다. 어찌하여 내가 사랑하는 사람들은 모두 침묵 속에 잠겨 있는지…… 가슴이 아렸다.

기다리는 마음

 여수경을 기다렸다. 기다림은 지루했고 지겨웠다. 몇번 더 전화도 해보고 문자도 보냈지만 여수경은 침묵의 저편에서 어떤 신호도 보내오지 않았다. 그 틈새로 지혜가 자주 눈에 띄었다. 나는 창밖에 서 있는 지혜를 보기만 했다. 지혜의 마음을 모르는 것은 아니었지만, 안으로 들어오라고 하지 못했다. 외할머니는 나를 알아보았고 또 알아보지 못했다. 외할머니도 나처럼 누군가를 간절히 기다렸다. 외할머니는 까마득한 옛 골목에서 서성거리고 나는 오늘의 골목에서 서성거린다는 점이 달랐다. 공부방은 개점휴업이었다. 차라리 잘되었다 싶어 마음 편하게 밤마다 거리를 떠돌았다. 어둠 속에 잠긴 망루와 그 아래 천막에서 식은 만두를 얻어먹기도 했다. 전경과 철거용역이 퇴근한 뒤에도 망루 위의 사람들은 붉은 머리띠를 풀지 않았다. 망루 위의 사람들도 무언가를 기다리는 게 아닐까 하는 생각이 들기도 했다. 과연 오기는 하는 걸까? 끝내 오지 않을지도 모르는데 사람들은 왜 포기를 못하는 것일까? 가끔은 마을버스 종점을 지나 이십사시간 문을 여는 대형마트까지 가기도 했다. 그곳은 밝았고 내 것이 아닌 물건들로 가득했다. 나는 물건들 속에서 길을 잃고 헤매다가 진열대에서 내 주머니로 물건을 이동시켰다. 포장지를 없애버렸기 때문에 들킬 염려는 없었다. 특별한 이유가 있어서 그런 것은 아니었다. 그냥 그러고 싶었다. 새벽녘이 되어서야 집으로 돌아와 침대에 몸을 던졌다. 고양이가, 아니 은행나무가 밤새 울었다. 잠 속에서도 나는 깨어 있는 순간들이 많았다. 천개의 별을 셌고, 천마리의 양을 거꾸로 헤아렸다. 깨었는지 꿈인지 모를 시간 속에서 아랫말의 잿더미와 망루가 내 옆에 길게 누웠다. 가끔은 망루 위에서 사진을 찍는 여수경을 보았다. 때로는 여수경이 아니기도 했다. 늘 잠이 부족해 눈이 충혈되었다. 어느날은 아랫말의 잿더미에서 검게 피어오르는 먼지를 찍었다. 집에 와서 컴퓨터 화면으로 확인해보니 먼지 저편에 망루와 붉은 깃발과 전경대와 철거용역이 흐릿하게 담겨 있었다. 흐릿한 현실의 풍경이 싫어서 삭제하려다가 그냥 두었다.

내 마음속에는 언제나 여수경이 있었고 또 언제나 없었다. 외할머니는 목욕을 시켜주러 온 김수인 선생님을 밀어냈다. 이제 외할머니의 몸에서 풍기는 악취는 쑥뜸 향기로도 지워지지 않았다. 딸기가 텅 비었구나. 외할머니는 냉장고를 딸기라고 불렀다. 외할머니의 머릿속에서 물건과 이름이 뒤섞였다. 화장실을 항아리로, 냄비를 수박으로, 수저를 호미로, 세탁기를 된장독으로 불렀다. 다만 재봉틀만 재봉틀이라고 했다. 침쟁이 친구가 인지능력이 떨어졌다고 유식한 말을 했다. '인지'가 무언지는 모르지만 '능력이 떨어졌다'는 말은 확실히 알아들을 수 있었다.

바람이 은행나무를 심하게 흔들던 날, 학교에서 돌아오니 외할머니가 주방에서 요리를 하고 있었다. 청국장 냄새가 집 안에 가득했다. 외할머니가 나를 반갑게 맞이했다. 나는 두부찌개와 계란 프라이가 먹고 싶다고 일부러 투정을 부렸다.

"호강에 초 치는 소리 하네. 저거 뭐냐, 저거에 두부도 없고 계란도 없어." 외할머니가 냉장고를 가리키며 말했다. 딸기라고 하지 않아 다행이었다. 아무래도 '냉장고'라고 큼지막하게 써서 붙여야 할 것 같았다. 그런데 '냉장고'를 '딸기'라고 읽으면 어떻게 하지? 에이, 모르겠다. 외할머니 몸에서 퀴퀴한 냄새가 났다. 냄새나니까 목욕 먼저 하고 요리를 하라고 말할까 하다가 참았다. 비록 치매에 걸리긴 했어도 외할머니는 자존심이 센 사람이었다.

"내가 후딱 사올게."

"이왕 발걸음 하는 거니까 파도 한 뿌리만 사와." 외할머니가 내 뒤통수에다 대고 소리쳤다. 막상 집을 나오고 보니 주머니에 돈이 한푼도 없었다. 외할머니도 돈이 없을 게 뻔했다. 다리에 맥이 풀리고 짜증이 확 솟구쳤다. 터덜터덜 걸어서 천사시장으로 갔다. 천사상회 앞에서 물끄러미 계란과 두부를 바라보았다. 훔칠까, 외상으로 살까, 아니면 그냥 달라고 부탁해볼까? 거저 얻기엔 쪽팔렸고, 외상을 하자니 갚을 일이 막막했다. 훔치는 게 제일 깔끔했다. 나는 계란과 두부를 훔쳐서 도망치는 상상을 해보았다. 마트에서와는 전혀 다르게 죄책감이 느껴졌다. 가슴이 마구 떨렸다. 마음을 다잡고 계란을 향해 손을 뻗었다.

"만돌아, 여기서 뭐 해?" 뒤에서 굵은 목소리가 들렸다. 나는 놀라서 하마터면 그 자리에 주저앉을 뻔했다. 목소리의 주인공은 박정철이었다.

"그렇지 않아도 한번 보려고 했는데, 잘 만났다. 치킨 사줄까?" 박정철이 말했다. 치킨이라는 말을 듣는 순간 머리에 잘 튀겨진 통닭이 그려지면서 입에 군침이 돌았다. 얼른 계란과 두부를 가지고 집으로 가야 한다는 생각을 하면서도 나도 모르게 고개를 끄덕였다. 박정철은 나를 데리고 홍콩반점 옆에 있는 꼬꼬치킨으로 들어갔다. 박정철은 그동안 어떻게 지냈는지 이것저것 물었고 나는 건성으로 대답했다. 그러는 사이에 치킨이 나왔다. 닭다리를 하나 잡고 뜯는데 외할머니가 목에 탁 걸렸다. 닭다리를 도로 내려놓고 포장해가면 안되겠느냐고 물었다. 박정철이 양념치킨 한마리를 포장해달라고 주문했다. 나는 마음껏 닭다리를 뜯었다. 양념통닭 한마리를 순식간에 해치우고 일어서는데 박정철이 큰아버지가 주라고 했다면서 두툼한 봉투를 내밀었다. 생활비와 용돈이라고 했다. 잠시 망설이다가 봉투를 받아 주머니에 넣고 집으로 향했다. 뭔가 기분이 찜찜하다 싶더니 배가 살살 아파왔다. 집에 도착해 밥상을 보고서야 계란과 두부와 파를 까맣게 잊고 있었다는 것을 깨달았다. 나는 양념치킨을 밥상에 올려놓았다.

"이게 뭐여?" 외할머니가 물었다.

"응, 치킨." 나는 외할머니의 눈치를 살피며 대답했다.

"내가 족발을 사오랬지 언제 통닭을 사오라고 했어?" 외할머니가 엉뚱한 말을 하며 통닭을 밥상 옆에 두고 청국장을 떠먹었다. 나는 배가 아프다고 둘러대며 수저를 들지 않았다. 배도 불렀지만 아픈 것도 사실이어서 엄살은 아니었다. 예전의 외할머니는 배가 아프다고 하면 '내 손이 약손이여' 하면서 배를 살살 문질러주곤 했다. 그런데 오늘은 나를 뚫어져라 쳐다보기만 했다. 나는 속으로 뜨끔했다.

"근데 너, 뭐 사먹었지?" 외할머니가 날카롭게 물었다.

"아니야, 사먹긴 뭘 사먹어?" 나는 시치미를 떼면서도 속으로는 뜨끔했다.

"이빨에 고춧가루 끼었는데?" 외할머니의 날카로운 지적에 얼굴이 확 달아올랐다.

그토록 짧은 순간에 외할머니는 현실로 돌아와 있었다. 나는 순간 당황했지만 재빠르게 잔머리를 굴렸다. 여기서 밀리면 그 쪽팔림을 감당할 자신이 없었다. 어떻게든 위기에서 벗어나야만 했다. 잔머리가 바람개비처럼 빠르게 돌았다. 수사와 취조가 시작되었다. 나는 버틸 만큼 버텼지만 결국 외할머니의 떠보는 말에 덜컥 걸리고 말았다. 결국 박정철을 만난 이야기를 털어놓고 큰아버지가 준 용돈을 내놓아야 했다.

"내가 거지를 키우고 있었구나." 외할머니가 낮은 목소리로 중얼거렸다. 입이 열개라도 할 말이 없어서 그저 조용히 밥상머리에 앉아 있었다. 외할머니는 밥 한 그릇을 뚝딱 비우더니 또 한 그릇을 수북하게 담아왔다. "더러운 돈 돌려주고 오너라." 외할머니의 말이 천근만근 무겁게 들렸다.

　나는 조용히 돈봉투를 들고 일어섰다. 외할머니가 꼭 돌려주라고 말하는 것 같은 눈빛을 쏘아보냈다. 나는 고개를 끄덕이고 집을 나와 앞집으로 갔다. 대문을 열고 막 들어가려고 하는데 안에서 "니가 뭘 안다고 빨갱이 놈들이 설치는 망루에 가 있어? 개발해서 아파트로 바꾸자는데 뭐가 나빠?" 하는 박노인의 고함 소리가 들렸다. 뭐라고 웅얼거리며 대답하는 소리가 들리는가 싶더니 퍽 하는 소리와 함께 비명이 터졌다. 박노인이 아내에게 주먹질을 하는 모양이었다. 나는 조용히 돌아서서 마을버스 종점 방향으로 내려갔다. 홍콩반점과 꼬꼬치킨, 주변의 작은 선술집까지 모두 뒤졌지만 박정철의 모습은 보이지 않았다. 나는 철거용역들이 모여 있는 곳으로 갔다. 전경대 뒤에서 철거용역들이 추위에 떨며 서 있었다. 용역들은 대부분 '철거'라고 쓰인 안전모를 쓰고 마스크로 얼굴을 가린 상태였다. 하루 종일 서서 대기하는 게 그들의 일이었다. 나는 용역들 중에서도 박정철을 찾지 못하고 "꼬마야, 저리 가" 하는 말만 들었다. 꼬마라는 말에 눈을 흘겼다가 괜히 꿀밤을 맞았다. 용역들 사이에서 망루를 올려다보니 '죽을 수는 있어도 물러설 수는 없다'라고 쓴 현수막이 보였다. 현수막의 내용이 마음에 들지 않았다. 죽느니 물러서는 게 낫지 않을까? 죽지도 않고 물러서지도 않으면 되잖아, 바보들. 사람들은 너무 쉽게 죽음을 이야기한다. 나는 그게 싫다. 누군가가 죽으면 남겨지는 사람도 있다. 남겨진 사람의 무너진 가슴을 생각해봤는지 묻고 싶다. 기회가 되면 저 현수막의 내용을 '죽지도 않고 물러서지도 않겠다'로 바꾸겠다고 다짐했다.

망루 쪽으로 가볼까 하다가 허탕만 칠 것 같아 돌아섰다. 내가 알기엔 적어도 박정철은 망루 편은 아니었다. 다시 종점 쪽으로 나와 터덜터덜 걷는데 허름한 건물에 매달린 '종점다방' 간판이 눈에 띄었다. 다방이라는 곳은 아직까지 한번도 가본 적이 없었다. 혹시나 하는 마음에 가만히 문을 밀고 다방으로 들어섰다. 다방은 텅 비어 있었고 짙은 화장을 한 중년의 아줌마 혼자 앉아 멸치를 까고 있다가 눈을 들어 나를 봤다. 나는 고개만 까닥 숙여 인사하고 부리나케 빠져나왔다. 천사마을 아래쪽은 천사시장까지 포함해서 온통 낡고 더럽고 스산했다.

내가 찾는 사람들은 왜 누구나 꼭꼭 숨어서 머리카락 하나도 보이지 않을까? 문득 그런 생각이 들었다. 여수경도 박정철도 어디로 숨어버렸는지 도무지 찾을 수가 없었다. 만일 돈봉투를 그냥 들고 돌아가면 외할머니 성격상 불같이 화를 낼 게 뻔했다. 일을 못해 돈이 없어도 외할머니는 남에게 절대로 아쉬운 소리를 하지 않았다. 지혜 엄마가 와서 가끔 아쉬운 소리를 하면 주머니 속의 먼지까지 탈탈 털어 내주면서도 정작 본인이 아쉬울 때에는 입을 꾹 다물고 견디는 사람이 바로 외할머니였다. 돈을 돌려줬다고 거짓말을 할까도 생각했지만 외할머니의 예리한 수사능력이 염려되어 포기했다. 나는 은행나무로 가서 박정철이 집에 돌아오기를 기다리기로 했다. 은행나무로 가까이 가자 고양이 몇마리가 야옹거리며 경계했다. 가까이 오지 말라는 신호지만 나는 깨끗이 무시했다. 티라노가 은행나무 옆에 있다가 담장 위로 올라갔다. 지금은 티라노에게 손을 깨물려도 좋을 기분이 아니었다. 은행나무에 기대니 기분이 조금 풀어지는 느낌이었다. 내게 은행나무는 나무 이상의 그 무엇이었다.

  밤이 서서히 깊어갔다. 12월의 바람이 내 몸에 머물다가 허공 속으로 떠나갔다. 가로등 불빛 아래로 동네 사람들이 나타났다가 어두운 골목 안으로 사라져갔다. 어떤 사람들은 내게 알은척을 하기도 했고, 어떤 사람들은 그냥 쳐다보고는 지나갔다. 해피빌라에서 새어나오는 불빛이 나를 유혹했다. 하지만 해피빌라에 간 사이에 박정철이 집으로 돌아올까봐 나는 자리를 뜨지 못했다.

  자정이 넘어도 박정철은 끝내 집에 돌아오지 않았다. 나는 몸이 얼어 덜덜 떨며 집으로 돌아갔다. 외할머니는 곤한 잠에 빠져 내가 들어온 것도 몰랐다. 내 방으로 들어가 이불을 덮어쓰고 침대에 엎드렸다. 불룩한 돈봉투가 거추장스러워 책상 위에다 던져버렸다. 돈봉투는 정확히 휴대폰을 맞혔다. 휴대폰이 책상 아래로 떨어지며 폴더가 열렸다. 뭔가 이상한 느낌이 들어 휴대폰을 집어들어 보니 부재중 전화가 한통 와 있었다. 번호를 확인해보니 여수경이었다. 나는 얼른 통화 버튼을 눌렀다. 전화기가 꺼져 있다는 사무적인 안내말이 흘러나왔다. 귓구멍을 막아버리고 싶었다. 나는 휴대폰을 꼭 쥐고 침대로 가서 엎드렸다. 심장이 터질 듯이 뛰었다. 여수경이 내게 전화를 했다는 사실이 중요했다. 자꾸만 웃음이 나오고 온몸이 더워졌다. 창문을 활짝 열고 창턱에 몸을 기댔다. 가로등 불빛만 고요한 골목길을 오래 바라보았다. 은행나무에서 고양이가

'야옹' 하고 울었다. 소리로 보아 티라노가 분명했다. 오늘 밤은 은행나무가 울든 고양이가 울든 편하게 잠들 것만 같았다.

바람이 분다

 등기우편으로 '증인출석요구서'가 도착했다. 아무리 읽어봐도 무슨 뜻인지 알 수 없어 침쟁이 친구에게 보여줬다. 침쟁이 친구가 훑어보더니 "만돌이 너 어쩔래? 높으신 판사님이 법정에 나오라고 부르는 편지다"라고 겁을 줬다. 얼굴도 모르는 판사님이 왜 나를 오라는 편지를 보낸단 말인가? 침쟁이 친구가 나를 놀려먹는 게 틀림없었다.

 "대충 읽지 말고 찬찬히 좀 봐. 뭐든지 대충대충이야!" 내가 짜증을 내며 말했다.

 "겁나 서운하다. 대충대충이라니? 내가 뭘 언제 대충 했냐? 햐, 이거야 참. 자다가 따귀 맞는 꼴일세." 침쟁이 친구가 정색을 하고 따졌다. 나는 미안하다고 사과하며 잘 읽고 설명해달라고 부탁했다. 침쟁이 친구가 돋보기안경을 쓰고 헛기침을 한 뒤에 더듬더듬 읽기 시작했다.

"에에— 수신은 서울시 강남구 포치동 산1004번지 27호 김우룡, 바로 만돌이 너고, 발신은 서울특별시 서초구 서초중앙로 157 서울가정법원 가사23단독이야. 에에— 또— 증인출석요구서라— 천천히 읽어줄 테니까 잘 들어." 침쟁이 친구가 돋보기를 살짝 내리더니 나를 봤다.

"어서 읽기나 해. 뭔 말이 그리 많아?" 내가 신경질을 부렸다. 침쟁이 친구는 문서를 위에서 아래로 쭉 훑더니 한숨을 푹 쉬고 읽어 내려갔다.

사건: 20××느단1234
청구인: 박형주
피청구인: 김만수
증인: 김우룡

후견인 해임 및 변경에 관한 청구 사건 20××느단1234의 심리를 실시함에 있어 민사소송법 제309조 및 민사소송규칙 제81조의 규정에 의하여 이 요구서를 발부하오니 아래와 같이 증인으로 출석하여주시기 바랍니다.

1. 출석일시: 20××. ××. ××(목) 14:30
2. 출석장소: 서울가정법원 신관 308호

3. 신문요지: 후견인인 피청구인의 후견 임무 이행 여부 및 부정행위 여부 관련

출석시에는 민사소송규칙이 규정한 바에 의하여 증인신문으로 인해 소요되는 여비, 일당과 숙박료를 청구할 수 있습니다.
지정된 기일에 출석할 수 없는 경우에는 민사소송규칙 제83조에 따라 출석할 수 없는 사유를 밝혀 신고해야 합니다.
만약 불출석을 신고하지 않고 출석하지 아니한 때에는 정당한 사유 없이 출석하지 아니한 것으로 인정되어 민사소송법 제311조 및 민사소송규칙 85조의 규정에 의해 결정으로 500,000원 이하의 과태료에 처하고, 구인할 수 있음을 알려드립니다.

20××년 ××월 ××일

서울가정법원 가사23단독
재판장 조현희

"청구인 박형주는 누구고, 피청구인 김만수는 누구냐?" 증인출석요구서를 다 읽고 나서 침쟁이 친구가 내게 물었다. 나는 외삼촌과 큰아버지라고 대답했다. 침쟁이 친구가 혀를 끌끌 찼다.
"그거 안 나가면 어떻게 되는 거야?" 내가 조심스레 물었다.
"이걸로만 보자면, 니가 법정에 나가면 외삼촌한테 유리하고, 안 나가면 큰아버지한테 유리하네. 그렇다고 특별한 이유 없이 안 나

가는 것도 안돼. 만일 그랬다간 나중에 과태료 오십만원을 내야 된다는데." 침쟁이 친구가 고심하는 표정을 지었다.

"우 씨, 증인으로 나가야 된다는 거지?" 짜증이 머리 꼭대기를 뚫고 나올 것만 같았다.

"그러네, 증인으로 채택된 거니까. 그나저나 만돌이 너도 참, 기구하다." 침쟁이 친구가 말끝에 혀를 끌끌 찼다.

"기구가 뭐야?"

"살기가 팍팍하다 뭐 이런 뜻이야. 친척이라는 어른들이 어쩌면 이럴 수가 있냐? 에이, 나쁜 놈들. 아무것도 모르는 애를 데리고 송사질이나 해대다니."

나는 시무룩한 마음으로 집에 돌아왔다. 외할머니가 어디 갔다 오느냐고 화를 내며 어서 밥을 달라고 했다. 나더러 밥을 달라고 할 때는 치매가 왔을 때이고, 내게 밥을 차려줄 때는 치매가 갔을 때이다. 밥통을 열어보니 텅 비어 있었다. 내가 학교에 있는 사이에 그 많은 밥을 다 먹어버린 모양이었다. 쌀을 씻으려고 쌀독을 여는데 바닥이 보였다. 마음이 쌀독 바닥으로 툭 떨어지는 기분이었다. 쌀을 씻어 전기밥솥에 안치고 취사 버튼을 눌렀다. 반찬은 그냥 김치 한가지만 내놓을 작정이었다. 전기밥솥에 밥하는 것과 양은냄비에 라면 끓이는 것밖에는 요리를 할 줄 아는 게 없었다. 밥이 되는 동안 방에 들어가 휴대폰을 열어봤다. 아무에게도 전화가 오질 않았다. 휴대폰을 책상 위에 던져놓고 침대에 엎드렸다. 톡, 창문에서 작은 소리가 들렸지만 신경 쓸 기분이 아니었다. 톡, 이번에는 조금 더 세게 뭔가가 창문에 부딪치는 소리가 났다. 두번까지는 참

앉는데 또 톡 하는 소리에 일어나서 창문을 열었다.

"키킥, 나야, 서방." 지혜가 밝게 웃으며 손을 흔들었다.

헉! 서방이라니? 내가 언제 지혜의 남편이 되었단 말인가? 어처구니가 없어 창문을 쾅 닫아버렸다.

"니네 집으로 들어간다~" 지혜의 명랑한 목소리가 거의 협박처럼 들렸다. 지혜가 들어와 외할머니를 보고 엉뚱한 소리라도 하면 정말 곤란했다. 나는 얼른 방에서 뛰어나갔다. 하지만 지혜가 나보다 더 빨랐다. 지혜는 어느새 현관에서 외할머니에게 인사를 하고 있었다.

"옥주 너는 어딜 쏘다니다가 인제 오는 거야?" 외할머니가 지혜를 보더니 버럭 화를 냈다. 신발을 벗으려다가 지혜가 어리둥절한 표정으로 나를 쳐다봤다. 나는 지혜에게 어서 돌아가라고 손짓했다. 지혜는 내 손짓을 무시하고 나와 외할머니를 번갈아 보더니 고개를 갸웃했다. 여우 같으면서도 엉뚱한 지혜가 외할머니의 치매에 대해 동네방네 떠들고 다닐까봐 걱정이 앞섰다. 나는 지혜의 앞을 가로막고 오늘은 그냥 가라고 말했다. "할머니 안녕히 계세요"라고 지혜가 인사를 하고 돌아서는데 "옥주야 이년아! 가긴 어딜 가? 당장 안 들어와!"라고 소리치며 외할머니가 벌떡 일어섰다. 기어이 일이 커지고 말았다.

"왜 나한테 옥주라고 하는 거야, 서방?" 지혜가 물었다.

"너를 어린 시절의 울 엄마로 착각하고 있는 거야. 울 엄마 이름이 옥주거든. 그런데 너, 서방이라는 말 징그럽지도 않냐? 그만 좀 해." 목청을 높여 짜증스럽게 말했지만 지혜는 그저 웃기만 했다.

그게 더 미웠다.

"피이, 나는 좋기만 하다 뭐. 알았어. 그러면 내가 옥주 하지 뭐."
지혜는 역시 엉뚱했다. 지혜는 신발을 벗고 거실로 올라와 집 안을 살피더니 외할머니에게서 풍기는 악취에 코를 싸쥐었다. "배고파, 밥 줘." 외할머니가 말했다. 지혜는 얼른 밥상을 차리겠다고 대답하고는 전기밥솥을 살피고 냉장고를 열더니 텅 빈 것을 보고는 말없이 문을 닫았다. 나는 그냥 돌아가라고 지혜의 등을 떠밀었다. 지혜가 버티다가 현관으로 밀려나가자 외할머니가 여동생을 왜 쫓아내느냐며 내 등짝을 손바닥으로 후려쳤다. 지혜가 묘하게 웃더니 싱겁게도 집에서 나가버렸다. 지혜가 가고 오래지 않아 전기밥솥에서 김이 푹푹 올라오기 시작했다. 뜸이 들기를 기다리고 있는데 지혜가 불쑥 다시 들어왔다. 손에는 참치캔이 들려 있었다. 지혜는 곧장 주방으로 가더니 참치김치찌개를 끓인다며 부산을 떨었다. 어이가 없었지만 그냥 내버려두기로 했다. 지혜가 차린 밥상은 내가 차린 것에 비하면 성찬이었다. 외할머니가 식사를 하는 동안 지혜는 양동이에 물을 가득 채우더니 연탄아궁이에 올려놓았다.

"엄마, 밥 먹고 우리 목욕할까? 등 좀 밀어줘. 가려워 죽겠어." 지혜가 외할머니 앞에 앉아 아양을 떨며 코맹맹이 소리를 했다. 내 팔뚝에 소름이 돋았다. 어쩌면 저렇게 태연할 수 있을까 궁금했다. 아무리 엉뚱공주라도 이건 해도 해도 너무한다 싶었다.

"아이고, 그러게. 이가 있는가 나도 가려워 죽겠다." 외할머니가 맞장구를 쳤다. 외할머니는 이번에도 밥을 한 그릇 더 먹었다. 침쟁이 친구 말에 따르면 치매에 걸린 사람들 중에서 일부는 식탐이 많아지는 경향이 있다고 했다. 외할머니는 많이 먹고 오래 자는 편에 속했다. 오래 자는 것은 다행이지만 많이 먹는 것은 걱정이었다. 어느 순간 대소변을 가리지 못하면 많이 먹는 게 문제를 일으킬 수도 있겠다고 생각했다. 지혜는 마치 엄마처럼, 외할머니의 딸처럼 굴었다. 나더러 연탄아궁이에 올려놓은 양동이의 물을 욕실로 옮기라고 시키기까지 했다. 나는 투덜거리지도 못하고 시키는 대로 했다. 지혜가 욕실로 들어가 찬물과 뜨거운 물을 적당히 섞었다. 정말 엄마처럼 손가락을 물에 담가 온도를 재보기도 했다. 지혜가 외할머니를 데리고 욕실로 들어가더니 "훔쳐보면 죽을 줄 알어!"라며 주먹을 쥐어 보이고는 문을 잠갔다. 김수인 선생님이 와서 목욕을 하자고 했을 때는 욕까지 퍼붓던 외할머니가 얌전하게 지혜의 말을 듣는 게 너무 신기했다. 지혜한테는 특별한 무엇이 있는 것 같았다. 두 사람은 무려 한시간이나 욕실에서 웃고 떠들다가 나왔다. 외할머니의 얼굴은 발갰고, 몸에서는 악취 대신에 향긋한 냄새가 풍겼다. 지혜도 함께 목욕을 했는지 젖은 머리를 수건으로 툭툭 털었다. 많이 먹고 목욕까지 한 덕택인지 외할머니는 금방 잠이 들었다. 지혜와 단둘이 있는 게 어색해서 나는 헛기침을 했다.

"서방~ 망루에 같이 가자."

"망루엔 왜?" 내가 퉁명스레 되물었다.

"우린 저녁 안 먹었잖아. 가서 먹자. 배고프다." 지혜가 내 소매를 잡아끌었다.

"싫어." 나는 소매를 뿌리쳤다.

"너 죽을래?" 지혜가 눈앞에 주먹을 들이밀었다. 지혜의 강압에 못 이겨 하는 수 없이 이크를 목에 걸고 집을 나섰다. 외할머니가 빚을 지면 안된다며 데이트를 나간 이유를 조금은 알 것 같기도 했다. 골목엔 바람이 가득했다. 비닐봉지를 비롯한 온갖 쓰레기들이 바람에 휩쓸려 미친 듯이 춤을 추었다. 본격적인 추위를 알리는 바람이라 그런지 코끝이 맵싸했다. 지혜는 뭐가 그리도 좋은지 팔랑거리며 뛰듯이 걸었다.

망루에 도착하니 아랫말의 잿더미에서 회오리바람이 일었다. 수백마리의 말들이 한꺼번에 달려오는 것처럼 바람이 거칠었다. 망루가 흔들거리고 천막은 폭삭 주저앉고 있었다. 저녁을 먹기엔 이미 틀린 것 같았다. 바리케이드 건너편에서는 전경대가 뒤로 빠지고 천사1지구 재개발조합원들이 앞으로 나서고 있었다. 그 사이사이에 철거용역들이 끼어들었다. 한판 붙기 직전의 묘한 긴장감이 맴돌았다. 나는 얼른 목에 걸고 있던 이크를 손에 쥐고 바리케이드 저편의 움직임을 연이어 찍었다. 손에 메가폰을 든 남자가 바리케이드 앞까지 나오더니, 망루를 철거하고 제삼자는 즉시 아랫말을 떠나라고 최후통첩을 전했다. 더이상 불법농성을 좌시할 수 없으니 법에 의거해 실력행사에 들어가겠다며 경고했다.

아랫말 사람들이 망루 주변으로 부리나케 모여들었고, 쇠파이프를 든 몇몇은 바리케이드 근처에 석유를 뿌렸다. 석유 냄새가 바람에 실려 멀리 퍼졌다. 하율스님이 망루 아래를 지나다가 나와 지혜를 발견하고는 얼른 집으로 가라며 등을 밀었다. 나는 집으로 가고 싶지 않았다. 싸움 구경을 놓친다면 두고두고 억울할 것 같았다. 무언가 큰일이 벌어질 것만 같은데 가란다고 해서 정말로 가는 순진

한 바보가 되긴 싫었다. 그건 지혜도 마찬가지인 듯했다. 지혜와 나는 가는 시늉만 하다가 망루 근처로 숨어들었다. 나는 렌즈를 조절해 바리케이드 저편에 선 사람들의 얼굴을 최대한 확대해서 찍었다. 박노인을 비롯해 개발에 찬성하는 동네 사람들의 얼굴이 뷰파인더에 들어왔다. 더 크게 확대해서 얼굴을 자세히 찍고 싶었지만 작은 카메라로는 어림도 없었다. 여수경의 큰 카메라였다면 망원경처럼 볼 수 있었을 텐데.

잠시 정적이 무겁게 내려앉았다. 등 뒤에서 바람이 불어왔다. 바람이 몸에 닿자 소름이 돋았다. 바람 속에는 이상한 느낌의 소리가 실려 있었는데, 나는 그 소리가 은행나무의 울음이라고 직감했다. 바람에 섞인 은행나무의 울음은 저쪽과 이쪽 사이의 텅 빈 풍경을 채웠다. 망루의 깃발도 바람에 펄럭이며 울음을 토해냈다. 망루 아래의 사람들이 머리에 띠를 묶고 바리케이드 앞으로 나섰다. 그들의 눈동자에 가득 고인 슬픔과 두려움을 나는 보았다.

"쳐라!" "와!" "죽여!"

철거용역들이 조합원들 사이에 서더니 곧장 바리케이드를 향해 쇠파이프를 휘두르며 달려왔다. 망루에서 바리케이드를 향해 화염병이 날아갔다. '펑' 하는 소리와 함께 불기둥이 높이 솟았다. 철거용역들은 진입을 멈추고 뒤로 움찔움찔 물러났다. 하율스님과 최목사님이 "비폭력"이라고 외치면서 화염병을 던지지 말라고 외쳤다. 그 사이에 대기하고 있던 소방차가 앞으로 나오더니 불기둥을 향해 물줄기를 세차게 뿜었다. 하지만 불길은 바람과 물줄기를 다고 살아 있는 짐승처럼 길길이 날뛰었다.

은행나무 소년 173

최목사님과 하율스님이 바리케이드 앞에 서더니 두 손을 꼭 잡았다. 이어 콩콩이모와 지혜 엄마와 박정철의 어머니까지 인간띠를 만들어 바리케이드 앞에 섰다. 어느 사이엔가 재개발조합 사람들이 뒤로 물러났고 헬멧과 마스크를 쓰고 쇠파이프를 든 철거용역들이 전투태세를 갖추며 앞으로 나섰다. 아랫말의 남자들도 각목과 쇠파이프를 들고 싸움을 준비했다. 소방차에서 쏘아대는 거센 물줄기는 바람을 타고 망루 쪽으로 날아와 소나기처럼 쏟아졌다. 지혜와 나는 비 맞은 고양이처럼 흠뻑 젖고 말았다. 옷이 젖으니 추위가 뼛속까지 파고들었다. 지혜는 이를 딱딱 부딪치면서도 카메라를 들고 오지 못한 것을 아쉬워했다. 소나기처럼 쏟아지는 물줄기에 불기둥이 사그라들자 망루에서 몇개의 화염병을 더 던졌다. 하율스님이 망루를 향해 "비폭력"이라고 외치며 화를 냈다. 불길이 모두 잡히고 소방차가 뒤로 빠지자 철거용역들이 대열을 지어 서서히 다가왔다. 최목사님과 하율스님이 바리케이드 앞으로 나가 물에 젖은 땅바닥에 눕자 인간띠를 하고 있던 다른 사람들도 두 사람을 따라서 땅바닥에 누워 철거용역의 진입을 온몸으로 막았다.

"다 죽여!"

외마디 명령과 함께 철거용역들이 함성을 지르며 몰려왔다. 그들은 땅바닥에 누워 있는 여자들과 노인들을 군화로 마구 짓밟았다. 여기저기서 비명이 터졌다. 그들은 사람이 아니라 피에 굶주린 하이에나였다. 서로의 몸을 엮고 있는 여자들을 떼어내려고 무섭게 쇠파이프를 휘둘렀다. 쇠파이프를 맞은 사람들의 비명과 철거용역들의 함성이 뒤섞여 망루 앞은 아수라장이 되고 말았다. 바리케이드 뒤에 있던 아랫말 사람들이 각목과 쇠파이프를 휘두르며 맞서려 하자 최목사님이 일어서서 "비폭력"을 외쳤다. 그러자 쇠파이프가 최목사님의 등을 후려쳤다. 이번에는 하율스님이 일어나 "비폭력"을 외쳤고 또 쇠파이프를 맞고 땅바닥에 쓰러졌다. 사람들이 철거용역들의 쇠파이프에 마구잡이로 당해도 뒤에 서 있는 경찰들은 그냥 보고만 있었다.

나는 내가 다른 세상에 와 있는 줄 알았다. 경찰은 대열을 짓고 구경만 했다. 경찰이라면 마땅히 쇠파이프에 맞아 피 흘리는 사람을 구해야 하지 않나? 인간띠를 한 아랫말 사람들은 땅바닥에 팔짱을 끼고 누워 무자비하게 당하면서도 무너지지 않았다. 그 위에서 철거용역들이 토네이도처럼 거대한 회오리를 일으키며 떠다녔다. 마치 꿈을 꾸는 것만 같았다. 내 눈앞에서 벌어지고 있는 이 끔찍한 풍경이 현실이 아니라 언젠가 텔레비전 뉴스에서 본 화면처럼 느껴졌다. 나와는 아무런 상관이 없었던 그 뉴스들.

부상자들이 속출했다. 인간띠를 한 사람들은 낡고 오래된 집을 위해 버텼고, 철거용역들은 새로 지을 집을 위해 쇠파이프를 휘둘렀다. 연약한 사람들의 머리통이 쇠파이프에 맞아 깨졌고 피가 터졌다. 나는 지옥의 풍경을 낱낱이 이크에 담았다. 그때 하율스님이 벌떡 일어나 망루 아래에 있는 석유통을 갖고 오더니 온몸에 석유를 부었다. 그 모습을 보고 콩콩이모가 외마디 비명을 질렀다. 철거용역들이 하율스님을 보면서 뒤로 조금 물러났다.

"누구라도 한 걸음만 앞으로 나오면 내 몸에 불을 붙이겠다!" 하율스님의 비장한 목소리가 바람에 실려 날아갔다.

"못 죽어도 병신이다 자식아!" "붙여봐 새끼야, 등신 지랄하네!" "중대가리야, 어서 붙여라, 붙여!" 수없이 많은 조롱과 야유가 쏟아졌다.

하율스님은 몸이 석유로 흠뻑 젖자 석유통을 내던지고 라이터를 손에 쥐었다. 최목사님이 하율스님 옆으로 가더니 무릎을 꿇고 "주여!" 하면서 기도를 시작했다.

"목사와 땡중이 아주 쌍쌍으로 지랄하네. 잘하는 짓이다 새끼야!" 다시 조롱이 쏟아졌다.

하율스님과 최목사님은 묵묵히 그들의 조롱과 야유를 견뎠다. 하지만 나는 알고 있었다. 철거용역들이 다시 한번 쇠파이프를 들고 진입한다면 하율스님은 가차없이 자기 몸에 불을 붙일 수 있는 사람이라는 것을. 최목사님도 불을 끄기보다는 하율스님을 끌어안고 자기 몸에 불이 옮겨오도록 할 사람이었다. 그게 정말 무서워서 다리가 후들후들 떨렸다. 얼마든지 조롱해도 좋으니 제발 아무도 움직이지 않기를 나도 모르게 기도했다. 기도를 하는데 지혜가 내 손을 꼭 잡았다. 기도를 하다가 '아멘'으로 끝을 맺을지 '나무아미타불'로 마무리를 할지 고민했다. 스님과 목사님 두분 모두를 위한 기도이니 '아멘나무아미타불'로 끝을 맺었다. 기도를 끝내고 다시 바리케이드 쪽을 보는데 눈물이 흘렀다. 나를 위해 흐르는 눈물이 아니어서 창피하지도 부끄럽지도 않았다. 나는 내 손을 꼭 쥔 지혜의 손을 풀고 이크를 목에 걸었다. 지금은 사진이 중요한 게 아니었다. 철거용역들이 다시 쇠파이프를 들고 온다고 해도 석유 먹은 몸에 불을 붙이지 못하게 하율스님을 말리고 싶었다.

"가지 마." 하율스님을 향해 걸어나가는데 지혜가 나를 붙잡았다. 나는 말없이 지혜의 손을 뿌리쳤다.

"가지 말라고. 춥고 무서워." 지혜가 다시 나를 잡았다.

"어쩌라고? 니가 춥고 무서운 걸 나더러 어쩌라고?" 지혜를 향해 고래고래 소리를 질렀다.

"이 바보야, 그것도 몰라? 저기엔 무조건 가지 마. 여기서 사진을 찍어. 나도 이유는 모르니까 왜냐고 묻지 마. 저기로 가는 것보다는 여기서 사진을 찍는 게 더 중요하다는 느낌만 있어." 새파랗게 질린 입술로 젖은 몸을 떨면서 지혜가 말했다.

마치 여수경이 말하는 것처럼 들려 정신이 번쩍 들었다. 나는 다시 이크를 손에 쥐었다. 나는 하율스님 쪽으로 조금 더 가까이 접근해서 셔터를 눌렀다. 사진을 찍는 게 아니라 하율스님의 간절한 애원을, 최목사님의 기도를, 아랫말 사람들의 이야기를 담는다고 생각했다. 사진을 찍다보니 나도 모르게 망루를 지나 바리케이드 근처로 가게 되었다. 뒤를 돌아 지혜를 봤다. 지혜가 고개를 끄덕였다. 조롱과 야유도 어느 순간 잦아들었다. 정적이 저녁 무렵의 허기처럼 내려앉았다. 하율스님은 가부좌를 틀고 앉아 바리케이드 너머의 철거용역들과 경찰들을 무겁게 응시했다. 나는 하율스님의 고요한 눈을 찍었다. 하율스님의 눈동자에 담긴 고요가 어떤 결단처럼 느껴져 무서웠다. 바람마저도 고요 속에서 잦아들었다.

무선기를 든 경찰대장을 향해 렌즈의 초점을 맞추자 경찰대장이 사진을 찍지 말라며 손바닥으로 얼굴을 가렸다. 하지만 이미 그

은행나무 소년 177

의 얼굴은 이크에 담긴 뒤였다. 하율스님의 몸에서 연기처럼 흘러 나오는 고요가 조롱과 야유의 아우성을 넘어 경찰대장에게 전달된 듯, 그가 뭐라고 하자 철거용역들이 물러났다. 이어 경찰이 주변을 정리하더니 바리케이드에서 멀리 물러나 방패로 앞을 가렸다. 순간, 와아 하는 함성과 함께 박수가 터졌다. 콩콩이모와 박정철의 어머니가 달려와 하율스님을 끌어안고 울었다. 최목사님이 하율스님의 손을 잡고 일어섰다. 인간띠를 하고 있던 사람들도 모두 자리를 털고 일어나 서로 끌어안았다. 김수인 선생님과 최목사님은 부상자들을 서둘러 치료해야 한다며 바삐 움직였다. 나는 망루에 기대어 앉은 하율스님에게 갔다. 석유 냄새가 훅 끼쳐왔다. 최목사님이 와서 괜찮은지 묻자 하율스님은 부상자부터 먼저 살피라고 말했다. 최목사님과 김수인 선생님은 부상자들을 천막으로 옮겼다.

 침쟁이 친구가 침통을 들고 웃말에서 내려왔고 한시간쯤 뒤에는 하얀 가운을 입은 의대생들이 도착했다. 의대생들은 부상자들의 상처를 소독하고 꿰매고 붕대로 감았다. 침쟁이 친구는 발이 삐었거나 허리가 아픈 사람들을 위해 침을 놓았다. 지혜와 나는 옆에서 잔심부름을 하며 침쟁이 친구를 거들었다. 의대생들은 석유에 피부가 오래 노출되면 까맣게 탈 것이라며 구급차를 불렀다. 하율스님은 옷만 갈아입으면 괜찮을 거라며 거절했지만 최목사님이 기어이 구급차에 태웠다. 내가 하율스님의 간병인을 자청해 구급차에 타자 지혜도 얼른 끼어들었다. 구급차는 휘황찬란한 거리를 빠르게 달렸다. 구급차 안에서 하율스님은 깊은 신음을 토해내며 얼굴을 찡그렸다. 아랫말 사람들과 함께 있을 때에는 웃으며 참고 있더니 구급차에서는 드러내놓고 통증을 호소했다. 살이 타들어가는 것 같다고 응급구조대원에게 하소연했다. 몸에 불이 붙지도 않았는데 살이 타들어가는 것 같다니, 하율스님도 엄살이 보통 심한 게 아니라고 생각했다.

"석유로 목욕을 하셨네요. 당장 옷을 벗고 석유를 닦아내지 않으면 피부가 화상을 입은 것처럼 상할 수 있어요. 치료가 조금이라도 늦으면 실제로 피부가 석유에 절여져서 쪼글쪼글하게 변할 수도 있어요." 응급구조대원이 가위로 하율스님의 옷을 자르며 말했다.

신기했다. 석유에 불을 붙이지도 않았는데 화상을 입은 것처럼 될 수도 있다니. 병원 응급실로 가는 내내 지혜는 하율스님의 손을 꼭 잡고 기도했다. 지혜의 작은 손과 석유로 검게 변한 하율스님의 손이 묘하게도 어울리는 것 같아 크게 확대해서 카메라에 담았다.

응급실에 도착하자마자 의사들이 하율스님의 옷을 모두 벗기고 알코올로 석유를 닦아냈다. 하율스님은 입술을 앙다물고 터져나오는 비명을 참았다. 엄청나게 많은 알코올로 몸을 닦아내니 체온이 급격하게 내려가 저체온증으로 거의 혼절할 뻔도 했다. 의사들은 체온을 올리는 주사를 놓았다. 곁에서 보니 하율스님의 피부가 빨갛게 부어올라 있었다. 의사들은 얼음찜질로 피부를 진정시켰다. 응급처치는 두시간이 넘게 걸렸다.

하율스님이 환자복을 입고 응급실 병상에서 포도당 주사를 맞으며 잠들자 나는 지혜에게 집으로 돌아가라고 말했다. 하지만 지혜는 끝까지 병원에 있겠다고 우겼다. 나중에는 서로 얼굴을 붉히며 다퉜다. 어떻게 하면 지혜를 돌려보낼 수 있을까 잔머리를 굴리다가 지혜에게 외할머니를 부탁했다. 지혜는 잠시 고민하더니 정말로 혼자 가기는 싫지만 부탁을 하니 가겠다고 대답했다.

"대신 버스 탈 때까지 같이 있어, 서방." 서방이라는 말이 귀에 거슬렸지만 지혜를 돌려보내야 하기에 참았다. 병원에서 나와 버스 정류장까지 걸어가는데 지혜가 내 손을 잡았다. 나는 손을 빼지 않았다. 지혜가 내게 마음을 전해올 때마다 나는 괴로웠다. 언제나 곁에 있고자 하는 지혜에게는 어떤 설렘도 느끼지 못했지만, 늘 곁에 없는 여수경은 이름만 떠올려도 심장이 뛰었다. 버스를 기다리는 동안 지혜에게 미안해 죽을 것만 같았다. 지혜의 마음을 모르는 것은 아니지만, 다른 사람을 향하고 있는 내 마음을 나도 어쩌지 못했다. 지혜가 버스에 타더니 내게 손을 흔들었다. 지혜에게 미안했다. 미안하다는 이유만으로 사랑이 이뤄지는 것은 아니라고 어렴풋이 느꼈다.

지혜를 버스에 태워 보내고 응급실로 돌아와 보조의자에 앉아 꾸벅꾸벅 졸았다. 새벽에 잠에서 깬 하율스님이 갈증이 심하다고 해서 생수를 사다드렸다. 스님은 내게 고생을 시켜 미안하다고 말했다. 나는 스님에게 어제 찍은 사진을 보여줬다. 스님은 사진을 인터넷에 올리자고 말했다. 나는 여수경에게 보여줄 마음으로 사진을 찍었기 때문에 거기까지는 생각해본 적이 없었다.

"만돌이 너 정말 사진을 잘 찍는구나. 사진이 아주 생생해. 카메라만 좋았으면 훨씬 더 잘 찍을 수 있었을 텐데, 그게 아쉽다." 하율스님의 칭찬에 하늘을 나는 것처럼 마음이 두둥실 떠올랐다. 나는 스님이 온몸에 석유를 붓고 앉아 있는 장면을 찾아서 보여주며 물었다. "이때 기분이 어땠어요?"

"야, 무서워 죽는 줄 알았다. 용역들이 다시 오면 몸에 불을 붙여야 하는데, 괜히 큰소리를 쳤는가 싶어서 마구 후회하고 있었지. 용역들이 정말로 오면 어떻게 하나 무서워서 벌벌 떨었어. 그 사람들이 불을 붙여보라고 약을 살살 올리는데 아주 미치는 줄 알았다. 다행히 물러나서 이제 살았다 싶더라고."

"다시 왔으면 정말로 어떻게 하려고 했어요?"

"야, 무조건 삼십육계 줄행랑이지, 멍청하게 진짜로 불을 붙이냐?" 스님이 너무 귀여워서 빡빡머리를 쓰다듬고 싶었다.

"그런데 한편으로 생각하면 부처가 될 절호의 기회를 놓친 것 같기도 하고." 스님이 말했다.

엥, 이건 또 무슨 말인가. 부처라니? 스님이 어떻게 부처가 된단 말인가? 부처님은 절 법당에 앉아 있는 분 아닌가. 나는 고개를 갸웃했다. 사람 주제에 감히 부처가 되려 하다니. 그것은 목사님이 예수가 되고자 하는 것과 비슷한 것 같았다.

"사람이 어떻게 부처가 돼요?" 내가 따지듯 물었다.

"내 몸에 불을 붙여서 활활 타버렸으면 가능하지 않았을까 뭐 그렇다는 것이지, 따지긴 뭘 따져?" 하율스님이 살짝 꿀밤을 먹이며 웃었다. 나는 스님의 몸이 활활 타올라 부처가 되는 상상을 해봤지만, 아닌 것 같았다. 사람의 몸이 불에 타면 뼈만 남는 것을 나는 똑똑히 보았다. 그 뼈를 절구통에 넣고 빻아 가루로 만들고, 그 가루가 바람을 타고 허공으로 사라지는 것을. 나는 그것을 겪어본 사람이었다.

"너 간디라고 아냐?" 하율스님이 불쑥 물었다. '간디? 처음 들어보는데. 이 땡중은 왜 이렇게 질문이 많아?'라고 생각하면서 고개를 저었다. "간디도 모르냐? 공부 좀 해라, 공부 좀. 이거 뭐 무식해서 말이 통해야지. 얀마, 사진만 잘 찍는다고 다 되는 게 아냐. 배에만 똥이 차는 게 아니다, 너. 머리에도 똥이 차는 법이여. 똥대가리란 말 알아 몰라? 똥배보다 더 나쁜 게 똥머리야."

하율스님이 더럽게 잘난 척을 하며 내게 잔소리를 퍼부었다. 나는 '우 씨, 잔소리 마왕이 여기 또 있네'라고 속으로 생각했다. 하율스님은 혈관 속으로 방울방울 떨어지는 포도당액을 오래 쳐다보았다. 나는 어제 찍은 사진을 다시 보며 여수경을 생각했다.

"만돌아, 재개발조합원들을 모두 악마라고 생각하진 마. 사람을 천사와 악마로 나누어버리면 그 무엇도 할 수가 없단다. 사람은 그냥 사람이지, 착한 사람 나쁜 사람이 따로 있는 게 아니야. 망루에 있는 사람은 착하고 철거용역은 나쁘고, 이렇게 생각하지 말라는 뜻이야. 사람의 마음은 하루에도 열두번씩 착해졌다가 나빠졌다가 한단다. 나는 싸움에서 이기기 위해 천사마을에 있는 게 아니야. 뭐랄까, 거대한 욕망에 희생당하는 작고 사소한 소망들이 안쓰러워서 있는 거야. 그 작고 애절한 소망도 지켜주지 못하면서 바벨탑만 높이 쌓는 인간의 욕망이 무섭고 두려워서 있는 거지."

하율스님도 침쟁이 친구처럼 알쏭달쏭하면서도 어려운 말을 했다. 나쁜 말은 아닌 것 같아 그냥 듣기만 했다. 아침 열시쯤 스님 몇 분이 병원으로 와서 하율스님의 진료비를 계산했다. 스님들은 승복으로 갈아입고 나오는 하율스님에게 등신불이 되었으면 법당에 모시고 예불을 올려드릴 텐데 아쉽게 되었다며 농담을 건넸다. 스님들은 장난꾸러기였다. 병원에서 나오자 스님 일행과 나는 가까운 식당으로 가서 늦은 아침 겸 점심을 먹었다. 하율스님은 식당에서 이크에 저장된 사진을 스님들에게 보여주었다. 스님들은 사진을 잘 찍었다며 당장 블로그에 올리자고 성화를 부렸다. 나는 꼭 그래야 하는지 잘 몰라 시원하게 대답을 못하고 청국장에 밥을 말아 퍼먹기만 했다. 하율스님은 요새는 페이스북이 대세라고 주장했다. 스님들끼리 페이스북이니 블로그니 하면서 개구쟁이들처럼 옥신각신 다투었다.

사람의 그늘

　외삼촌이 썰렁한 거실에 서서 기도를 올리자 외할머니가 히죽거리며 흉내를 냈다. 기도가 끝나자 외삼촌은 외할머니의 치매가 어떤지는 묻지도 않고 증인출석요구서를 받았느냐고 물어왔다. 나는 대답 대신 등기우편을 외삼촌에게 보여주었다. 외삼촌은 등기우편을 대충 훑어보더니 법원에 꼭 출석해야 한다고 귀에 못이 박히도록 말했다. 법원에 가는 날 꼭 데리러 오겠다며 선심을 쓰듯이 말했지만 나는 꿀 먹은 벙어리처럼 먼 산만 봤다. 외삼촌은 나중에는 애가 달아 큰아버지를 후견인에서 해임해야 유산을 반환받을 수 있다며 달콤한 말을 쏟아냈다. 포치동 아파트와 생명보험금을 합치면 십억이 넘을 거라고 했다. 그 돈을 큰아버지가 후견인이라는 명목으로 몽땅 가로챘다는 것이었다. 십억이라는 말에 나는 깜짝 놀랐지만 겉으로 드러내진 않았다. 그 유산을 찾기 위해서라도 반드시 증인으로 출석해야 한다고 외삼촌이 말끝에 힘을 주었다.

마침내 내가 법원에 가겠다고 하자 외삼촌의 입이 귀에 걸렸다. 외삼촌은 친어머니인 외할머니의 치매에 대해서는 한마디도 묻지 않고 감사기도를 올렸다. 무엇이 그리도 감사한지, 구하는 것을 주시는 하나님께 영광을 돌린다고 했다. 외삼촌은 무엇을 그리도 갈구하는 것일까? 기도가 끝나자 외삼촌은 얄팍한 봉투를 재봉틀 위에 올려놓고는 훌쩍 가버렸다. 봉투에는 '복음교회 목사 박예찬'이라고 적혀 있었다. 우엑, 토가 나오려고 했다. 외할머니는 외삼촌이 왔다 간 줄도 모르고 밥을 잔뜩 먹더니 또 잠에 빠져들었다.

"만돌이 있냐?" 밖에서 누가 불러 현관문을 여니 박정철이 서 있었다. 돈봉투를 돌려주려고 그렇게 열심히 찾아 헤맬 때는 보이지 않더니 외삼촌이 다녀가자마자 기다렸다는 듯이 귀신처럼 제 발로 찾아오다니. 아무튼 반가웠다.

"집에 있었구나. 잠시 나랑 갈 데가 있는데, 옷 입고 나올래?" 박정철의 입에서 술 냄새가 살짝 풍겼다.

"어딜요?" 일단 한번 튕겼다. 아무리 박정철이라고 해도 무작정 따라갈 수는 없었다.

"갈 데가 있다니까 그러네. 어서 옷 입고 나와." 박정철이 눈에 힘을 주며 말했다.

나는 방에 들어가 두툼한 점퍼를 걸치고 주머니에 돈봉투도 챙겨넣었다. 책상에 있던 이크도 목에 걸었다. 나는 박정철과 함께 천사시장으로 내려가는 골목을 걸었다.

"야, 봐라. 천사마을 정말 구질구질하지 않냐? 싹 밀어버리고 재개발을 하면 될 텐데 왜 그렇게들 반대를 하는지 참 모를 일이야."

박정철의 말대로 천사마을이 구질구질한 것은 사실이었다. 비조합 마을 사람들과 세입자들이 한편이 되어 재개발조합과 싸우는 이유에 대해서도 나는 잘 몰랐다. 다만 나랑 친한 사람들이 망루 쪽에 더 많았다.

"만돌이 너도 공부 열심히 해. 안 그러면 나처럼 된다. 나는 체육대학에 들어갔다가 중간에 때려치웠어. 태권도를 배웠는데 시시하더라. 규칙을 정하고 시합을 하는 게 짜증이 나는 거야. 그냥 싸우면 나를 당할 사람이 없는데 말이야. 그놈의 규칙 때문에 선수가 되질 못했지. 학교를 때려치우고 공부를 못했으니 취직이 되냐, 돈이 없으니 장사를 하겠냐. 그저 불알 두쪽과 주먹밖에 없는 놈이라, 그 길로 들어섰지. 만돌이 너, 세상이 얼마나 무서운 줄 아냐? 하기야 어려서 뭘 알겠냐? 세상은 약자의 편이 아니란다. 너도 강해져야 해. 그래서 어느 경호회사에 들어갔는데……" 박정철은 스산한 바람이 불어오는 골목을 걸어가면서 묻지도 않은 이야기를 꺼냈다. 나는 그저 듣기만 했다.

직장폐쇄가 결정된 어느 공장을 지키는 일이었다. 현장에 도착해보니 상황이 조금 심각했다. 정문에서 농성하던 노동자들이 대열을 지어 공장으로 진입을 시도하고 있었고 용역들은 인력이 달려 밀리는 상태였다. 관할 경찰서 간부들이 상황을 지켜보고 있었다. 그들은 같은 편이라 신경 쓰지 않아도 되었다. 다만 상황이 아주 나빴다. 여럿 다칠 각오를 해야만 했다. 악에 받친 노동자들이 서서히 공장 정문 앞으로 몰려왔다.

"쳐!"

현장 책임자의 명령이 떨어졌다. 박정철은 신문지로 둘둘 만 쇠파이프를 휘두르며 노동자들의 선두를 습격했다. 노동자들도 만만치는 않았지만 싸움으로 단련된 박정철과 용역들의 노련함을 버텨낼 순 없었다. 박정철이 휘두른 쇠파이프에 선두에 섰던 노동자의 머리통이 깨졌다. 피가 툭 터지는 것을 보니 온몸의 근육이 꿈틀거렸다. 박정철은 싸움 한복판으로 들어갔다. 노동자들의 가족들이 비명을 질렀다. 경찰은 은근히 뒤로 물러나 노동자들을 슬금슬금 연행했다. 아이를 업은 여자들을 비롯해 가족들이 경찰에 항의하면서 앞으로 나섰다. 박정철의 피가 끓어올랐다. 박정철은 여자든 어린아이든 가리지 않고 주먹으로 치고 발로 찼다. 나중에는 스스로 흥분하여 쇠파이프를 휘둘렀다. 노동자들과 가족들은 머리가 깨지고 허리가 다쳐 뒤로 물러났.

"세상에서 내가 배운 것은 말이야, 약하면 짓밟힌다는 거야. 너도 약해져선 안돼. 강해지려면, 공부를 잘하든지 갑빠를 세우고 싸움을 잘하든지 해야 돼. 알았냐? 핏뎅이인 너한테 이런 말 하는 게 좀 우습기는 하다만."

나는 강해져야 한다는 박정철의 말에 동의했다. 나도 약한 찌질이는 싫다. 강한 남자가 되어 누구도 나를 깔보지 않게 하고 싶다. 남자는 역시 갑빠가 있어야 한다. 박정철은 천사시장을 지나 재개발조합 사무실 쪽으로 갔다. 철거용역들이 마스크를 벗고 패잔병처럼 도로 가에 앉아 담배를 피우고 있었다. 그들은 박정철을 보자 얼른 일어나 경례를 붙였다. 용역들의 얼굴은 생각보다 어려 보였다.

"아, 씨바, 일당 팔만원에 이리 뛰고 저리 뛰고, 죽을 맛이네."

그들을 지나쳐 두어 걸음 걷는데 뒤에서 투덜거리는 소리가 들렸다. 박정철의 발걸음이 느려졌다.

"그래도 노가다보다야 많이 받잖냐?"

"마음이 좆같아서 그래."

"좆같기는, 돈만 벌면 되지. 이거 한달만 해도 등록금의 반을 벌잖아."

"돈도 좋지만, 난 이게 사람이 할 짓인가 하는 생각도 들어. 우리 집은 상도동인데, 작년에 철거용역들한테 아주 작살이 났거든. 그런데 내가 지금 철거용역 알바를 하고 있다고. 돈이 뭐라고 씨바, 이게 말이 되냐?"

"너 이리 와!" 박정철이 걸음을 멈추고 돌아서서 투덜거리던 용역 알바생을 불렀다. 알바생이 불안한 눈길로 어정쩡하게 일어났다. 박정철은 녀석의 머리를 이단옆차기로 돌려버렸다. 번개처럼 빠른 솜씨에 알바생은 입에서 피가 터지면서 나가떨어졌다. 박정철은 뒤따라가서 녀석의 목을 발로 밟았다.

"이 빨갱이 새끼, 어디서 주둥아리를 함부로 놀려!"

"저 빨갱이 아닌데요." 알바생이 캑캑거리며 간신히 변명했다.

"사람이 할 짓이냐고? 그런 말은 빨갱이들이나 하는 소리야 새끼야! 그래, 나는 짐승이다 씨벌놈아!" 박정철은 녀석의 머리를 구두 뒤축으로 눌러 비틀었다. 짧은 비명이 터져나왔다. 박정철은 지갑을 꺼내 알바생의 얼굴에다 돈을 뿌렸다. "오늘 일당에다 나머지는 치료비다 씨벌놈아. 꺼져!"

워낙 순식간에 벌어진 일이라 어안이 벙벙했다. "불순한 사고를 가진 놈을 그냥 두면 일이 꼬일 수가 있거든." 박정철이 내게 말했다. 나는 속으로 참 무서운 사람이라는 생각을 했다. 어떻게 순식간에 눈에 살기가 돌 수 있단 말인가.

박정철은 나를 데리고 재개발조합 사무실로 들어갔다. 사무실에는 천사마을의 재개발을 찬성하는 사람들이 모여 중구난방으로 떠들고 있었다. 박정철이 들어가자 그들이 일시에 입을 다물었다. 박정철은 사무실 안쪽에 있는 회의실 문을 노크한 뒤 문을 반쯤 열고 "데리고 왔습니다"라고 말했다. "들어와"라는 소리에 박정철은 문을 활짝 열고 나를 밀어넣었.

"왔냐?" 큰아버지가 짧게 물었고 나는 얼떨결에 고개를 숙였다. 회의실에는 전에 봤던 이변호사란 사람과 눈에 약간 익었지만 누군지 모르는 어떤 남자가 앉아 있었다. 박정철은 큰아버지 옆의 의자를 빼서 나를 앉히고는 회의실 문을 잠갔다. 문 잠그는 소리에 남자는 흠칫 놀랐다. 언뜻 봐도 공포에 사로잡힌 것 같았다. 박정철이 옆에 앉자 남자가 오줌을 지리듯이 몸을 떨었다.

"밥은 먹었어?" 나는 대답 대신 고개만 끄덕였다. 잠시 침묵이 흘렀다.

"인사해라. 이분은 이변호사님이고, 이분은 복음교회 김집사님이시다." 큰아버지가 그들을 소개했고, 나는 그들을 향해 말없이 고개만 까닥했다.

"어린것이 입이 아주 무거워요, 허허허." 이변호사와 박정철이 큰아버지를 따라서 웃음을 터뜨렸고 김집사라는 사람은 울상을 지었다. 나는 하나도 웃기지 않았다.

"우룡이 너, 법원에서 무슨 편지 받았지?" 내 예상이 하나도 빗나가지 않아 은근히 심술이 올라왔다. 나는 일부러 법원에 증인으로 나갈 거라고 대답했다. 큰아버지가 호탕하게 웃었지만 얼굴에는 기분 나쁜 표정이 역력했다.

"어이, 이변, 증인이 법정에 나가겠다네?" 큰아버지가 비웃음을 머금고 이변호사를 보며 말했다.

"우리도 증인을 세워야지요. 담당 부장판사가 사법연수원 동기인데 전화를 미리 해두겠습니다. 이 꼬마 외삼촌이라는 작자도 후견인 될 자격은 없습디다. 김집사님한테 말을 들어보죠 뭐, 자격이 있는지 없는지." 이변호사가 정색을 하고 말했다.

"그래요, 김집사님이 우리 우룡이한테 그 박예찬 목사 얘기 좀 해주세요. 우룡이가 듣고 판단할 수 있게." 큰아버지가 말했다.

"여기서요? 법정에 나가서 하면 안됩니까?" 김집사가 떨떠름하게 말하자 큰아버지가 "예행연습한다고 칩시다"라고 맞받았다. 그러자 김집사가 입맛을 쩝 다셨다. "오늘 거마비는 넉넉하게 드리겠습니다"라고 말하며 큰아버지가 고개를 끄덕이자 김집사가 헛기침을 두어번 하더니 입을 열었다.

"본명은 박형주죠. 목사가 되고 박예찬으로 이름을 바꿨지만 법적으로는 개명을 안했어요. 예찬은 예수찬양의 줄임말이고요. 박목사는 목회활동과 봉사활동을 열심히 하는 사람으로 널리 알려져 있습니다만, 하나님은 속일 수 있어도 나는 못 속입니다." 김집사는 본격적으로 이야기를 하기 전에 물을 한모금 마셨다. "저는 박목사가 복음교회를 처음 개척할 때부터 함께 있으면서 회계 일을 보았습니다. 그래서 그 사람의 처음과 끝을 다 안다고도 할 수 있습니다. 박목사가 성경책 다음으로 애지중지 사랑하는 책은……"

교회 회계장부였다. 밤마다 사택에서 박목사와 윤장로, 김집사, 이렇게 셋이서 열심히 회계장부를 기록하고 또 읽고 토론했다. 교회의 회계에 대해 의문을 품은 어떤 집사가 장부를 보자고 하자 목사를 믿지 못하는 것은 하나님에 대한 불신앙이라고 몰아붙이기도 했다. 봉사활동으로 알려져 있지만 사실 복음교회에서 운영하는 무료급식소 예산의 반은 세 사람의 주머니로 들어갔다. 오래된 정부미와 싱싱하지 않은 재료를 싼값에 사서 쓰면서 장부에는 예산서에 적힌 금액대로 적었고, 같은 액수의 영수증을 첨부하는 것도 잊지 않았다. 그런 일들은 모두 김집사 담당이었다. 어디선가 쌀이나 배추를 기부받으면 반드시 영수증도 달라고 해서 구매로 처리하는 것도 잊지 않았다.

박목사는 전도와 선교사업에 힘을 쏟았다. 동네의 자그마한 상가 빌딩의 이층과 삼층을 임대한 뒤 복음교회라는 간판을 달고 밤낮으로 교회를 개척했다. 신도가 백명이 넘으면 교회를 교회 전용 부동산시장에 내놓았다. 그때마다 하나님이 박목사의 기도를 척척 들어줬는지 시장에 내놓자마자 교회를 사려는 중년의 신출내기 목사들이 나타나곤 했다. 대부분 정식으로 신학대학을 졸업한 사람들이 아니라 조금 큰 교회에서 주먹구구로 운영하는 신학교를 졸업하고 목사안수를 받은 사람들이었다. 박목사는 그들에게 신도 일인당 백만원씩의 권리금을 받았다. 신도가 백명이면 권리금이 일억이었다. 게다가 그동안 교회 개척에 들어간 소소한 비용까지 철저하게 계산해서 받았다. 교회가 팔리면 박목사는 김집사와 윤장로에게 배당금을 나눠주었다. 그런 다음 조금 멀리 떨어진 동네로 가서 다시 복음교회를 개척했다. 김집사는 식당이며 미용실을 돌아다니면서 신앙이 돈독하고 실력도 좋은 목사가 동네에 왔다며 입소문을 내고 다녔다.

박목사는 미국에 일주일씩 두번만 가고도 캘리포니아 신학대학의 신학박사 학위를 받았다. 사실은 인터넷 홈페이지로만 존재하는 가짜 신학대학이었다. 박목사의 박사논문은 어느 신학대학 교수의 논문을 오자와 쉼표까지 완벽히 표절했는데, 더 웃기는 것은 그 교수의 아들도 똑같은 논문으로 신학박사가 되고 목사가 되었다는 것이다. 박목사는 영어로 된 박사학위증을 집무실 벽에 늘 걸어두었다. 교회를 사고 팔 때마다 박목사의 사택은 조금씩 넓어졌다. 박목사는 자신의 꿈은 여의도 순복음교회처럼 초대형 교회를 짓는 것이라며 신도들에게 헌금을 더 많이 내야 한다고 설교했다. 하나님의 성전을 제대로 지어야 모두 천국에 갈 수 있다고 수없이 강조했다. 교회 밖에서 전도를 할 때는 예수천국 불신지옥을 주장했지만, 교회 안에서는 헌금천국 십일조천국 의심지옥을 설교했다. 박목사의 설교에서 빠지지 않는 것이 또 있었는데, 그것은 장로 대통령에 대한 끔찍한 사랑과 빨갱이 좌파에 대한 증오였다. 선거 때만 되면 박목사는 장로 대통령을 위해 투표해야 한다고 설교했다. 박목사는 대한민국이 기독교를 국교로 삼지 않은 것에 대해 늘

아쉬워했고 삼일절이나 광복절이면 교회 버스를 타고 시청 앞 광장으로 몰려나가 성조기를 마구 흔들었다. 4대강 사업에 대해서도 입에 거품을 물며 찬성했다. 4대강 사업을 반대하는 사람은 빨갱이가 분명하다고 서슴지 않고 주장하기도 했다. 생태니 환경이니 따지는 놈치고 빨갱이 아닌 놈이 없다는 거였다. 박목사의 눈으로 보면 공짜로 점심을 먹자는 놈, 먹이자는 놈, 복지를 주장하는 놈들은 모두 좌파에 속했다.

"따지고 보면 목사님은 그렇게까지 나쁜 사람은 아닙니다. 복음과 기도에서는 정말 신앙이 돈독하신 분이죠. 특히 좌파에 대해서는 아주 칼같이 싫어하시는 것을 보면 우국지사입니다." 길고 긴 말을 끝내고 김집사는 다시 물을 마셨다.

"4대강 사업을 찬성하는 거나 무상급식 싫어하는 거나, 저 빨갱이 좌파 싫어하는 것을 보니 우리와 아주 다른 사람은 아닌데…… 왜 나를 물고 늘어지냐 이거야? 아니, 그대로 선교사업하시고 권리금 착실히 받으시고 하면서 목회사업을 늘려가면 되는 거 아냐? 대체 왜 나한테 시비를 거는 거냐고? 사람이란 건 말이야, 참 알다가도 모르겠어. 암튼 우룡이 너, 외삼촌에 대해서 잘 들었지? 법정에 나가면 안된다 너? 앞으로 생활비 꼬박꼬박 보내줄 테니까 까불지 말고, 저기 망루 근처에 알짱거리지도 말고 잘 지내고 있어. 곧 아파트 한채 마련해줄 테니 그리로 옮기고. 소문에 듣자하니 외할머니가 치매라며? 아니, 목사가 말이야, 치매 걸린 어머니도 모르는 척하면서 후견인 해임소송은 왜 내고 지랄이야? 참 나, 어처구니가 없어서." 나는 큰아버지한테 우롱당하는 기분이어서 입을 꾹 다물고 가만히 있었다. 지 애비 닮아서 고집이 세다며 큰아버지가 혀를 끌끌 찼다.

"회장님, 그러지 마시고, 제가 가서 손 좀 보고 올까요? 그러면 소송을 취하할지도 모르잖습니까?" 박정철이 나섰다.

"거 좀, 모르면 가만히 좀 있어. 이 건은 가사비송사건이라서 소 취하도 불가능해졌어. 담당판사가 증인을 불러서 듣고 판단하겠다고 증인출석요구서를 보낸 거라고. 지금으로서는 증인이 출석하지 않는 게 최선이고, 뭣도 모르고 소를 제기한 박형주도 후견인 자격이 없다는 증거를 제출하거나 증언을 하는 방법밖에는 남아 있는 게 없어. 박형주를 손본다고 해결될 사안이 아니라 이거지. 무식하면 나서지 마. 괜히 긁어 부스럼만 만들지 말고."

이변호사가 꾸짖자 박정철은 똥 씹은 표정을 지었다. '가사비송사건? 그건 뭐지? 어른들은 복잡한 걸 잘도 만드는 재주가 있네. 어쨌든 내가 법정에 나가면 큰아버지한테 불리하다는 거지?' 속으로 이런 생각을 하고 있는데 큰아버지가 탁자에 하얀 봉투를 꺼내놓았다.

"김집사님, 약소합니다만 이건 여비라고 해둡시다. 물론 돌아가실 때에도 우리 애들이 모시겠지만요. 우리가 증인신청을 끝내고 출석을 요청하면 법정에 나오셔야겠습니다. 뭐, 그때도 우리 애들이 모시러 갈 테고요. 아무튼 잘 부탁드립니다. 그럼 오늘은 이만 댁으로 돌아가셔서 푹 쉬시죠. 박팀장, 기사한테 모시라고 해. 애들도 두엇 딸려 보내고."

큰아버지의 말이 떨어지기가 무섭게 박정철이 봉투를 집어 김집사에게 건넸다. 여전히 얼굴에 두려움이 가득 어린 김집사가 공손하게 봉투를 받아 주머니에 넣었다.

"아, 참, 휴대폰은 언제나 켜놓고 있어야 합니다. 우리는 전화를 두번 이상 하지 않습니다. 아셨죠?" 큰아버지의 말에 김집사가 구십도로 허리를 꺾으며 "예, 예" 하고 대답했다. 박정철이 김집사를 데리고 나가자 짧은 침묵이 흘렀다.

"따로 조사를 해보니까 박목사도 비리가 제법 있더라구요. 박검사한테 전화해서 사기로 코를 꿰라고 해볼까요?" 이변호사가 큰아버지한테 조용히 말했다.

"천사지구 문제만 해도 골치가 지끈지끈 아픈데, 송사까지 해야 하니 참 미치겠네. 해가 바뀌기 전에 무슨 수를 써서라도 끝을 봐야 하는데……" 큰아버지는 이변호사의 제안에는 대답을 않고 엉뚱한 말을 했다. 그때 박정철이 문을 열고 들어왔다.

"얘 데리고 나가서 뭐 좀 먹이고 보내. 우룡이 너, 나중에 좀 보자." 큰아버지가 박정철에게 명령했다. 박정철이 큰아버지의 명령을 배꼽인사로 받았다.

나는 박정철을 따라 재개발조합 사무실에서 나왔다. 박정철이 먹고 싶은 게 뭐냐고 물었지만 나는 그냥 가겠다고 대답했다. 꼬꼬치킨에 가서 치킨을 튀겨 가든지 홍콩반점에 가서 탕수육을 포장해 가든지 하라고 했지만 그것도 싫다고 했다. 박정철이 난감한 표정을 지었지만 모른 척했다. 기분이 더럽게 나빴다. 큰아버지나 외삼촌 두 사람 모두 싫었다.

나는 터덜터덜 걸어 집으로 향했다. 집으로 가는 길에 골목과 빈

집과, 아직 사람이 살고 있지만 반쯤 무너진 집을 찰칵찰칵 찍었다. 그러다 문득 '참 구질구질한 동네'라고 했던 박정철의 말이 떠올랐다. 이크를 내려놓고 보니 정말로 구질구질했다. 골목 양쪽 담벼락에 무수하게 쌓인 연탄재며 쓰레기, 깨진 유리창과 무너진 지붕, 오래전에 문을 닫은 문방구며 세탁소의 떨어져나간 간판, 골목에서 풍겨오는 지린내가 갑자기 지긋지긋해졌다. 여기를 떠나 아주 먼 곳으로 가버렸으면…… 하늘의 구름처럼, 은행나무를 흔들고 지나가던 바람처럼 훨훨 떠나고 싶었다.

배추흰나비처럼

한번 떠나고 싶은 마음이 드니 걷잡을 수가 없었다. 집에만 있으면 가슴이 답답했고 몸에 열꽃이 피었다. 초등학교의 마지막 겨울방학이 시작되어 학교에 나갈 부담도 사라진 터였다. 침쟁이 친구한테 외할머니를 맡겨놓고 떠날 궁리도 해보았다. 침쟁이 친구라면 외할머니를 맡겨도 안심이었다. 어디로 갈지도 정하지 않고 무작정 떠나고 싶은 마음만 풍선처럼 부풀었다. 이러다가 펑 터질지도 몰랐다.

뚜렷한 목적지도 없이 걸었다. 문득 점퍼 안주머니가 두툼해서 보니 큰아버지가 준 돈봉투였다. 지난번에 만났을 때 돌려줬어야 하는데 그럴 분위기가 아니어서 그냥 갖고 왔다. 그래, 까짓거, 돈을 팍팍 쓰자. 외할머니가 좋아하는 인절미와 통닭을 사서 집에 가서 맛있게 먹자. 깨끗한 돈 더러운 돈, 착한 돈 나쁜 돈이 어디 있어? 어차피 내 돈이었을 거야. 그렇게 생각하니까 기분이 좀 좋아졌다. 나는 먼저 천사시장으로 가서 인절미를 사기로 마음먹고 씩씩하게 걸었다. 시장으로 막 들어가는데 지혜가 쪼르르 달려왔다. 지혜는 다짜고짜 "서방, 우리 망루에 가서 점심 먹자"라고 말했다. 나는 외할머니 때문에 어렵다고 거절했다.

"할머니 아까 아랫말 쪽으로 가던데? 배추를 두 다발이나 품에 안고 가시더라." 지혜가 아랫말을 가리켰다.

"배추? 그걸로 뭐 하게?" 내가 물었다.

"내가 어떻게 알아." 지혜가 시큰둥하게 대답했다. 지혜의 말이 맞다. 지혜가 어찌 외할머니의 마음을 알 수 있단 말인가. 물어본 내가 바보였다. 일단 인절미를 사서 아랫말로 향했다. 내일이 크리스마스라 그런지 용역들이며 전경들도 보이지 않았다. 지혜는 내 뒤를 졸졸 따라다녔다.

"서방, 망루 좀 봐." 지혜가 망루를 가리켰다. 망루는 하루 사이에 거대한 크리스마스트리로 변해 있었다. 나는 망루에서 한동안 눈을 뗄 수 없었다. 얼른 아름답게 변한 망루를 이크로 찍었다. 망루를 지탱하는 모든 기둥에서 노란 바람개비가 신나게 돌았다. 언제나 망루 위에서 휘날리던 붉은 깃발도 오늘은 보이지 않았다. '예수님이 이 세상에 오신 것을 진심으로 환영합니다. 대한불교 조계종'이라고 쓰인 현수막이 망루 아래를 감싸고 있었다.

가까이 가보니 동네 사람들이 노란 바람개비를 만들어 소원을 적어 망루에 붙이고 있었다. 나도 얼른 바람개비에다 '우리 할머니

건강하게 해주세요 예수님'이라고 소원을 적고 사다리를 타고 올라가 빈자리를 찾았다. 콩콩이모의 바람개비 아래에 간신히 빈자리를 발견했다. 내 바람개비를 그곳에 붙이고 콩콩이모의 소원을 읽었다. '벼랑으로 떨어진다고 해도 가야 할 때가 있고, 질 것을 뻔히 알면서도 싸워야 할 때가 있다. 빌어먹을!'이라고 적혀 있었다. 소원이라기보다는 욕 같았는데, 가슴을 둔중하게 울리는 뭔가도 느껴졌다. 소원이 바람을 타고 예쁘게 돌기 시작했다. 예수님이 이곳에 오셔서 사람들의 소원을 다 읽고 들어주기를 기도하고 망루에서 내려왔다. 지혜도 나처럼 바람개비에다 소원을 빌어 망루에 붙였다.

아랫말 잿더미 쪽으로 걸어가는 동안 지혜는 내 옆에서 오늘 밤의 크리스마스이브 예배는 천사교회가 아니라 망루에서 올린다, 목사님이 하율스님에게 기도를 부탁했다, 이따가 밤에 예배에 함께 참석하자, 서방 너는 너무 까칠하다 등등 잠시도 쉬지 않고 종알거렸다. 지혜가 종알거리는 게 왠지 싫지는 않았다.

"세상에……"

아랫말의 잿더미에서 외할머니와 침쟁이 친구가 너울너울 춤을 추고 있는 게 보였다. 두 사람 모두 노망이 들어도 단단히 든 모양이었다. 조금 더 가까이 가보니 외할머니와 침쟁이 친구는 배춧잎을 하나하나 떼어내 잿더미에 빼곡하게 심고 있었다. 배춧잎을 심은 곳은 제법 푸르렀고 밭처럼 보이기도 했다.

"뭐 하는 거야?" 침쟁이 친구한테 가서 조용히 물었다.

"보면 모르냐? 배추 심는다." 기타를 앞으로 멘 침쟁이 친구가 내 귀에 속삭였다.

"하이고, 이 꼬마는 누구래? 어이쿠, 우리 옥주도 왔구나. 너도 어서 와서 배추 심자. 땅을 함부로 놀리면 하나님께 벌 받는다. 어서 와, 어서." 외할머니는 지혜를 옥주로 착각하고 팔을 잡아끌었다. 지혜는 능청스럽게 맞장구를 치며 배춧잎을 받아 잿더미에 심었다. 지혜가 배춧잎을 하나씩 심을 때마다 외할머니는 박수를 치며 춤을 췄다. 걱정 근심이라고는 하나도 없는 편안한 얼굴이라서 그만 웃고 말았다.

"얘야, 배추밭이 예쁘지 않니?" 외할머니가 내게 물었다. 이크로 배추밭을 찍어보니 생각했던 것보다 훨씬 예뻤다. 지혜도 보더니 탄성을 질렀다.

"예뻐요, 할머니." 나는 외할머니의 행복한 웃음에다 렌즈를 맞추며 대답했다. 내가 사진을 찍자 외할머니는 예쁜 표정을 지으며 포즈를 취했다.

축제라도 하듯이 한참을 노래하고 춤추며 놀았더니 배에서 꼬르륵 소리가 났다. 지쳐서 땅바닥에 털썩 주저앉았다. 외할머니와 침쟁이 친구도 손등으로 허리를 톡톡 치며 한숨을 돌렸다. 지혜도 내 옆에 앉았다. 목이 말랐다. 사실은 마음이 갈증에 시달렸다. 지혜를 보면 볼수록 여수경이 더 그리웠다. 지혜에겐 정말 미안했지만 내 마음의 길은 여수경을 향해 길게 뻗어 있었다.

"서방, 배고프지? 나도 고프다." 지혜가 다소곳하게 물었다. 서방이라는 말에 침쟁이 친구의 눈이 동그랗게 커졌다. 나는 얼른 손가락 두개로 엑스 자를 만들어 침쟁이 친구에게 보였다. 침쟁이 친구가 눈을 찡긋했다.

"희자씨, 인절미 먹을래?" 내가 검은 비닐봉지에서 인절미를 꺼내자 외할머니는 얼굴에 화색이 돌더니 인절미를 덥석 집어 입에 넣으려고 했다. 순간 침쟁이 친구가 인절미를 빼앗았다. "땀을 흘리고 놀다가 갑자기 인절미를 삼키면 목에 걸려 죽는 수도 있어. 물이 있어야겠다."

그러자 외할머니가 갑자기 짐승처럼 소리를 지르며 표독스럽게 침쟁이 친구한테 달려들었다. 그 서슬에 지혜와 나는 깜짝 놀라 벌떡 일어났다. 침쟁이 친구가 인절미를 빼앗기지 않으려고 애를 쓰면서 물이 필요하다고 외쳤다. 어쩔 줄을 모르고 허둥거리고 있는데 지혜가 마루를 향해 냅다 뛰었다. 외할머니가 침쟁이 친구의 손등을 깨물자 침쟁이 친구가 비명을 지르며 인절미를 땅에 떨어뜨렸다. 그러자 외할머니는 고양이가 쥐를 덮치듯 냉큼 인절미를 움켜쥐었다. 놀랄 만큼 빠른 속도였다. 외할머니가 인절미에 묻은 흙을 털어내지도 않고 입으로 가져가는 순간, 이번에는 내가 외할머니의 손을 탁 쳤다. 인절미가 다시 땅에 떨어졌다. 외할머니는 먹이를 빼앗긴 굶주린 짐승처럼 울부짖으며 나를 때렸다. 나는 외할머니가 때리는 대로 맞으며 가만히 서 있었다. 얼마나 그렇게 서 있었을까. 아주 짧은 순간이었지만 내게는 아주 긴 시간처럼 느껴졌다. 서러움이 물밀 듯이 밀려들었다.

"엄마!" 지혜가 달려오면서 소리를 질렀다. 외할머니는 그제야 때리던 손길을 멈췄다. 지혜가 양손에 하나씩 생수를 들고 와 외할머니에게 내밀었다. 외할머니가 물을 벌컥벌컥 마시는 사이에 나는 지혜에게 인절미 다섯개를 주었다. 외할머니가 충분히 목을 축이자 지혜는 인절미를 하나씩 내밀었다. 외할머니는 번개처럼 빠르게 인절미를 먹어치웠다. 어느 순간 내 몸의 허기는 사라졌고, 마음의 허기가 지독하게 나를 흔들었다. 마음이 고팠다. 나는 인절미를 침쟁이 친구와 지혜에게 나눠주고 자리를 떠났다. 한 걸음을 내디딜 때마다 발자국에 눈물이 고였다.

 나는 집으로 가지 않고 마을버스 종점으로 걸어갔다. 종점이면서 동시에 시발점인 그곳으로 왜 가고 있는지는 나도 잘 몰랐다. 다만 구질구질한 집구석에 가서 처박히고 싶지 않은 마음만은 아주 간절하고 깊었다. 어딘가로 떠나고 싶었지만, 오라는 곳도 마땅히 가야 할 곳도 없었다. 나는 버스를 타는 사람들과 버스에서 내리는 사람들을 그저 망연히 바라보았다. 사람들을 바라보는데 내 안에서 뜨거운 무언가가 꿈틀거렸다. 그 무언가가 내 귀에 자꾸만 일단 길을 따라가보라고 속삭였다. 하지만 목에 걸린 가시처럼 외할머니가 마음에 걸려 최초의 발걸음을 내딛지 못하고 서성거리기만 했다.

 또 한대의 마을버스가 바람을 가르며 종점으로 들어왔고, 사람들이 내리더니 각자의 집을 향해 뿔뿔이 흩어졌다. 왜 길의 끝에는 언제나 집이 있는 것일까. 무작정 버스를 타볼까 하면서 서성거리는데 눈앞에 불쑥 뭔가 나타나 쿵 부딪혔다. 정신을 차리고 보니 회색 빵모자를 쓴 하율스님이었다.

 "어디 가는 겨?"

 "아무 데도 안 가요."

"그런데 여기는 왜?"

"그냥요. 그냥 서성거려요."

하율스님이 말없이 나를 위아래로 훑어보았다. 그 눈빛에 연민 같은 게 스치는 것이 보였다. 하마터면 '아, 쪽팔려'라는 말이 튀어나올 뻔했다.

"그래, 그럼 계속 서성거려라." 하율스님이 싱거운 말을 남겨놓고 돌아섰다. 무언가에 배신을 당한 듯 서운하고 섭섭했다. 하율스님은 뒤도 돌아보지 않고 망루 쪽으로 천천히 걸어갔다. 시야에서 완전히 사라질 때까지 하율스님을 바라보다가 침쟁이 친구네로 갔다. 집으로 돌아온 침쟁이 친구는 쓰레기장에나 굴러다닐 법한 노래책을 펴놓고 기타를 퉁기는 중이었다.

"피이, 실력도 꽝이면서." 내가 야지를 놓았지만 침쟁이 친구는 꿋꿋하게 기타를 퉁기며 노래를 불렀다. 연달아 두 곡을 부른 뒤에도 침쟁이 친구는 노래책을 뒤적였다. 나는 그 틈을 노려 기타를 한쪽으로 치워버렸다. 침쟁이 친구가 나를 쳐다보더니 노래책을 덮었다. 잠시 침묵이 흘렀다. 침쟁이 친구의 집도 구질구질하고 지저분했다. 혼자 사는 영감의 냄새가 퀴퀴하게 배어 있었고, 걸레질을 얼마나 안했는지 방바닥에 먼지가 하얗게 내려앉아 있었다.

"그나저나 희자씨가 문제다. 오락가락하는 빈도가 너무 잦아. 침도 놓고 약도 먹는데도 그러네. 하기야 일흔이 넘어서 걸린 병은 아무 방법이 없어. 늙어서 병에 걸리고 또 죽어가는 것이야말로 자연의 법칙이지. 인간은 어리석게도 그것을 넘어보겠다고 안간힘을 쓰지만 결국에는 자연에 굴복하고 말지."

나는 귀를 막고 싶었다. 침쟁이 친구의 말은 틀린 게 하나도 없었지만 나는 듣고 싶지 않았다. 그 옳은 말들이 너무 지겨웠다.

"희자씨 얘기는 그만하고, 그런데 있잖아, 내가 좋아하는 사람과 나를 좋아하는 사람이 서로 다르면 어떻게 해야 해? 아무리 생각해도 잘 모르겠어."

어딘가로 멀리 떠나고 싶은 마음은 일단 숨겨두고 당장 눈앞에 닥친 문제에 대해 물어보았다. 침쟁이 친구는 내 말에 즉시 대답하지 않고 방바닥에 붙은 머리카락을 손가락 끝에 침을 묻혀 떼어냈다. 나는 내 마음의 정체에 대해 알고 싶었다. 내 마음이 그러거나 말거나 침쟁이 친구는 주전자에 물을 끓이더니 잠시 후에 찻잔 두 개를 들고 왔다.

"이거 민들레를 말렸다가 팍팍 끓여 우려낸 물이야." 한눈에 봐도 맛없어 보이는 물이었다. 사람은 별걸 다 먹는다는 생각이 들었다. 침쟁이 친구는 민들레 물을 조금 마시더니 고개를 끄덕였다.

"네가 좋아하는 사람과 너를 좋아하는 사람이 다르다 이거지? 세상에 그런 일이 너한테만 일어나는 게 아냐. 아주 흔하디흔한 일이지. 만돌이 너도 아주 흔한 일을 겪고 있는 거야. 너무 심각하게 생각하지 마."

심각하게 생각하지 말라니, 지혜 얼굴을 보기만 하면 미안해지는데. 목이 말라 민들레 물을 마셨더니 밍밍한 게 맹물보다 맛이 없었다. 역시, 침쟁이 친구 말을 믿은 내가 바보지. 나는 풀리지 않은 의문을 품고 침쟁이 친구 방에 앉아 있다가 집으로 돌아왔다. 집에 오니 외할머니와 지혜는 서로 끌어안고 정신없이 자고 있었다. 지혜는 언제나 내 상상 바깥에 존재하는 여자아이였다. 외할머니와 지혜의 얼굴은 흐뭇한 미소로 채워져 있었고, 무척 편안해 보였다. 나는 살며시 문을 닫고 내 방으로 들어가 침대에 엎드렸다.

오늘이 크리스마스이브인데 싼타클로스는 오지 않을 터였다. 엄마와 아빠가 이 세상에서 저세상으로 이사를 간 이후, 나는 한번도 크리스마스이브에 양말을 준비해본 적이 없다. 누군가의 양말에 선물을 넣어준 적도 없다. 그러고 보니 내게는 '없는' 일만 계속해서 일어난 셈이다. 침대에 엎드려 있는 것도 지겨웠다. 가슴이 답답해서 다시 집을 나와보니 짧은 겨울 해가 골목길에 길게 그림자를 드리우고 있었다. 목적지도 없이 한참을 걷자 눈앞에 불쑥 대형마트가 나타났다. 마트로 들어가 카트를 밀고 이리저리 매대 사이를 헤매고 다녔다. 마트는 사람들로 넘쳐났다. 부모와 함께 온 아이들이 선물을 사달라고 떼를 쓰는 모습도 종종 눈에 띄었다. 여기저기에서 크리스마스트리가 반짝반짝 빛을 내며 사람들에게 물건을 사라고 유혹하고 있었다. 나도 모르게 그 유혹에 넘어가 엄청 큰 곰인형을 집어 카트에 넣었다. 곰인형 하나만으로도 카트가 꽉 찼다. 녀석을 끌어안고 자면 숨이 막힐 것 같았다. 곰인형을 도로 빼니 카트가 텅 비었다. 오늘은 마음껏 물건을 사서 카트를 가득 채우고 싶었다. 주머니도 든든했다. 마트를 나갈 때 조마조마했던 다른 날의 기억을 떠올리며 당당하게 나갈 작정이었다. 오늘은 크리스마스이브가 아닌가. 나는 내게 선물을 하고 싶었다.

"우아 서방, 고마워." 지혜가 눈물을 글썽이며 내 볼에 기습적으로 뽀뽀를 했다. 나는 얼른 손바닥으로 볼을 닦았다. 지혜한테 뽀뽀를 받으려고 곰인형을 산 것은 아니었다. 지혜는 곰인형을 끌어안고 거실에서 뒹굴었다. 외할머니와 침쟁이 친구에게는 장갑과 목도리를 준비했다. 커플에 어울리게 색깔과 모양을 맞췄다. 선물을 받은 침쟁이 친구는 입을 다물지 못했다. 잠시 정신이 돌아온 외할머니도 "우리 만돌이 다 컸네" 하면서 활짝 웃었다. 지혜와 나, 외할머니와 침쟁이 친구가 함께 저녁을 먹었다. 아주 오랜만에 웃고 떠들고 장난치는 소리가 창문을 넘어 골목까지 흘러넘쳤다. 티라노로 짐작되는 고양이가 '야옹' 하며 맞장구를 쳐주었다.

설거지를 끝낸 지혜가 내게 와서 조용히 "서방, 우리 교회 갈까?" 하고 물었다. 행복한 표정으로 묻는 지혜를 실망시킬 수 없어 가겠다고 했다. 지혜가 환하게 웃으며 입술을 내밀고 다가왔다. 나는 얼른 손바닥으로 지혜의 이마를 밀어냈다. 외할머니가 커피를 끓여 침쟁이 친구에게 내오는 사이에 나는 지혜와 집을 나섰다. 천사교회는 어둠에 잠겨 있었다. 십자가에는 어떤 장식도 없었고 그 흔한 크리스마스트리도 보이지 않았다. 천사교회 마당에서 내려다보니 포치동은 불야성을 이루고 있었지만 발아래 천사마을은 어둠에 싸여 괴괴했다. 두 곳 모두 사람이 사는 곳인데도 불빛이 너무 달랐다. 오늘 밤 예수님은 천사마을엔 오지 않는 건가, 하는 생각이 들었다.

"서방, 망루로 가보자." 지혜가 말했다.

"서방이라고 안 부르면 안돼?" 진심으로 지혜가 나를 서방이라고 부르지 않았으면 좋겠다. 어디서 그런 말을 배워왔는지 모르지만, 듣는 나는 정말이지 왕짜증이었다.

"서방이 뭐 어때서? 왜, 싫어?"

"응, 싫어."

"그렇구나." 지혜의 목소리에서 힘이 빠지는 게 느껴졌다. 그렇다고 미안한 마음이 들면 안되는데, 조금은 미안했다. 지혜와 나는 노란 가로등이 켜진 골목을 돌고 돌아 아랫말의 망루로 내려갔다. 망루에는 아랫말 사람들이 서너개의 드럼통에 불을 피워놓고 삼삼오오 모여 있었고, 천막에서는 천사교회의 합창단이 「고요한 밤 거룩한 밤」을 연습하는 소리가 들려왔다. 어떤 드럼통에서는 고구마 익는 냄새가 구수하게 피어올랐다. 잠시 후 사람들이 종이컵에 담긴 촛불을 나눠주기 시작했다. 지혜는 하율스님의 촛불에서 불을 옮겨붙였고 나는 지혜의 촛불에서 불을 받았다. 사람들이 모두 손에 촛불을 들고 망루 주위로 모였다. 촛불을 든 사람들이 모여들자 몸보다 먼저 마음이 따뜻해지는 기분이었다. 최목사님이 예배 볼 때 입는 옷을 입고 작은 단상에 나타났다. 순서대로 성경 봉독과 찬양과 기도가 이어졌고 설교가 시작되었다.

"아기 예수는 교회에서 태어나지 않았습니다. 베들레헴이라는 작은 마을의 마구간 말구유에서 태어나셨죠. 하나님께서 아기 예수를 말구유라는 가장 낮은 곳으로 보내신 연유에 대해 생각해보는 예배가 되기를 바랍니다. 예수님은 섬김을 받으러 오신 것이 아니라 가장 낮은 곳에 있는 사람들을 섬기러 오셨습니다. 그것이 바로 예수님께서 우리의 구주가 되신 까닭입니다. 예수님은 수난과 핍박을 받는 사람들을 구원하기 위하여 스스로 수난과 핍박을 받으셨습니다. 예수님은 우리를 위하여 십자가에 못 박히기 위하여 오신 것이지 십자가를 화려하게 장식하고 초대형 교회를 지으라고 오신 것이 아닙니다. 예루살렘을 떠나 갈릴리로 가기 위해 오신 것입니다. 우리가 서 있는 여기가 바로 갈릴리 땅입니다."

최목사님의 설교에 하율스님이 고개를 끄덕였다. 참 이상한 스님이었다. 나는 무슨 말인지 하나도 모르겠는데 스님이 목사님의 설교 말씀을 알아듣고 고개를 끄덕이다니. 발이 시려 죽겠는데 설교가 길어 막 짜증이 날 무렵 다행히도 최목사님이 긴 설교의 막을 내렸다. 이어 합창단이 앞으로 나오더니 「기쁘다 구주 오셨네」를 신나게 부르며 춤을 추었다. 예배에 참가한 사람들도 몸을 흔들었다. 그때 망루 위에서 번쩍하며 카메라 플래시가 터졌다. 깜짝 놀라 쳐다보니 누군가가 사진을 찍고 있는 모습이 흐릿하게 보였다. 아, 나는 왜 사진 찍을 생각을 못했지, 이크도 목에 걸고 있으면서.

크리스마스 선물

누가 저 높은 망루에 올라가 사진을 찍고 있을까, 생각하는 순간 갑자기 심장이 터질 것만 같았다. 나는 촛불을 옆에 있는 하율스님한테 무작정 건네고 재빠르게 사다리를 타고 망루로 올라가기 시작했다. 싼타 할아버지도 참, 이런 식으로 크리스마스 선물을 주시다니. 사다리 끝부분에서 망루를 보니 여수경이 사진을 찍고 있는 게 보였다. 손에서 힘이 쭉 빠졌다. 하마터면 사다리에서 떨어질 뻔했다. 나는 떨리는 가슴을 누르고 망루로 올라갔다. 망루에는 아래쪽에 비해 바람이 심하게 불었다.

"어머, 만돌아!" 여수경이 반갑게 맞아주었다.

"아, 안녕하, 하세요." 바보처럼 말을 더듬었다. 그러면서 속으로는 여수경과 다신 떨어지지 않겠다고 굳게 다짐했다. 여수경이 무어라 말을 했는데 머릿속이 하얗게 빈 상태라 아무 말도 귀에 들어오지 않았다.

"그동안 잘 지냈냐고?" 여수경이 또 물어서야 간신히 "네"라고 대답했다. 바보 천치 등신 같으니라고. 속으로 스스로를 욕하면서 이크를 손에 쥐었다. 내 마음을 여수경에게 들키고 싶지 않은 마음과 들켜야 한다는 마음이 가슴 한복판에서 맹렬하게 싸웠다.

"저거 봐. 아름답지 않니?" 여수경이 카메라에서 눈을 떼지 않고 물었다. 나는 비로소 망루 아래를 내려다보았다. 촛불의 바다가 한눈에 들어왔다. 촛불이 물결처럼 출렁거리면서 노래에 맞춰 춤을 추고 있었다. 망루 아래의 촛불 예배는 검은 밤하늘의 별밭처럼 아름다웠다. 내 작은 카메라로 담기에는 너무나도 아름다운 풍경이었다. 여수경은 삼각대를 이용해 플래시를 사용하지 않고 노출을 길게 해 촛불을 담아냈다. 나는 작은 뷰파인더에서 눈을 떼지 않고 촬영에만 열중하고 있는 여수경을 찍었다. 나도 일부러 플래시를 사용하지 않았다. 추위에 손이 곱아 카메라가 마구 흔들렸다. 빛이 약한 곳에서 카메라가 흔들리면 사진이 엉망이 된다는 것을 알기에 속이 상했다. 그래도 나는 좋았다. 고요하고 거룩한 밤이었다.

촛불을 든 사람들이 한꺼번에 주기도문을 암송하는 소리가 들려왔다. 이제 곧 예배가 끝날 터였다. 여수경이 카메라에서 망원렌즈를 분리한 뒤에 표준렌즈로 갈아끼웠다. 이어 삼각대에서 카메라를 분리하더니 삼각대를 접었다. 여수경은 망원렌즈를 큼지막한 가방에 넣고 카메라를 목에 걸더니 삼각대를 어깨에 멨다. 연약한 몸으로 가방과 카메라와 삼각대를 든 채로 사다리를 타고 내려갈 모양이었다. 내가 삼각대를 달라고 하자 여수경이 괜찮다며 웃었다. 하지만 나는 괜찮지 않았다. 여수경이 그 상태로 사다리를 타고 내려가는 것을 그냥 두고 본다면 내 갑빠는 순식간에 사라질 터였다. 나는 기어이 삼각대를 빼앗았다. 삼각대는 얼음보다 더 차가웠다. 여수경이 나더러 먼저 내려가라고 하길래 싫다고 했다. 서로 먼저 내려가라고 옥신각신했다.

"남자가 갑빠가 있지 어떻게 여자보다 먼저 내려가요?" 내가 볼멘소리로 주장했다.

"너도 남자였어? 나는 어린애인 줄 알았지." 여수경이 피식 웃으며 대꾸했다.

"무슨 말을 하는 거예요? 나도 갑빠가 있는 남자라고요! 잔소리 말고 먼저 내려가세요." 내가 어깨를 쭉 펴고 말했다.

여수경이 웃으면서 조심스럽게 사다리를 타고 망루를 내려갔다. 여수경이 땅에 닿는 것을 확인한 뒤에야 나도 사다리를 탔다. 삼각대를 들고 한 손으로만 사다리를 잡는 게 무척 불편했지만 그래도 마음은 뿌듯했다. 간신히 사다리를 타고 내려오니 최목사님이 앞으로 나와 축도를 하기 위해 두 손을 하늘을 향해 치켜들었다.

"……우리 주 예수 그리스도의 은혜와 하나님의 사랑과 성령의 교통하심이 영원토록 우리와 함께 있을지어다."

축도가 끝나자 사람들이 아기 예수의 탄생을 축하한다는 말을 하며 서로를 포옹했다. 그 틈을 타 나도 얼른 여수경을 포옹했다. 짜릿한 전율이 온몸을 휘감았다. 여수경이 하율스님과 포옹할 때는 질투심에 눈에서 불길이 튀었다. 최목사님과 천사교회 신도들은 촛불을 들고 아기 예수의 탄생을 알리기 위해 망루 아래를 떠났다. 나는 여수경의 곁을 잠시도 떠나지 않았지만 여수경은 내게 곁을 내주지 않았다. 여수경은 언제나 최목사님보다 열 걸음쯤 먼저 움직였다. 삼각대가 달린 무거운 카메라를 들고 행렬이 움직이는 골목을 앞서 뛰어가서는 골목 모퉁이에 삼각대를 세워놓고 최목사님과 하율스님이 행렬의 맨 앞에 나타나길 기다려 셔터를 눌렀다. 여수경은 골목을 비추는 노란 가로등 불빛에만 의지해 사진을 찍었다. 구도를 잘 잡기 위해 수시로 삼각대의 위치를 옮겼고, 사진을 찍으면 삼각대를 접어 어깨에 메고 뛰었다. 나는 기꺼이 여수경의 조수 노릇을 했다.

 여수경을 따라다니면서 나는 한장의 사진을 찍는 것이 그저 셔터만 누르면 되는 일이 아니라는 걸 배웠다. 여수경은 가쁜 숨을 몰아쉬면서 이리저리 뛰었다. 어떤 때에는 행렬과 아무 상관이 없는 높은 언덕에 삼각대를 설치하고 셔터를 누를 순간을 기다리기도 했다. 최목사님은 천사마을의 집집마다 들어가 아기 예수가 세상에 왔다는 것을 알리고 가정의 평화와 안녕을 위해 축복기도를 해주었다. 지혜네 집에서는 지혜 아빠가 비틀거리며 나와 아기 예수 주님이 '소주님'이냐며 주정을 부렸다. 지혜가 아빠를 집으로 밀어넣다가 한대 맞기도 했다. 아빠가 있는 지혜가 고아인 나보다 안된 것 같다는 생각이 들었다. 박정철네 집에서는 박노인이 최목사님에게 빨갱이 목사, 좌빨 목사, 가짜 목사가 왔다며 호통을 쳤고, 침쟁이 친구는 감사하게 축복기도를 받았다.

 천사마을을 다 돈 최목사님은 행렬을 이끌고 파출소로 가서 경찰들에게도 수고한다며 선물을 주고 그들을 위해 기도를 올렸다. 나는 얼른 이해가 가지 않았다. 그동안 경찰들은 철거용역과 재개발조합 편만 들었다. 용역들이 아랫말 사람들을 무자비하게 짓밟아도 경찰은 그저 보고만 있었다. 최목사님은 그들이 밉지도 않은 모양이었다. 여수경은 그 모든 순간을 카메라에 담았다. 망루로 돌아가는 길에 최목사님은 재개발조합 사무실에도 들렀다. 사람들이 몰려가자 사무실을 지키던 어떤 사람은 깜짝 놀라 문도 닫지 않고 달아나버렸다. 최목사님은 재개발조합과 그 조합원들을 위해서도 축복기도를 해주었다. 아랫말 사람들 몇몇이 왜 저런 놈들을 위해 기도를 해주느냐며 툴툴거렸다. 행렬은 새벽 다섯시가 넘어서야 처음 출발했던 망루로 돌아왔다.

"목사님, 다시 한번 예수님의 탄생을 축하드립니다." 하율스님이 최목사님의 손을 잡고 축하 인사를 전했다.

"감사합니다, 스님. 이렇게 먼 길을 와주시고, 어디 몸 둘 바를 모르겠습니다." 최목사님이 합장으로 하율스님의 축하 인사를 받았다.

하율스님이 떠날 채비를 하자 여수경도 카메라를 가방에 넣고 삼각대를 접었다. 하율스님이 바랑을 등에 맸다. 여수경과 하율스님이 떠난다고 생각하자 마음이 조급해졌다. 다시는 헤어지지 않겠다고 결심했는데, 막상 여수경이 떠날 준비를 하자 어찌할 바를 몰랐다. 하율스님이 어둠을 밟으며 길을 떠나자 여수경도 인사를 하고 뒤를 따랐다. 나는 어둠 속으로 스며들어가는 두 사람의 뒷모습을 망연하게 바라보기만 했다. 그들이 길 모퉁이를 돌아서자 흐릿했던 그림자마저 홀연히 사라졌다.
"아, 씨바, 몰라!"
나는 어두운 길을 내달리기 시작했다. 나는 두 사람을 앞질러 쉰 걸음쯤 더 간 뒤에 달음박질을 멈췄다. 잠시 숨을 고르고 두 사람을 향해, 아니 여수경을 향해 두 팔을 활짝 벌렸다. 두 사람이 나를 향해 걸어오는 동안 오랫동안 마음에 담아두었던 말을 속으로 여러번 연습했다.
"만돌이 너, 왜? 허수아비 흉내내는 거야?" 하율스님이 묻자 당황해서 말문이 꽉 막혔다. 내 상상 속에서는 여수경이 '왜 이러고 있어?'라고 묻기로 되어 있었다. 예상이 빗나가자 나는 팔을 내리지도 못한 채 가만히 서 있기만 했다.
"팔 내려. 힘들어." 하율스님이 웃으며 말했다. 여수경은 끝내 아무것도 묻지 않더니 웃으며 가방을 열었다. 마음속으로 준비했던 말들이 내 입술 안에 갇혀 밖으로 나오지 못하고 아이스크림 녹듯이 사라지고 말았다. 나는 슬그머니 팔을 내렸다. 그러자 여수경이 사진을 찍겠다며 다시 팔을 올리라고 말했다. 가로등 아래서 두 팔을 활짝 벌려 여수경을 위해 포즈를 취했다. 여수경을 위해서라면 쪽팔리는 것 정도야 얼마든지 참을 수 있다고 생각했다.
"근사해. 아주 멋져." 사진을 찍고 나서 여수경이 내게 엄지를 치켜들었다. 그것으로 되었다. 여수경이 카메라를 가방에 넣자 하율스님이 먼저 걸음을 내디뎠다. 두 사람은 내게 아무것도 묻지 않고 천사시장을 지나 마을버스 종점으로 향했다. 나는 두어 걸음 떨어져서 말없이 그들의 뒤를 따라 걸었다. 종점에 도착해 첫차를 기다리는데 "어디 가는 겨?"라고 하율스님이 물었다. 나는 차마 여수경을 따라간다고 대답하지 못했다. 다만 속으로 여수경이 가는 곳이라면 끝까지 따라가겠다고 다짐했다.

"스님이 물으시잖아. 대답 안해?" 여수경이 나무라는 듯한 말투로 물었다. '기껏 말을 한다는 게 그것뿐이야?'라는 생각에 여수경이 잠시 미웠다.

"대답을 꼭 들어야 하나 뭐. 괜찮아." 하율스님이 내게 고개를 끄덕였다. 사실 나는 괜찮지 않았고 오히려 스스로에게 화가 난 상태였다. 여수경에게 속마음을 손톱만큼도 전하지 못하고 우물쭈물하는 내가 싫었다. 세상을 향해 여수경을 좋아한다고 외치고 싶었다. 용기를 내야 한다고 몇번이나 다짐했지만 막상 여수경 앞에 서니 그 모든 다짐이 물거품으로 변하고 말았다. 나는 꿀 먹은 벙어리가 되어 두 사람과 아무 상관 없는 것처럼 두어 걸음 떨어져서 곧 나올 마을버스만 쳐다보았다. 그냥 조용히 따라만 올 것을, 어쩌자고 팔을 활짝 벌리고 두 사람의 앞을 가로막았는지. 생각할수록 쪽이 팔렸고 얼굴이 후끈 달아올랐다.

마을버스가 포치역에 도착하자 하율스님과 여수경이 나란히 내렸다. 그들은 내가 없는 듯이 뒤도 돌아보지 않고 지하철역으로 내려갔다. 나는 하율스님이 미웠다. 하율스님만 없어도 여수경에게 말을 걸어볼 수 있는데 지하철까지 같이 타고 갈 태세여서 속이 까맣게 타들어갔다. 두 사람의 뒤를 따라 개찰구를 그냥 통과했더니 '삐이' 소리가 났다. 치사하게, 도둑 열차를 탈 수도 있는 거지 뭐, 이런 생각을 하며 여수경 옆으로 갔다. 하율스님과 여수경은 서로 인사를 하고 각각 다른 계단으로 향했다. 나는 당연히 여수경의 뒤를 따라 지하철에 올랐고 그 옆에 앉았다. 그제야 여수경이 어딜 가느냐고 물었다.

"아무 데도 안 가요." 나는 솔직하게 대답했다.

"야, 지하철을 타고 가면서 아무 데도 안 간다니 말이 돼? 수상하다, 만돌이 너?" 여수경이 나를 보고 눈을 흘겼다. 흘겨보는 눈마저도 내겐 너무 예뻤다. 나는 속으로 '그래요, 나는 수상해요'라고 대답했다. 내가 침묵하자 여수경은 눈을 감았다. 바로 옆에 앉아 있어서 여수경의 얼굴을 제대로 볼 수 없는 것이 안타까웠다. 나는 건너편 유리창에 비친 나와 여수경을 물끄러미 바라보았다. 어디로 가는 것인지, 어디로 가야 하는지 나는 몰랐다. 그저 은행나무를 흔들고 가던 바람처럼 마음에 실려갈 뿐이었다. 새벽 첫 지하철을 타고 여수경과 함께 가고 있다는 사실만 중요했다. 여수경은 바로 내 옆에 앉아 있지만, 여수경을 만나려면 아직도 멀고 멀었다. 내 심장은 지하철처럼 덜컹거렸다. 피로가 몰려들었다. 하지만 언제 여수경이 내릴지 몰라 눈을 감을 수가 없었다. 무겁게 내려오는 눈꺼풀을 간신히 밀어올리며 버텼다.

문득 '외할머니는 내가 사라져도 어쩌면 그 사실조차 알아차릴 수 없을지도 모르는데……' 하는 생각이 들었다. 지난번 지혜가 외할머니와 목욕을 하고 나오더니 내게 "할머니 빤쓰에 똥이 묻었어"라고 귀엣말을 했다. 그때 나는 해피빌라 삼층에서 바닥으로 떨어진 느낌이 들었다. 마치 내가 팬티에 똥을 싼 것처럼 얼굴이 화끈 달아올랐다. 외할머니는 자기 몸이 어떻게 변해가는지 느끼지도 못하면서 과거의 시간 속에서만 살았다. 떠나버린 첫사랑을 기다리며 아랫말을 떠돌았고, 불에 타버린 폐허를 배추와 무, 상추와 들깨가 무성하던 밭으로 착각하고 끊임없이 그곳으로 돌아가려고 했다. 내 기억 속에는 아랫말이 밭이던 시절이 존재하지 않는데, 외할머니의 기억 속에는 그 시절이 고스란히 담겨 있었다. 문제는 그 기억이 연속성을 갖지 못하는 데 있다고 침쟁이 친구가 말했다. 외할머니의 기억은 토막난 낙지가 꿈틀거리는 것과 같다고 했다. 어떤 때는 아예 처녀 시절로 돌아갔다가 바로 잠시 뒤에는 예순살 무렵이었다가 다시 현재로 돌아오기를 반복했다. 그런데도 재봉틀에 대해서만큼은 기억이 완벽히 살아 있었다. 침쟁이 친구는 낡은 옷들을 모아 외할머니에게 수선을 맡겼다. 옷을 만들고 고치는 동안에도 외할머니의 기억은 과거와 현재를 오락가락했지만 솜씨만은 여전하다며 침쟁이 친구가 감탄했었다.

 시간이 흐를수록 지하철에는 사람이 점점 많아졌다. 잠에 빠졌는지 여수경은 여전히 눈을 감고 있었다. 마음을 전하지 못해도 여수경과 함께 앉아 있으니 행복했다. 나는 고개를 돌려 여수경을 보다가 그만 깜짝 놀라고 말았다. 눈물 두 줄기가 여수경의 볼을 타고 흘러내리는 게 보였다. 여수경이 운다. 내 마음에 여수경의 눈물이 방울방울 떨어져 차곡차곡 쌓이는 기분이었다. 내 손으로 저 눈물을 닦아줘야지 생각하는데 여수경이 눈을 감은 채 부스럭거리더니 카메라 가방에서 렌즈 닦는 헝겊을 꺼내 눈물을 콕콕 찍어냈다. 그러고는 눈을 뜨고 내게 어색한 미소를 보냈다. 이미 여수경의 눈물을 본 터라 마음이 무거웠지만 나도 웃어주었다.

"고마워." 여수경이 내 손을 꼭 쥐었다가 놓았다. 여수경의 손은 얼음처럼 차가웠다. 여수경의 손을 잡고 입김을 호호 불어 녹여주고 싶었다. 나는 여수경의 손을 향해 조금씩 내 손을 뻗어갔다. 카메라 가방 위에 놓인 여수경의 손까지는 겨우 두 뼘의 거리였지만 내게는 저 먼 우주 안드로메다까지의 거리처럼 멀었다.

아무리 멀어도 가야만 하는 길이 있다. 아무도 내게 사랑하는 방법을 가르쳐주지 않았지만, 그렇게 해야 한다고 나는 느꼈다. 무슨 일이 생길지 전혀 상상할 수 없지만 '일단 손을 잡고 보자'라는 마음이 너무 강했다. 거절에 대한 두려움도 그 마음을 이기지 못했다. 내가 막 손을 잡으려는 찰나, 여수경이 나를 돌아봤다. 들켰나 싶어 얼굴이 화끈거렸다.

"나는 다음 역에서 내려. 만돌이 너는 어디까지 가?"

"나도 다음에 내려요."

"아, 그래? 잘됐다. 같이 내리자."

지하철이 멈추고 여수경과 함께 내렸다. 나는 여수경 바로 옆에서 너무 멀지도 가깝지도 않은 거리를 유지하며 걸었다. 여수경이 여기에서는 어디로 가느냐고 묻기에 대답 대신 선생님은 어디로 가느냐고 되물었다. 당연히 집이라는 대답을 예상했는데 "그걸 니가 알아서 뭐하게?"라는 꾸지람 비슷한 말을 들었다. 완전 개무시를 당한 기분이었다. 지상으로 올라오자 곧 건널목이 나타났고, 여수경은 걸음을 멈추고 보행자 신호를 기다렸다. 건너편에서 나이가 좀 들어 보이는, 약간 대머리에다 키도 작고 통통한 어떤 아저씨가 이쪽을 향해 손을 흔들자 여수경도 손을 흔들었다. 신호등이 푸른색으로 변하자 여수경이 건널목을 건너기 시작했다. 그 아저씨도 건널목을 건너오더니 중앙선 부근에서 여수경을 품에 안고는 짧게 뽀뽀를 한 뒤에 건널목을 건너갔다. 나는 얼어붙은 듯 한 걸음도 움직이지 못하고 그 자리에서 '으앙' 하고 울었다.

서울에 눈 내리네

많이 아팠다.

그 건널목에서 집까지 걸어와 무섭게 앓았다. 심장에 활활 타오르는 연탄이 들어 있는 것처럼 온몸이 뜨겁게 타올라 열꽃이 피었고, 오한이 들어 덜덜 떨었다. 이틀이 지나도 열이 내리지 않았지만 나는 아무에게도 알리지 않고 그냥 견뎠다. 이렇게 아프다가 조용히 사라져 엄마한테 가고 싶었다. 지혜와 침쟁이 친구가 찾아와 방문을 두드렸지만 나는 끝내 문을 열지 않았다. 침대에 새우처럼 등을 구부리고 누워 끙끙 앓다보면 어느 순간 까마득하게 물 밑으로 가라앉는 느낌이 들었다. 그리고 눈앞이 캄캄해졌다. 다시 눈을 떴을 때는 침대 시트가 축축하게 젖어 있었다. 내 몸에서 물이 모조리 빠져나간 느낌이었다. 입술은 까맣게 탔고 목은 퉁퉁 부었고 혀

끝은 갈라졌다. 간신히 몸을 일으키는데 몸이 휘청하더니 천장이 빙글 돌았다. 벽을 짚고 걸어가 책상 위의 휴대폰을 집어 엄마의 번호를 눌렀다. 웅얼거리는 남자의 깊은 저음이 이어지다가 "돈 워리~ 비 해피"에 이르자 콧등이 찡하니 울렸다. 눈물을 꾹 참고 창문을 활짝 열었다. 찬바람이 왈칵 쏟아져들어왔다. 까맣게 탄 입술을 혀로 축이며 창문 밖으로 몸을 내밀었다. 골목을 비추는 가로등 불빛에 함박눈이 배추흰나비처럼 날개를 퍼덕이며 떠다니고 있었다.

눈이 내린다. 부서진 담장과 좁고 긴 골목에, 반쯤 무너진 폐가의 유리창과 쓰레기가 쌓인 공터에, 천사교회의 십자가와 아랫말의 망루에, 마른 낙엽처럼 바스러질 것 같은 천사시장과 밤낮으로 조명이 들어오는 대형할인마트에, 망루와 천막에서 농성하고 있는 아랫말 사람들의 눈동자와 철거용역의 헬멧과 곤봉 위에, 망루에 설치된 스피커에서 흘러나오는 비장한 노래와 경찰의 치직거리는 무전기 소리에, '여기가 우리의 무덤이다'라고 휘갈겨 쓴 아랫말 사람들의 현수막과 공사 계약을 축하하는 재개발조합의 현수막에, 천사마을의 모든 지붕과 포치동의 아파트 단지에, 하늘을 찌를 듯 높은 빌딩과 땅에 착 달라붙은 낮은 집에, 은행나무와 티라노의 발자국 위에, 콩콩이모의 절룩거리는 발걸음과 최목사님의 간절한 기도에, 천사마을과 포치동을 넘어 서울의 하늘에…… 눈이 내린다.

나는 은행나무 아래서 서울에 내리는 눈을 보았다. 펑펑 쏟아지는 함박눈은 단숨에 세상의 모든 더러운 것들을 하얗게 덮어버렸다. 모서리나 네모난 것들이 눈에 덮이자 둥그렇고 뭉툭하게 변하며 아름다워졌다. 동네 개들이 멍멍 짖으며 껑충거렸고, 티라노를 비롯한 고양이들이 폐가의 깨진 유리창 안쪽에서 하염없이 쏟아지는 눈송이를 둥근 눈동자로 바라보았다. 나는 내리는 눈 속에 하얗게 잠겨가는 천사마을의 먼 풍경을 이크에 담았다. 하얗게 변한 은행나무도 찍었다. 눈을 뭉쳐 고양이를 만들었다. 엄마 고양이, 아빠 고양이, 티라노와 여동생 고양이를 만들어 담장 아래에 두었다. 고양이의 눈동자가 없어 섭섭한 느낌이 들었다. 집에 가서 파란 구슬을 여러개 찾아와 고양이의 눈을 대신했다. 파란 눈의 하얀 눈고양이 가족이 옹기종기 모여 있는 모습이 참 예뻤다.

  눈고양이 티라노의 입에 손을 넣으니 이번에는 물지 않았다. '그렇지, 착하게 굴어야지' 하고 돌아서는데 갑자기 천지가 흔들리는 소리가 나면서 머리 위로 눈덩이가 쏟아졌다. 순식간에 눈 속에 파묻혔다. 나는 잠시 그 자세로 가만히 서 있었다. 몸 안의 뜨거운 것들이 눈을 녹여 눈(雪)물이 되었다. 눈물은 마음의 길을 따라 흘렀다. 비 맞은 개가 몸을 털듯이 눈을 털어내고 보니 커다란 은행나무 가지가 눈의 무게를 이기지 못하고 부러져 있었다. 내 팔이 떨어져나간 듯 아팠다. 민들레 홀씨처럼 가벼워 보이는 눈송이 안에 저렇게 어마어마한 무게가 담겨 있다니. 나는 부러진 은행나무 가지를 마당에 옮겼다. 그런 뒤 마당에 큰대자로 누워 눈 내리는 하늘을 바라보았다. 눈송이들이 내 몸을 하얗게 덮었다. 내게 은행나무는 그저 그런 나무 중의 하나가 아니었다. 은행나무에도 다리와 발과 팔과 손이 있으면 얼마나 좋을까 하고 생각했다. 은행나무와 내가 손을 잡고 다정하게 걸을 수 있다면…… 눈사람이 된 내가 문을 열고 현관에 올라서는데 갑자기 눈앞이 캄캄해졌다. 깊이를 알 수 없는 바닥으로 한없이 가라앉는 느낌이 들면서 순간 편안해졌다.

다시 눈을 떴을 때는 여섯개의 눈동자가 나를 지켜보고 있었다. "히히, 눈 떴다." 외할머니가 박수를 치며 웃었다. 침쟁이 친구는 "괜찮아, 괜찮아질 거야. 이 또한 지나가리라, 생각해. 세상에 지나가지 않는 것은 없단다. 괜찮아질 거야"라고 말했고, 지혜는 "바보" 하며 눈을 흘겼다. 영양제가 섞인 링거를 두 병 더 맞고 퇴원해 또 하루를 죽은 듯이 잤다. 어떤 때는 물 밑으로 까라지는 느낌이 들면서 흉몽에 시달렸고, 어떤 때는 엄마의 품에 안겨 여동생과 다투는 환상에 행복해지기도 했다. 그러다 어느 순간 잠결에 비릿한 피 냄새를 맡고 나도 모르게 눈을 떴다. 온 신경을 집중해보니 뭔지 알 수는 없지만 약간 달뜬 듯한 냄새와 소란스러움이 거실을 떠다니는 게 느껴졌다. 배가 아픈 듯이 고팠다. 머리도 맑았고 몸도 한결 가벼웠다. 긴 터널을 빠져나가는 기분으로 조심스레 문을 열고 밖으로 나가보았다. 거실에 있던 사람들이 일제히 나를 쳐다봤다.

"배고파." 나는 소파에 털썩 주저앉았다. 외할머니가 나를 보고는 고개를 갸웃거리더니 도마 위의 마늘을 칼등으로 곱게 다졌다. 레인지 위의 곰솥에서 무언가가 끓고 있고, 김수인 선생님이 외할머니 옆에서 요리를 돕고 있었다. 지혜가 내 팔을 잡아끌고 방으로 들어갔다.

"저기 바깥방에 여수경 선생님이 와 있어. 어른들이 말하는 걸 들어보니까, 아기를 지웠대. 할머니는 여수경 선생님을 딸로 착각하고 미역국을 끓이는 거고." 말을 하는 지혜의 눈동자에 생기가 넘쳐 반짝거렸다. 무슨 큰 비밀을 전하는 사람 같았다. 지혜의 말을 듣는 내 마음은 복잡했다.

"김수인 선생님이 그러는데, 여수경 선생님이 여기 온 거 절대 비밀로 해달래. 아무것도 묻지 말고 그냥 몸을 추스르게 도와달라고 침쟁이 할아버지한테 신신당부하더라. 할아버지는 지금 가물치 사러 나갔어." 지혜는 입에 오토바이가 달린 것처럼 빠르게 말했다. 나는 상황을 대강 파악할 수 있었다. 이상한 것은 여수경이란 이름을 들어도 내 마음이 더이상 파도를 타지 않는다는 것이었다. 여수경을 미워하는 것도 싫어하는 것도 아니었다. "배고파." 속이 텅 비어서 지혜의 말을 더 들어줄 기운이 없었다.

"잠시만 기다려봐." 지혜가 거실로 나갔다. 열린 문틈으로 미역국 끓는 냄새가 와락 달려들었다. 음식 냄새에 속이 뒤집혔다. 마치 바늘로 찌르는 것처럼 배가 아팠다. 배를 움켜쥐고 침대에 엎드렸다. 잠시 후 지혜가 쟁반을 갖고 들어왔다. 침대에 내려놓은 쟁반에는 미역국과 밥과 김치가 놓여 있었다. 미역국에 밥을 말아 허겁지겁 퍼먹으려는 찰나 지혜가 내 손을 탁 때렸다.

"천천히 꼭꼭 씹어 먹어. 빈속에 급하게 먹다 체하면 약도 없어." 지혜가 엄마처럼 타일렀다. 정말이지 지혜는 내가 알지 못하는 세상에서 온 아이 같았다. 아는 것도 많고 생각도 엉뚱했다. 내가 물끄러미 쳐다보자 양 볼이 발갛게 물들더니 지혜답지 않게 손바닥으로 얼굴을 가리고 창가로 갔다. 나는 천천히 꼭꼭 씹어가며 밥을 먹었다. 밥이 달았다.

날씨가 봄날처럼 따뜻했다. 온 세상을 하얗게 감쌌던 눈이 햇살에 빠르게 녹기 시작했다. 순백의 아름다움은 짧았다. 눈이 녹자 잠깐이나마 감춰졌던 세상이 그 모습을 드러냈다. 연탄재와 눈 녹은 물이 흘러 골목길이 질척거렸고, 망루 주변에도 눈 녹은 물이 흘러 아랫말의 잿더미를 적셨다. 철거용역의 헬멧과 쇠파이프에 내렸던 눈도 녹아 사라졌다. 침쟁이 친구는 가물치와 호박을 푹 고아 여수경에게 먹였고, 외할머니는 아침마다 콧노래를 부르며 미역국을 끓였다. 덕택에 나도 미역국을 얻어먹고 기운을 차렸다. 몸 안에서 나쁜 기운이 모두 빠져나간 듯이 기분이 좋았다. 부러진 은행나무 가지를 찾아 작은 가지는 처마 밑에 굴러다니던 화분에 꽂고 큰 가지는 담장에 기대 세워놓았다.

새해 첫날이 밝았다.

특별할 것도 새로울 것도 없는 보통의 날이었으나 나이를 한살 더 먹어 열세살이 된 아침이기도 했다. 여수경이 몸을 추스르는 동안 나는 바깥방 근처에는 얼씬도 하지 않았다. 그게 여수경에 대한 예의였고 내 자존심을 지키는 방식이었다. 김수인 선생님이 떡국을 끓여 찾아왔다. 외할머니와 나, 여수경과 김수인 선생님, 침쟁이 친구가 거실에 모두 모여 떡국을 먹었다. 외할머니는 떡국에 있는 쇠고기를 건져 여수경의 그릇에 담아주었다. 외할머니의 눈에는 어린 딸에게 조금이라도 더 먹이고 싶은 애틋한 마음이 담겨 있었다. 여수경은 밝은 표정으로 외할머니에게 애교를 떨며 쇠고기를 받아먹었다. 나는 묵묵히 떡국을 먹은 다음 수저를 놓자마자 집을 나왔다.

나는 은행나무에게 가서 새해 인사를 전했다. 거의 열흘 동안 얼굴도 마주치지 못했던 티라노가 지붕에서 담장으로 걸어와 나를 보았다. 반가워서 손을 내밀자 티라노가 꽉 깨물었다. 새해 첫날부터 고양이한테 물리다니, 치사한 티라노. 내가 주먹을 치켜들자 티라노가 온몸의 털을 곤추세우고 '야옹' 하며 눈을 부라렸다. 나는 집으로 돌아가 떡국 냄비에서 쇠고기 몇점을 건져내 다시 은행나무로 왔다. 쇠고기를 놓아주자 티라노는 냄새만 맡더니 먹진 않고 고개를 들어 나를 보았다. 내가 은행나무 뒤로 살짝 몸을 피하자 그제야 먹었다. 주제에 자존심은…… 그사이에 고기 냄새를 맡았는지 덩치 큰 고양이가 담장으로 훌쩍 뛰어왔다. 티라노는 고기를 지키려고 이빨을 드러내며 발톱을 세웠다. '바보야, 그냥 먹어버려. 싸울 틈이 어디 있어. 먹어버리면 되잖아'라고 티라노에게 응원을 보냈지만 결국 쇠고기 두어점을 두고 고양이끼리 싸움이 붙었다. 어린 티라노도 앙칼지게 대들었지만, 큰 고양이는 티라노를 한방에 제압하고는 쇠고기를 날름 먹어치우고 유유히 가버렸다. 티라노는 제 발등만 핥았다.

"안녕." 언제 왔는지 여수경이 은행나무에 기대어 서서 내게 인사했다.

"………"

'안녕하세요. 몸은 좀 어떠세요?'라고 묻고 싶었지만 그냥 침묵

했다.

"아기 고양이가 예쁘네." 여수경의 목소리에는 기운이 하나도 없었다.

"이름이 티라노예요. 공룡 티라노사우루스에서 사우루스를 빼고 티라노라고 줄여서 붙여준 이름인데, 쟤는 엄마가 없어요. 버림받은 건지 엄마가 죽은 건지 잘 모르겠어요. 엄마처럼 보이는 고양이가 있지만 엄마는 아닌 것 같아요. 내가 친구 먹자고 해줬는데 쬐끄만 게 아주 까칠해요."

"그렇구나." 고개를 끄덕이는 여수경의 눈빛이 흔들렸다. 나는 하고 싶은 말을 속으로 삼켰다. 여수경과 나 사이에 무거운 침묵이 흘렀다. 나는 발끝으로 작은 돌멩이를 찼고 여수경은 티라노를 하염없이 바라보았다. 가슴속에서 밖으로 나오지 못한 말들이 비눗방울처럼 떠올랐으나 모두 터뜨려버렸다. 지금은 내 마음을 말로 전달할 때가 아니었다. 굳이 말로 하지 않아도 언젠가는 내 마음이 전해질 때가 있을 것이라고 믿었다. 다만 여수경이 툭툭 털고 일어나 다시 카메라를 손에 들고 뛰어다니길 바랄 뿐이었다.

집을 부수다

외할머니가 거울 앞에 앉아 꼼꼼하게 얼굴을 들여다보았다. 크림과 파운데이션을 바르고 눈썹을 짙게 칠하고 빨간 루주로 입술에 생기를 불어넣었다. 외할머니는 첫사랑 남자가 곧 돌아올 거라고, 그 남자가 돌아오면 예쁘게 맞이해야 한다면서 화장에 공을 들였다. 몇시간 지나지 않아 화장은 엉망이 되고 말았지만 거울 앞에 앉아 있는 시간만큼은 늙은 주름살에서 행복한 표정이 떠나지 않았다.

눈이 미처 다 녹기도 전에 날씨가 꽁꽁 얼어붙었다. 여수경은 아침마다 카메라를 들고 망루로 내려갔고, 나도 이크를 목에 매달고 뒤를 따랐다. 지혜는 내게 삐쳐서 며칠 동안 집에 오질 않았다. 다행히 침쟁이 친구가 있어서 마음 놓고 아랫말로 내려올 수 있었다.

망루 위에는 칼바람이 불었지만 여수경은 그 자리를 지켰다. 나도 오기로 버텨봤지만 번번이 금방 망루에서 내려와 천막 옆 모닥불에서 몸을 녹였다.

"쟤네들 움직임이 수상한데?" 최목사님의 혼잣말에 나는 바리케이드를 건너 철거용역들이 있는 곳으로 향했다. 용역들 뒤에 있던 포클레인이 뒤로 빠지더니 웃말로 올라가는 큰길을 향해 떠나고 있었다. 맨 앞줄의 용역들만 그대로 대열을 유지하고 나머지는 포클레인을 앞서 뛰어갔다. 그들은 해머와 쇠파이프를 들고 마스크와 헬멧으로 얼굴을 완전히 가린 상태였다. 현장 지휘자는 박정철이었다. 방패와 곤봉으로 무장한 경찰이 뒤를 따랐다. 재개발조합 사무실에서 큰아버지가 무전기로 뭔가를 지시하는 것도 보았다. 나는 그 모든 순간을 이크로 찍었다.

박정철을 선두로 용역들이 천사1지구로 몰려갔다. 그들이 천사1길을 따라 올라가면서 '공가'라고 적힌 집을 해머로 내리치면 포클레인이 달라붙어 아귀처럼 먹어치웠다. 순식간에 집 하나가 철거되었다. 천사1지구 조합원이 나서서 철거해야 할 집을 가리키면 용역들이 몰려갔다. 아직 세입자가 살고 있는 집도 있었다. 어떤 집에서는 꼬부랑 할머니가 나와 용역들에 맞섰다. 그 집의 주인이 나서서 박정철에게 철거해도 좋다고 하자 용역들이 할머니를 거칠게 밀어내고 세간을 그대로 둔 채 해머로 내려치며 철거를 시작했다.

소식을 들은 아랫말 사람들과 웃말의 비조합원들이 몽둥이와 쇠파이프를 들고 몰려왔다. 나는 철거용역들 틈에서 사진을 찍었고, 여수경은 철거민에 섞여 사진을 찍었다. 문득 집이 마구잡이로 철거를 당하는데 사진이 무슨 소용이 있을까 하는 생각이 들었다. 여수경도 나와 같은 생각일까? 나는 무너진 벽과 벽돌과 먼지를 뒤집어쓰고 박살이 난 텔레비전과 냉장고, 그 위에 깔리는 한숨과 울음과 악다구니를 이크에 담았다. 용역 가운데 하나가 다가와 화를 내며 나를 밀쳤다. 나는 무너진 담에 걸려 넘어졌다. 무릎이 깨지고 이마에 상처가 나서 피가 흘렀지만 입을 앙다물고 벌떡 일어나 용역을 정면으로 노려봤다. 용역이 내 손에 들린 이크를 잡아채더니 벽에 내동댕이쳤다. 눈 깜짝할 사이에 벌어진 일이었다. 나는 짐승처럼 소리 지르며 그에게 돌진해 팔뚝을 물어뜯었다. 그가 다른 팔꿈치로 내 등을 찍었다. 발길질이 배에 깊이 박혔다. 명치가 타는 듯 아팠고 호흡이 툭툭 끊어졌다. 나는 지렁이처럼 꿈틀거리다가 땅에 손바닥을 짚고 일어나 박살이 난 이크를 주섬주섬 챙겼다.

"만돌아!" 여수경이 달려와 나를 부축했다.

"나쁜 새끼!" 여수경이 나를 때린 용역의 따귀를 올려붙였다.

"이런 씨벌년이!" 용역이 여수경을 발로 찼다. 어디서 감히 여수경한테! 내 눈에서 불꽃이 튀었다. 여수경이 피하는 바람에 헛발질에 그쳤지만 꼭지가 핑 도는 걸 느꼈다.

"이런 개자식이!" 여린 몸매의 여수경이 눈에 독기를 품고 용역 앞으로 성큼 나섰다.

"때려봐 새끼야, 때려봐." 여수경이 용역 앞에 얼굴을 내밀며 악을 썼다. 그러자 용역이 뒤로 주춤 물러났다. 앞에서 집을 부수던 박정철이 인상을 팍 쓰며 여수경 앞으로 왔다.

"넌 뭐야?" 박정철이 험악한 표정으로 물었다.

"그러는 너는 뭐냐?" 여수경은 한치도 물러서지 않았다. 나는 조마조마했다.

"하, 이런 개 같은 년 좀 봐라! 아이고 그냥 이걸! 한 주먹 감도 안되는 것이 까불고 있어. 저리 가, 이년아!" 박정철의 입에서 험한 말들이 쏟아져나왔다. 박정철이 여수경을 어깨로 밀었다. 여수경은 밀리지 않으려고 애쓰면서 용역들이 집을 부수는 걸 카메라로 찍었다. 박정철이 카메라 렌즈를 손바닥으로 막더니 여수경을 한 대 칠 듯이 주먹을 높이 들었다. 그래도 여수경은 아랑곳하지 않았다.

"야야! 덩치가 산만한 사내자식이, 좆 달고 할 일이 그렇게도 없어서 가난하고 힘없는 사람을 상대로 주먹질이냐? 쪽팔리는 줄 알아, 새끼야." 언제 왔는지 콩콩이모가 박정철의 앞을 가로막고 독설을 퍼부었다. 박정철이 콧방귀를 뀌었다. 그 바람에 용역들이 철거를 잠시 멈추고 두 사람을 돌아보았다.

"아, 정말 씨발, 돌아버리겠네. 아는 얼굴이라 봐주니까 얼른 꺼져."

"아는 얼굴이라 봐준다고? 저게 봐주는 거냐, 개자식아? 너 여기서 몇년 살았어? 탯줄까지 여기다 묻은 새끼가 돈에 눈깔이 뒤집혀서 하는 짓이라고는? 에라 자식아, 불알이나 떼놓고 지랄을 떨어도 떨어라."

"이런 개 같은 년이!"

박정철이 콩콩이모의 따귀를 올려붙였다. 순간 콩콩이모가 뒤로 나가떨어졌다. 나는 얼른 달려가 콩콩이모를 부축했다. 콩콩이모의 코에서 피가 흘렀다. 콩콩이모가 말없이 나를 밀어내고는 끄응, 하며 몸을 일으키더니 절룩거리는 걸음으로 박정철 앞으로 갔다. 콩콩이모가 손바닥으로 코를 슥 문지르자 온 얼굴이 피범벅이 되었다. 콩콩이모가 말없이 옷을 벗기 시작했다. 브래지어까지 벗자 젖가슴이 드러났다.

"자, 개자식아! 아나 쳐라, 아나 쳐! 치란 말이야!"

콩콩이모의 앙칼진 목소리가 철거현장에 울려퍼졌다. 박정철이 뒤로 슬쩍 물러서자 콩콩이모는 포클레인 앞으로 가서 벌렁 드러누워버렸다. 여수경이 얼른 점퍼를 가져가 알몸을 덮었지만 콩콩이모는 점퍼를 내던져버렸다. 나는 차마 콩콩이모를 보지 못하고 눈을 돌려 하늘을 올려다보았다. 잿빛 구름이 착 가라앉아 금방이라도 뭔가가 쏟아질 것만 같았다. 꼭 이렇게까지 해야 하는 것일까, 하는 생각이 들었다. 이크가 부서진 게 차라리 다행이었다.

"아 정말, 미치겠네. 확 그냥 씨발, 밟아버릴 수도 없고." 박정철이 콩콩이모의 몸을 군화로 밟는 시늉을 했다. 콩콩이모가 "오냐, 밟아라. 나를 밟고 가지 않으면 한발짝도 못 움직일 줄 알아, 이놈들아!" 하고 박정철을 향해 악을 썼다. 그때 여수경이 박정철을 밀어내고 그 앞에 섰다. 여수경의 어디에 저런 힘이 숨어 있는 것일까 궁금했다. 박정철이 여수경을 때리려고 손을 치켜들자 여수경은 그 자리에서 꼼짝도 않고 박정철을 노려보았다.

"사람 죽는 꼴 보고 싶지 않으면, 오늘은 이쯤 하고 돌아가시지." 여수경이 말했다.

"니가 뭔데 이래라 저래라 하는 거야? 너 뭐야 대체? 넌 제삼자야. 삼자가 나서서 깝죽거리지 말고 꺼져." 박정철의 험한 말에도 여수경은 미동도 하지 않았다. 나는 그제야 박정철한테 있는 갑빠는 가짜라는 생각이 들었다. 오히려 여수경의 몸 어딘가에 진짜 갑빠가 있는 것 같았다. 철거용역들이 뒤에서 비아냥거렸지만 여수경은 조금도 움직이지 않고 버텼다. 쇠파이프와 해머를 든 철거용역들에 둘러싸여 콩콩이모와 여수경 두 여자가 맨몸으로 맞서는 게 정말 신기하고 놀라웠다. 아랫말 사람들은 철거용역들이 막고 있어서 콩콩이모와 여수경이 있는 쪽으로 접근하지 못하고 절규의 함성만 보냈다. 나도 무언가 힘을 보태야 한다는 생각에 여수경의 옆에 서서 박정철을 쳐다보았다. 박정철의 눈길과 내 눈길이 허공에서 얽혔다. 마치 눈싸움이라도 하는 것 같았다. 한 골목에서 얼굴을 마주하며 살았고, 마음으로 조금은 의지하던 박정철에게 나는 무심에 가까운 시선을 보냈다. 그때 눈송이 하나가 박정철의 얼굴에 내려앉았다. 박정철은 손바닥으로 얼굴을 닦더니 하늘을 올려다보았다. 눈송이들이 바람을 타고 허공을 떠돌고 있었다. 박정철이 다시 나를 보더니 시선을 거두고 가래침을 탁 뱉었다.

"야, 철수! 철수해." 박정철이 용역들에게 큰 소리로 명령했다. 명령이 떨어지기가 무섭게 철거용역들이 뒤로 물러났다. 쇠파이프를 질질 끌며 재개발조합 사무실 쪽으로 돌아가는 그들의 뒷모습 위로 주먹만한 눈들이 쏟아지기 시작했다. 여수경은 몸이 파랗게 언 콩콩이모에게 달려가 서둘러 옷을 입혔다. 아랫말 사람들도 몰려와 콩콩이모를 감쌌다. 김수인 선생님이 남자들을 물러나게 하고 담요로 콩콩이모의 몸을 둘둘 감았다.

함박눈은 하염없이 내렸고, 콩콩이모는 김수인 선생님의 부축을 받으며 홍콩반점으로 돌아갔다. 아랫말 사람들은 긴급회의 끝에 철거용역들을 막을 저지선을 만들기 위해 웃말 입구의 삼거리에다 새로운 망루를 세우기로 결정했다. 아랫말 사람들은 맡은 역할에 따라 흩어지더니 망루를 만들 온갖 자재들을 갖고 왔다. 자재를 모아오는 아랫말 사람들이 눈사람처럼 보였다. 여수경은 눈사람들이 망루를 만드는 과정을 카메라에 담았다.

　나는 부서진 이크를 들고 터덜터덜 집으로 향했다. 메모리카드에 저장된 사진을 컴퓨터로 옮기는 게 무엇보다 급했다. 집에 오니 화장을 곱게 한 외할머니가 재봉틀 앞에 앉아 바느질을 하고 있었다. 외할머니는 데면데면한 눈길로 나를 쳐다봤다. 외할머니는 정신이 오락가락해도 재봉틀만큼은 정확히 알아보았고, 능숙한 솜씨로 바느질을 했다. 손자인 나도 못 알아보면서 재봉틀 앞에 앉아 수선도 하고 새 옷도 만드는 게 놀라웠다. 침쟁이 친구는 외할머니가 평생토록 재봉틀만 끼고 살아서 그런 거라고 했다. 다른 것은 아무것도 할 줄 모르고 오직 재봉틀에만 매달려서 자식들을 길러냈는데, 그 자식 중 하나가 허망하게 죽어버렸고, 믿고 의지하던 아들은 목사가 되어 나 몰라라 하고 있고, 중간에 있는 딸 하나는 아예 연락도 안하고 살고 있으니 어찌 정신이 온전할 수 있겠느냐며 침쟁이 친구는 혀를 끌끌 찼다. 내가 생각해도 외할머니는 불쌍한 사람이었다.

　헐! 컴퓨터가 메모리카드를 읽지 못했다. 아무리 해봐도 창이 열리지 않았다. 컴퓨터가 고물인가 싶어 버스 종점에 있는 피시방까지 가서 확인해보니 메모리카드에 문제가 있는 게 분명했다. 이크는 박살이 났어도 메모리카드는 무사할 줄 알았는데, 메모리카드가 깨졌다면 그동안 찍은 사진이 모두 사라졌다는 것이다. 이크를 박살낸 용역을 찾아가 따지고 싶었지만, 그래봤자 무슨 소용이 있을까 싶었다. 한번 사라진 것은 돌아오지 않는다.

하늘이 뻥 뚫린 듯 쏟아부을 기세로 내리던 눈이 어느새 그치고 햇살이 쨍쨍했다. 길에 쌓였던 눈도 녹아 내 마음처럼 질척거렸다. 돌아오는 길에 보니 망루의 뼈대가 거의 완성되는 중이었다. 그다지 높지 않았지만 높은 곳에 있어서 웃말로 올라오는 길이 훤하게 보였다. 사람들은 망치를 들고 망루의 뼈대에 녹슨 양철 조각들을 잇대어 못질을 했다. 금방 양철 벽이 만들어졌다. 망루 아래에는 부서진 벽돌 쪼가리가 쌓여 있었고, 석유와 휘발유가 든 플라스틱 통도 보였다. 망루를 만드는 사람들의 표정은 차고 무거웠다. 저 어설픈 망루가 과연 사람들과 집을 지켜낼 수 있을까? 아무리 빨리 만들어도 밤이 되어야 망루가 완성될 것 같았다. 작은 심부름이라도 해볼까 했지만 내가 할 일은 특별히 없는 것 같았다. 나는 터덜터덜 은행나무로 향했다.

집 주변에 굴러다니는 찢어진 신문지와 나뭇가지를 담장 아래 모아 그 위에 이크의 잔해를 놓고 쑥뜸 쟁반에서 가져온 성냥으로 신문지에 불을 붙였다. 이크를 화장하는 동안 티라노가 담장 위에 앉아 그 모습을 지켜보았다. 이크의 잔해는 파란 불꽃을 내며 쪼그라들었다가 지글지글 끓었다. 나중에는 액체처럼 녹아내리며 시커먼 연기를 뿜어냈다. 불이 꺼지고 한참 기다렸다가 엿가락처럼 늘

어지고 엉겨붙은 이크의 잔해를 돌맹이로 갈았다. 마침내 가루가 된 이크를 바람 위에다 살짝 올려놓았다. 바람은 이크의 가루를 싣고 멀리 떠났다. 잘 가, 이크야. 내가 이름을 붙여준 최초의 카메라는 그렇게 바람과 함께 나를 떠났다. 은행나무를 떠나면서 티라노의 머리를 쓰다듬으려 손을 뻗었다가 또 물렸다. 티라노가 얄미워 주먹을 치켜드는 순간 등 뒤에서 쾅, 하는 소리가 났다. 깜짝 놀라 돌아보니 박정철이 해머로 자기 집 담장을 내려치고 있었다. 해머질 한번에 낡고 삭은 담장이 풀썩 무너졌고, 먼지가 자욱하게 피어올랐다.

"이놈의 집구석! 이게 뭐라고!" 박정철은 악을 쓰며 해머를 휘둘렀다. 망루에 내려가지 않고 집에 있던 사람들이 하나둘 골목으로 나왔다. 외할머니가 뛰쳐나와 앞집으로 달려가려고 하자 침쟁이 친구가 팔을 붙들었다. 지혜도 골목에 모습을 드러냈다. 박정철의 늙은 어머니가 달려와 악을 쓰며 해머를 빼앗으려 했지만 박정철은 막무가내로 집을 향해 해머를 내리쳤다. 벽에 구멍이 뻥 뚫렸다. 연이은 해머질에 한쪽 벽이 무너지고 지붕이 와르르 쏟아졌다. 박정철의 어머니가 내장이 드러난 방으로 기어들어가 한가운데 앉아 눈을 감았다. 박정철의 해머질이 잠시 멈췄다. 가쁜 숨을 몰아쉬며 어머니를 물끄러미 바라보는 박정철의 눈에서 눈물이 굴러내렸다.

그 순간 온 세상이 고요해졌다. 박정철의 손에서 해머가 쑥 빠져나갔다. 골목에 몰려나와 구경하던 사람들은 누구 하나 움직이지도 않고 아무 말도 하지 않았다. 골목 안 풍경은 한순간 정지화면으로 변했다. 함박눈 몇 송이가 정지된 화면 위로 내리기 시작했다. 구름의 밑동이 찢어지며 쏟아져나온 굵은 함박눈이 허공에서 바람에 섞이더니 춤을 추듯 나풀거렸다. 허공은 온통 하얀 눈이었고, 조명이 꺼지듯 살짝 어둠이 깃들었다. 반쯤 허물어진 벽과 지붕 위로, 박정철의 눈물과 그 어머니의 울음 위로 눈송이가 무게를 이기지 못하고 떨어져내렸다.

"으아악!" 갑자기 박정철이 짐승처럼 울부짖자 정지화면이 스르르 풀렸다. 박정철은 미친 듯이 절규하며 벽을 해머로 내리치고 또 내리쳤다. 벽지 안에 숨어 있던 낡고 삭은 시멘트 벽이 먼지를 일으키며 무너졌다. 박노인이 박정철 어머니의 목덜미를 잡아 질질 끌어냈다. 박정철 어머니는 방 안에서 끌려나오지 않으려고 버텼다. 두개의 벽이 무너진 방은 더이상 방이 아니었다. 골목에서 구경하던 사람들의 입에서 안타까운 탄성이 흘러나왔다. 박노인이 사람들을 향해 돌아서더니 틀니를 뽑아 손에 쥐고는 위아래로 흔들면서 고함을 질렀다. 틀니가 빠진 홀쭉한 입에서 나오는 소리는 그저 웅얼거림에 불과했지만 자꾸 반복하니 무슨 말인지 알아들을 수 있었다.

집을 새로 지어준다는데 왜 반대를 하는 거냐? 빨갱이들의 꼬임에 빠져 니들이 데모를 하지만, 눈으로 봐라, 이게 사람 사는 꼴이냐? 월남이 베트콩한테 잡혀먹어서 잘살고 있냐? 나는 월남전 참전용사다. 빨갱이들과 끝까지 싸울 것이다. 오백년 묵은 저 은행나무를 보호해야 한다는 놈들도 빨갱이들이다. 저까짓 나무가 뭐라고 동네 발전을 막는 것이냐? 도끼로 찍어 땔감으로나 쓰면 딱 적당하다. 이 빨갱이들아, 다 꺼져! 눈앞에서 당장 사라져!

　박노인은 손에 들고 있던 틀니를 입에 넣더니 박정철의 손에서 해머를 빼앗아 은행나무로 뛰어갔다. 나는 깜짝 놀랐다. 박노인이 해머로 은행나무를 내려찍기 시작했다. 해머질 한번에 은행나무가 온몸을 부르르 떨었다. 내 귀에 은행나무의 비명이 들려오는 것 같았다. 침쟁이 친구와 함께 서 있던 외할머니가 골목이 떠나갈 듯 비명을 질렀다. 나는 달려가 은행나무를 온몸으로 감싸안았다. 박노인은 나를 피해 은행나무를 해머로 찍었고, 은행나무 줄기에 큰 상처가 생겼다. 외할머니가 달려와 해머를 든 박노인의 손을 물어뜯었다. 박노인이 비명을 지르더니 외할머니의 따귀를 때렸다. 침쟁이 친구가 박노인을 밀었고, 박정철이 침쟁이 친구의 가슴팍을 때리듯이 밀쳤다. 외할머니가 박정철의 머리카락을 움켜쥐고 흔들었고, 박정철은 외할머니의 손을 우악스럽게 비틀었다. 나도 싸움에 끼어들어 박정철의 손목을 물었다. 박정철은 차마 나를 때리진 못하고 손으로 내 어깨를 붙잡았다. 어깨뼈가 으스러지듯이 아팠다. 골목에 있던 사람들이 한꺼번에 뒤엉켰다. 그 난장판 위로 함박눈이 펑펑 쏟아져내렸다.

　누군가의 신고로 경찰이 와서야 엉켜 있던 사람들이 떨어졌다. 박노인은 경찰을 보자 저 빨갱이들을 몽땅 잡아가야 한다고 목소리를 높였다. 외할머니와 나는 그사이에도 은행나무를 두 팔로 감싸고 있었다. 침쟁이 친구가 난감한 표정을 짓고 있는 젊은 경찰에게 자초지종을 말했다. 젊은 경찰은 말없이 가버렸다. 박정철은 해머를 들고 집을 떠났다. 언제 함박눈을 쏟아냈느냐는 듯 하늘은 시치미를 뚝 떼고 햇살을 쏟아내고 있었다. 밝은 햇살이 부서진 박정철의 집을 환하게 비추었다. 하늘은 청아하고 맑았다.

소년, 뱀파이어를 만나다

　새 망루가 모습을 드러냈다. 아랫말의 망루와 달리 녹슨 양철판으로 벽과 지붕을 만들어 붙였다. 간단한 막걸리 잔치가 벌어졌다. 어른들은 여수경에게는 막걸리를 거푸 권했지만 내게는 입을 싹 씻었다. 나는 어른들 몰래 막걸리 한 병을 빼돌려 지혜와 나눠 마셨다. 텁텁하면서 달착지근해 술술 잘도 넘어갔다. 지혜는 내게 삐쳤던 마음을 풀고 다시 외할머니와 친해졌다. 사실은 여수경이 미워서 그랬다고 지혜가 내게 고백했다. 막걸리 한 병을 거의 다 마시니 기분이 알딸딸해졌다.
　어둠이 내리자 산기슭에서 칼바람이 휘몰아치기 시작했다. 기온은 영하 십오도 정도였지만 체감온도는 그보다 훨씬 낮았다. 망루에 최소한의 인원만 남기고 모두 집으로 돌아갔다가 아침 일찍 나오기로 했다. 나는 여수경과 함께 집으로 향했고 지혜가 뒤를 따라왔다. 재봉틀 앞에 앉아 있던 외할머니가 "아이고, 우리 딸 옥주" 하면서 지혜를 반갑게 맞이했다. 지혜는 물부터 데우면서 외할머니에게 함께 목욕하자고 졸랐다. 외할머니가 춥다고 뒤로 빼자 지혜가 몸에서 냄새난다며 눈을 흘겼다.

"지혜 쟤, 참 이쁘다. 너랑 잘 어울려." 지혜와 외할머니가 욕실에 들어가자 여수경이 말했다. 여수경의 말에 나는 속이 상해 말없이 내 방으로 들어가버렸다. 내 마음을 눈곱만치도 몰라주는 여수경이 정말 야속했다. 사람을 좋아한다는 게 이렇게 힘든 일인 줄 예전엔 몰랐다. 진작 알았더라면 애초에 시작도 하지 않았을 텐데.

똑똑. 누군가 방문을 두드려 열어보니 여수경이 손을 뒤로 감추고 환하게 웃고 서 있었다. 혹시 여수경이 그냥 돌아서면 어쩌나 하는 불안한 마음이 없는 것은 아니었지만, 나는 까칠한 표정으로 돌아섰다. 그러자 여수경이 방 안으로 들어왔다. 속으로 '휴우!' 하고 한숨을 내쉬었다.

"이 방에는 처음 들어오네. 아이고, 거의 쓰레기통이네. 청소 좀 해라. 책상 위도 엉망이고." 여수경이 말했다.

"치울 거예요." 나는 볼멘소리로 대꾸했다. 누가 지적질하라고 했나, 치. 여수경이 의자에 앉자 나는 침대 모서리에 걸터앉았다. 책상 옆에 둔 라면 상자가 눈에 띄어 조마조마했다. 혹시라도 여수경이 상자를 보면 곤란했다. 상자에는 내가 마트에서 훔쳐온 연필이며 칼, 반짝거리는 머리핀과 머리띠, 스리엠 메모지와 딱풀, 붕어밥과 강아지 사료, 수도꼭지와 실내화, 생리대와 머드팩 등등이 들어 있었다. 필요해서 훔친 게 아니라 외로워서 훔친 물건들이었다. 나는 침대에서 일어나 슬그머니 책상 옆으로 가서 상자를 가렸다.

"자, 선물. 포장은 못했어." 여수경의 손에 들린 것은 작은 디지털카메라였다. 속으로는 얼른 받고 싶었지만 그랬다간 갑빠에 손상이 갈까봐 참았다.

"싫어? 그럼 말고." 여수경이 카메라를 등 뒤로 감추는 시늉을 했다.

'우 씨, 치사빤쓰. 가져가라지 뭐.' 자존심이 팍 상해서 "사진 안 찍으면 되지 뭐"라고 일부러 시큰둥하게 받아쳤다.

"제발 받아주세요, 만돌님." 여수경이 빙그레 웃으며 애원조로 말했다. 한번 더 튕겼다가는 여수경의 마음이 변할까봐 이번에는 카메라를 받았다. 손안에 쏙 들어오는 작고 예쁜 카메라였다. 크기는 작았지만 화면은 이크보다 훨씬 컸다. 화소도 천만이 넘었다. 이걸로 사진을 찍으면 선명하고 크게 찍힐 것 같았다.

"만돌이 니가 사진 찍는 걸 좋아하고, 또 사진에 재주도 있는 것 같아서 하나 샀어. 사진 열심히 찍어야 해. 알았지?" 나는 여수경의 말에 고개를 끄덕였다. 전원을 켜고 여수경의 얼굴에다 렌즈를 갖다댔다. 여수경이 손바닥으로 얼굴을 가렸다. 여수경과 나는 웃고 떠들고 장난치면서 서로의 얼굴을 찍으며 유쾌하고 행복한 시간을 보냈다. 외할머니와 목욕을 하고 나온 지혜가 나와 여수경이 장난치는 것을 보더니 젖은 수건을 내게 던지고는 집으로 돌아가버렸다.

"지혜가 너를 정말 좋아하는가봐. 어쩌지?" 여수경이 걱정된다는 표정을 지었다.

"어쩌긴요, 할 수 없지 뭐." 지혜한테는 미안했지만 뾰족한 수가 없었다. 내가 겪어봤기 때문에 지혜의 마음을 잘 안다. 지옥에 빠진 것 같은 그 마음. 하지만 어쩌겠는가. 그 마음을 견뎌야 하는 사람은 지혜다.

밤이 지나고 아침 일찍 불청객이 찾아왔다. 현관을 두드리는 소리에 놀라 문을 열어보니 외삼촌이었다. 외삼촌은 집에 들어오지도 않고 겨우 십초 정도 짧게 기도를 한 다음 신발장 옆에 서서 다짜고짜 법원에 가야 하니 어서 옷을 입고 나오라고 재촉했다. 여수경이 바깥방에서 나와 무슨 일이냐고 물었다. 외삼촌은 누군지 모르지만 아가씨가 상관할 일이 아니라며 버럭 화를 냈다. 나는 여수경을 데리고 방으로 가서 자초지종을 설명했다. 이야기를 들은 여수경이 함께 가야겠다며 머리를 대충 묶고 따라나섰다. 외삼촌은 왜 아가씨가 따라가느냐며 또 화를 냈다. 나는 여수경이 함께 가지 않으면 나도 가지 않겠다고 버텼다.

나는 외삼촌을 따라 법정에 가는 게 정말 싫었다. 큰아버지도 밉고 외삼촌도 미워서 가기로 마음먹은 것이지 외삼촌을 도우러 가는 것은 절대 아니었다. 이번에 확실히 큰아버지를 후견인에서 해임시켜야 했다. 외삼촌이 내 후견인이 되는 것도 싫다고 분명하게 밝힐 참이었다. 나는 어떤 후견도 받은 적이 없었다. 내 후견인이 될 수 있는 사람은 이 세상에 오직 한 사람, 나뿐이다. "못된……" 이라고 한마디를 한 뒤 외삼촌은 여수경의 동행을 허락했다. 내 곁에 여수경이 있어서 든든했다.

"아니, 길 한가운데 무슨 망루 같은 걸 지어놓고 길을 막느냐고, 길을. 정말 이해를 못하겠다. 재개발되면 땅값 오르고 근사한 아파트 생기고 좋은 거 아냐? 사람들이 몰라도 뭘 한참 몰라. 그 꼬라지니까 가난에서 벗어나지 못하고 찌들어 살지. 그리고 망루 그거 도로교통법 위반 아니야? 오, 주여!"

삼거리에 새로 지은 망루 때문에 집 근처까지 차를 갖고 올라오지 못한 외삼촌이 툴툴거렸다. 역시 외삼촌과 큰아버지의 생각은 한치도 다르지 않다는 것을 새삼 느꼈다. 밤새 기온이 급강하해서인지 골목길에 살얼음이 얼어 있는 곳이 꽤 많았다. 외삼촌은 조심스레 골목을 내려갔다. 나는 외삼촌의 뒤통수에 대고 '미끄러져라, 미끄러져라!' 기도하듯이 주문을 외웠다. 그런데 정말 몇 걸음 걷지 않았는데 외삼촌이 살얼음을 밟고 미끄러지더니 쫘당 엉덩방아를 찧었다. 여수경이 키킥 웃었다. 주문이 통하다니, 아싸! 여수경을 향해 손가락으로 브이 자를 그리며 환하게 웃었다. 아주 깨소금 맛이었다. 외삼촌은 엉덩이를 털면서 "주여!"라고 말했다. 외삼촌은 기도를 하지 않을 때에도 틈만 나면 '주여'를 뇌까렸다. 외삼촌뿐만 아니라 복음교회 신자들의 특징이었다.

망루를 지나는데 지혜가 의심쩍은 눈초리로 나와 여수경을 쳐다봤다. 외삼촌의 외제 승용차는 망루를 막 지나 길 한복판에 주차되어 있었다. 한눈에 봐도 크고 좋은 차였다. 외삼촌이 가까이 가자 저절로 삑 하며 잠금장치가 풀렸다. 나와 여수경은 뒷좌석에 탔다. 외삼촌의 차는 망루 근처를 떠나 버스 종점 방향으로 움직였다. 천사시장 입구에 거의 다 왔을 때 포클레인이 떡하니 길을 막고 있었다. 외삼촌이 빵빵 경적을 울렸다. 잠시 후에 쇠파이프를 든 박정철과 철거용역 여러명이 나타났다.

"이렇게 길을 막고 있으면 어떻게 합니까? 포클레인 좀 빼주세요, 얼른! 주여." 외삼촌이 운전석 유리창을 내리고 박정철에게 짜증을 부렸다.

박정철이 느물거리며 다가오더니 쇠파이프로 운전석 문을 긁었다. 외삼촌의 얼굴이 구겨지는 게 룸미러로 보였다. 박정철은 범퍼에 발을 턱 올려놓더니 외삼촌에게 "너, 내려!" 하고 말했다. 그제야 분위기가 심상찮다는 것을 느낀 외삼촌은 재빨리 유리창을 올리고 문을 모두 잠갔다. 박정철이 손가락을 까닥거리며 계속 내리라고 신호를 보냈다. 외삼촌은 '주여'만 외치며 달달 떨었다. 박정철이 다가와 문을 열려다 잠긴 것을 알고는 얼굴을 일그러뜨렸다. 박정철이 쇠파이프로 앞유리창을 탁탁 쳤다. "주여, 주여, 주여." 외삼촌은 사색이 되어 주만 찾았다. 하지만 주보다 쇠파이프가 먼저 운전석 유리창에 강림했다. 주는 멀었고 쇠파이프는 가까웠다. 박정철이 쇠파이프로 운전석 유리창과 차체를 미친 듯이 후려치기 시작했다. 외삼촌은 머리를 손으로 감싸고 "내 차!" 하면서 흐느꼈다. 유리창이 산산조각나며 주저앉자 박정철이 손을 넣어 잠금장치를 풀고 외삼촌을 끌어내렸다. 여수경은 그 모든 장면을 작은 카메라로 찍었다.

"어이, 목사님! 내리라고 할 때 내려야지? 좆도 아닌 게 개기고 지랄이야. 확 그냥! 무릎 꿇어, 씨벌놈아! 이제부터 내가 네 하나님이고 주님이다. 알았어?" 박정철의 협박에 외삼촌은 털썩 무릎을 꿇고 "네"라고 대답했다. 여수경과 나도 차에서 내렸다. "야, 저 똥차 끌고 가. 목사 새끼가 씨바 아침부터 성질 더럽게 만드네."

박정철의 지시에 용역 두명이 외삼촌의 차를 몰고 어디론가 가버렸다. 박정철은 외삼촌의 목덜미를 잡으며 나더러 따라오라고 말했다. 나는 냅다 망루 쪽으로 튀었다. 스무 걸음쯤 뛰었을 때 여수경의 비명이 들렸다. 동시에 "만돌아!" 하고 박정철이 나를 불렀다. 돌아보니 박정철이 여수경의 머리채를 우악스럽게 휘어잡고 나더러 돌아오라고 고갯짓을 했다. "만돌아, 그냥 가!" 하고 여수경이 소리치자 박정철이 그대로 여수경의 따귀를 올려붙였다.

"때리지 마, 씨발놈아!" 나는 골목이 떠나가라 고함을 지르며 박정철 쪽으로 걸어갔다. 내가 쌍욕을 퍼붓자 박정철의 눈동자가 커졌다. 여수경이 제발 그냥 가라고 말했지만 나는 무시했다. 나는 짱돌 하나를 주워 주먹에 꼭 쥐고 박정철을 향해 걸어갔다. 나 때문에 여수경이 맞는 것을 볼 순 없었다. 내가 도착하자 박정철이 여수경을 놓아주었다. 놓여나자마자 여수경이 박정철을 향해 따귀를 날렸지만 헛손질만 하고 말았다. 박정철이 노련하게 피한 뒤 콧방귀를 뀌었다.

"만돌이 너, 나랑 좀 가야겠다. 조용히 따라와라, 피곤하게 하지 말고."

박정철이 돌아섰고 나는 뒤를 따랐다. 박정철이 등을 보이자 나는 잠시도 망설이지 않고 짱돌로 그의 뒤통수를 찍었다. 하지만 내 키가 작아 등덜미만 찍고 말았다. 비겁해도 좋았다. 여수경을 때린 것을 나는 용서할 수 없었다. 박정철이 분노에 찬 눈빛으로 나를 보았다. 나도 지지 않고 마주 보았다. 박정철은 입술을 한번 깨물더니 돌아섰다. 여수경이 내 이름을 부르며 따라오려고 했지만 철거 용역들이 장벽처럼 앞을 막아섰다. 여수경이 내 이름을 부르는 소리가 아련하게 멀어질 때쯤, 시동을 켜놓고 기다리는 자동차가 보였다. 운전사가 박정철을 향해 꾸벅 인사하고 뒷문을 열었다. 뒷좌석에는 눈을 가린 외삼촌이 앉아 떨고 있었다.

"눈을 가릴래, 감고 있을래?" 나는 박정철의 질문에 대답하지 않고 창밖만 바라보았다.

"그래, 감고 있어라. 출발해!" 박정철의 지시에 차가 서서히 골목길을 빠져나갔다. 나는 눈을 감지 않고 조금씩 뒤로 밀려나는 천사마을의 무너지고 낡은 담장을 무심히 바라보았다. 자동차는 천사시장을 지나 홍콩반점 쪽으로 방향을 잡았다. 대머리 주방장이 홍콩반점 문 앞에 의자를 놓고 앉아 담배를 피우고 있는 게 보였다. 잠시 후 콩콩이모가 그릇을 들고 나오더니 대머리 주방장의 머리에다 거꾸로 엎어버렸다. 주방장의 대머리가 짜장면으로 뒤덮였다. 운전사와 박정철과 내가 동시에 웃음을 터뜨렸다. 차가 홍콩반점 앞을 지나갈 때 대머리 주방장이 콩콩이모의 턱을 향해 주먹을 날리는 게 보였다. 나는 몸을 뒤로 돌려 콩콩이모와 대머리 주방장이 서로 엉겨 싸우는 것을 바라보았다. 대머리 주방장은 재개발을 찬성하고 콩콩이모는 반대하는 게 싸움의 이유라고 박정철이 말했다. 나는 대머리 주방장이 망루에 나타나지 않은 까닭을 그제야 알았다.

한시간쯤 빠른 속도로 달렸는데 이상하게 멀미의 기미가 없었다. 나도 모르게 꽤 긴장한 모양이었다. 차는 국도를 한참 달리다가 좁은 길로 들어서더니 어느 창고 안으로 들어갔다. 건축자재가 어지럽게 쌓인 창고 한가운데 큰아버지가 서 있었다. 박정철이 먼저 내리더니 큰아버지를 향해 구십도로 몸을 숙였다. 큰아버지는 나를 보더니 고개만 끄덕이고 아무 말도 하지 않았다. 박정철이 외삼촌을 끌고 가 큰아버지 앞에 무릎을 꿇리더니 눈가리개를 풀었다.

"아이쿠, 박예찬 목사님, 먼 길을 오셨습니다. 이해하세요. 우리 애들이 좀 거칠어서요. 야, 이놈들아, 목사님을 이렇게 대우하면 어떻게 해? 의자 좀 갖고 와." 큰아버지가 두 손을 활짝 벌리며 외삼촌을 환영했다. 큰아버지의 말이 떨어지기가 무섭게 박정철이 접이식 철제의자 두개를 가지고 왔다. "자자, 일어나서 여기 앉으세요." 큰아버지가 외삼촌을 부축해 의자에 앉혔다. 오줌을 지렸는지 외삼촌의 바지가 젖어 있었다.

"올해는 시작부터 날씨가 아주 엉망이네요. 눈도 많이 내리고, 춥기도 춥고. 담배 한대 하실랍니까? 참, 목사님이시지. 담배야 나 같은 인간 말종들이나 피우는 거고." 큰아버지의 말이 폐쇄된 창고 안을 떠돌며 웅웅 울렸다. 큰아버지가 담배를 입에 물자 박정철이 얼른 불을 붙여주었다. "이거 뭐, 대접이 말이 아닙니다. 야, 여기는 커피 자판기도 없냐?" 큰아버지가 박정철한테 물었다. 박정철이 워낙 사람이 없는 곳이라 자판기도 없다고 변명했다.

"이거 참, 목사님을 이렇게 대접해선 안되는데. 여기는 말이에요, 누가 하나 죽어나가도 아무도 몰라요. 이웃이라 해봤자 몇 킬로

씩 떨어져 있으니까 알 수가 없죠. 게다가 이 골짜기까지는 경찰도 안 와요." 큰아버지의 뻥에 외삼촌은 잘도 넘어갔다. 큰아버지는 천천히 담배를 피웠다. 창고 안이 한순간 적막 속으로 빠져들었다. 큰아버지가 담배꽁초를 구두 뒤축으로 짓이기자 외삼촌의 목젖이 꿀꺽하며 움직였다.

"그건 그렇고, 목사님, 목사님도 땅 좋아하고, 주상복합아파트 좋아하고, 돈 좋아하고, 빨갱이 싫어하고, 또 뭐 있나? 아, 주님을 좋아하시지. 아무튼 목사님이 좋아하는 것과 내가 좋아하는 게 하나도 다른 게 없어요. 그런데 왜 나를 자꾸 건드리십니까? 내가 목사님 사업을 방해한 적도 없는데, 왜 그러실까? 나는 그게 참 궁금했어요. 말씀 좀 해보세요."

"나는 그, 그냥 우, 우룡이를 도, 도, 도우려고……" 추운 날씨인데도 외삼촌은 땀을 뻘뻘 흘리며 심하게 말을 더듬었다.

"목사님이시니까, 당연히 순수하게 도우려고 했겠죠. 나는 목사님의 말씀을 믿습니다. 안 믿을 이유도 없고요. 나는 믿지만 다른 사람도 그렇게 믿는지 한번 물어봅시다. 야, 방금 목사님께서 하신 말씀 들었지? 너는 어떻게 생각하냐?" 큰아버지가 박정철에게 물었다.

"어떤 목사님들은 예수님도 속이더라구요." 박정철이 대답했다.

"야, 쉽게 말해! 빙 둘러서 대답하면 뚫린 귓구멍도 막히는 법이야. 좆도 배운 것도 없는 새끼가 주둥아리를 어렵게 푸네." 큰아버지가 박정철에게 인상을 팍 썼다.

"새빨간 거짓말입니다." 박정철이 창고가 떠나가라 큰 소리로 대답했다.

"목사님, 들으셨죠? 나는 믿으려고 했는데, 쟤네들은 좀 생각이 다른 모양입니다. 그리고 너, 우룡이 너는 왜 따라나섰어? 내가 하지 말라고 했는데." 웃는 낯으로 물었지만 큰아버지의 말에는 가시가 들어 있었다. 경험상 이럴 때는 바보처럼 구는 게 최고였다. 괜히 잘난 척했다가는 손해 보는 경우가 많았다. 게다가 창고 안에서 제일 높은 사람은 큰아버지였다. 그것을 인정하고 고개를 숙이는 게 여기서 나갈 수 있는 가장 빠른 길이었다. 법정에 가서 큰아버지도 외삼촌도 모두 나쁜 사람들이라고 말하겠다고 사실대로 이야기하는 것이야말로 지구상 최고의 바보짓이었다.

"나는 오늘이 그날인지도 몰랐어요. 정말이에요. 아침에 외삼촌이 와서 가자고 하길래 안 간다고 했는데 막 차에 태웠어요. 여수경 선생님한테 물어보세요. 여수경 선생님도 놀라서 차에 같이 탔거든요. 물어보세요, 정말인가 아닌가."

오늘이 법원에 증인으로 나가는 날인 줄 몰랐던 것은 사실이었다. 아침에 외삼촌이 와서야 알았다. 큰아버지가 쳐다보자 박정철이 고개를 끄덕거렸다. 의심의 눈길에서는 벗어난 셈이어서 나는 속으로 한숨을 내쉬었다. 하지만 큰아버지와 외삼촌한테 철저하게 우롱당하고 있는 지금, 쓰레기통에 거꾸로 처박힌 기분이었다.

"목사님, 목사님께서는 복음과 기도를 아주 중시하는 분이라고 소문이 자자합니다." 큰아버지가 외삼촌의 손을 잡았다.

"아, 예." 외삼촌이 황송한 표정을 지었다.

"하나님이 기도를 잘 들어주십디까?"

"그, 그, 그럼요. 보, 보, 복음을 자, 잘 따르고 기, 기, 기도를 열심히 하면 반드시 드, 드, 드, 들어주십니다."

"좋으신 하나님 아부지를 두셨네. 나는 아직 그런 분이 없어서 그런가 주먹을 더 믿고 살았어요. 부럽습니다. 그럼 하나님 아부지께 기도하세요. 아프지 않게 해달라고."

말이 끝나기 무섭게 큰아버지가 외삼촌의 손을 비틀기 시작했다. 외삼촌은 몇초도 지나지 않아 비명을 질렀다. "기도를 하라니까 소리를 질러, 개새끼가!" 큰아버지가 창고가 떠나가라 소리를 지르며 외삼촌의 따귀를 올려붙였다. 외삼촌이 의자에서 굴러떨어졌다. 큰아버지가 박정철에게 고개를 끄덕여 보이자 박정철이 외삼촌한테 가더니 냅다 발길질을 시작했다. 외삼촌은 몸을 새우처럼 구부리고 창고 바닥을 기면서 잘못했다고, 살려달라고 빌고 또 빌었다. 큰아버지는 내 어깨에 손을 얹고 박정철의 구타를 지켜보았다. 외삼촌은 무자비한 발길질을 받으면서 바닥을 기어서 큰아버지 앞으로 갔다. 큰아버지의 구두를 붙잡고 살려달라고 애원했다. 외삼촌의 통통 부은 입술에서 피가 줄줄 흘렀고, 눈두덩도 시퍼렇게 부어올라 눈이 보이지 않을 정도였다. 생똥을 쌌는지 구린내가 진동했다. 큰아버지가 고개를 끄덕이자 박정철이 뒤로 물러났다.

"왜요? 하나님 아부지가 기도를 안 들어줍디까? 하나님 빽이면 세상에서 젤로 좋은 빽인데, 그게 안 통하니 문제네요." 큰아버지가 사근사근 말했다.

"잘못했습니다. 살려주세요." 외삼촌은 큰아버지의 발목을 붙잡고 대성통곡했다. 큰아버지가 슬쩍 발을 빼자 외삼촌이 기어가서 또 붙잡았다. 그 모습을 보니 속이 느글느글해지면서 토가 나오려고 했다. 똑같은 하나님과 예수님을 믿는 목사지만 최목사님과 외삼촌은 달라도 너무 달랐다. 저런 상황에 놓인다면 최목사님은 차라리 죽음을 선택할 사람이었다. 그런데 왜 하나님은 최목사님은 가난한 사람 편에 서게 만들고 외삼촌은 부자들 편에 서게 만들었을까? 최목사님이 하나님을 부정하는 것을 나는 한번도 본 적이 없었다. 하지만 외삼촌은 큰아버지 앞에서 벌써 몇번이나 하나님을 부정했다. 그런데도 어째서 하나님은 외삼촌을 부자로 떵떵거리며 살게 해주는 것일까? 십일조도 헌금도 몽땅 제 주머니 속에다 몰아넣는 사람인데. 아무리 생각해도 모를 일이었고, 하나님이 뭔가 크게 잘못하고 있는 것만 같았다.

"아이고 참, 니가 그러고도 예수를 믿는 목사냐? 에라, 이 자식아, 차라리 나를 믿어라, 응?"

"예, 그러겠습니다. 제발 살려주세요." 외삼촌은 마지막 자존심까지도 모두 내던지고 비굴하게 애원했다. 예찬이라는 이름이 아까웠다.

"목사나 깡패 건설업자나 참 씨발, 하나도 다를 바가 없네. 여보세요, 목사님, 생각 같아서는 다리에 돌을 묶어서 바다에 처넣고 싶은데 인생이 불쌍해서 봐줍니다. 야, 정철아, 우롱이 좀 데리고 나가 있어. 목사님하고 조용히 할 얘기가 있다."

박정철을 따라 창고를 나오는데 외삼촌이 큰아버지에게 절을 하며 울었다. 박정철은 창고를 나오자마자 담배를 피워 물었다. 허공으로 사라지는 담배 연기가 매력적으로 보였다. 나도 하나 달라고 했다가 꿀밤을 먹었다.

"아 씨바, 좆도. 쩨쩨하게 담배 하나 갖고 때려, 때리긴." 마음 깊은 곳에서 성질 더러운 악마들이 마구 들끓었다. 나는 마음껏 불량해지고 싶었다. 최목사님처럼 착하게 산다고 해서 하나님이 특별히 봐주는 것도 아니지 않은가.

"너 뭐라 그랬어? 야, 이 새끼 봐라? 아주 싹수가 노랗네." 박정철이 정색을 하고 화를 냈다.

"그러는 형은, 아니 아저씨는 뭐 꼬마 때 담배 안 피웠어?" 그래 봤자 박정철은 큰아버지의 똘마니에 불과하다는 것을 알기에 나는 대차게 나갔다. 이런 데서 기가 죽으면 갑빠가 사라진다고 생각했다. 게다가 나는 박정철에게는 갑빠가 없다는 것도 알고 있었다. 그는 그냥 큰아버지의 머슴이었다.

"하 참 나! 너도 눈깔을 보아하니 어지간은 하겠다. 아나, 피워라 피워." 예상과 달리 박정철이 담배 한 개비와 라이터를 내밀었다. 태연하게 그것을 받아 그 자리에서 입에 물고 불을 붙여 한모금 빨아들였다. 무슨 먼지 덩어리가 목구멍 안으로 밀려드는 느낌이었다. 캑캑거리면서도 갑빠가 상할까봐 기어이 손에서 놓지 않았다. 차마 담배 연기를 목 안에 삼키지는 못하고 뻐끔담배를 피우고 있는데 창고 문이 열리더니 큰아버지가 나왔다. 박정철이 얼른 담배를 등 뒤로 숨겼다.

"우룡이 너, 담배 안 꺼? 대가리에 피도 안 마른 새끼가." 큰아버지의 호통에도 나는 담배를 끄지 않고 손에 들고 있었다. 어른들

마음대로, 어른들이 시키는 대로 하는 애새끼가 아니라는 것을 보여주고 싶었다.

"야, 너는 저 목사 새끼 어디 병원에 한 열흘 처박아두고 애들 몇 보내서 지켜. 앞으로 나와 손잡고 일을 하기로 했다만, 원래 속이 시커먼 놈이라 무슨 짓을 할지 몰라. 실수 없도록 해! 우룡이 너는 데려다줄게, 가자. 담배 꺼, 새끼야!" 그래도 나는 한모금을 더 빤 뒤에야 꽁초를 손가락으로 튕겨냈다. 큰아버지에게 개겼다는 사실에 마음이 뿌듯했다.

큰아버지는 천사시장 앞에 나를 내려놓고 돌아갔다. 망루를 지나는데 재개발조합에서 은행나무를 먼저 철거한다는 소문이 돌아 사람들이 웅성대고 있었다. 나무를 철거하다니, 은행나무가 무슨 무허가 건물이라도 된다는 말이냐며 동네 어른들이 분통을 터뜨렸다. 서둘러 집으로 가보니 아무도 없었다. 나는 일단 은행나무로 갔다. 세상에! 외할머니가 은행나무 앞에 이부자리를 깔아놓고 앉아 있었다. "희자씨" 하고 불렀지만 외할머니는 나를 알아보지 못했다. 침쟁이 친구와 여수경이 외할머니 옆에서 서성거리고 있다가 나를 보자 깜짝 놀라며 반갑게 맞이했.

"괜찮아?" 여수경이 나를 위아래로 훑어보며 물었다. 나는 괜찮다고 대답하고는 무슨 일이 있었는지 설명했다. 여수경이 그만하길 다행이라고 말했다. 재개발조합에서 은행나무를 잘라버릴지도 모른다는 소문이 돌자 외할머니가 기어이 나왔다며 침쟁이 친구가 혀를 찼다. 치매에 걸려 정신이 오락가락하면서도 재봉틀 솜씨만큼은 여전한 것처럼, 외할머니의 뇌에 있는 기억의 창고는 텅 비었어도 몸에 저장된 기억의 창고에는 쓸 만한 물건 몇개가 남아 있었다. 외할머니가 무슨 이유로 은행나무를 지키려 드는지 적어도 나는 잘 알고 있었다. 나는 외할머니를 끌어안았다. 콧등이 시큰하게 울렸다. 외할머니는 멀뚱하게 있다가 나를 밀어냈다.

"희자씨, 이제부터 은행나무는 내가 지킬게. 희자씨는 집에 가서 편안하게 있어, 응?" 나는 간절한 마음으로 외할머니에게 집으로 돌아가라고 부탁했다.

"히히, 이 나무는 옥주나무야, 그치?"

"응, 그래, 옥주나무 맞아."

은행나무를 옥주나무라고 부르는 외할머니의 말에 왈칵 눈물이 쏟아지려고 했다. 나는 콧구멍을 손가락으로 막고 똥꼬에 힘을 줘서 눈물을 막고 은행나무를 꼭 끌어안았다. 천사마을이 모조리 철거당한다고 해도 은행나무만큼은 반드시 내 손으로 지키겠다고 맹세했다. 은행나무의 나이가 오백살이 넘었기 때문이 아니었다. 은행나무는 나와 외할머니에게 혈육이나 다름없었다. "히히, 내 딸나무 옥주나무"라고 말하며 외할머니가 은행나무를 쓰다듬었다.

새벽의 기도

은행나무가 흐느껴 운다.

은행나무의 울음이 창문을 타고 넘어와 회오리바람처럼 나를 휘감았다. 창고에 끌려갔다 돌아온 지난 이틀 동안 멍한 상태로 지냈다. 멍하다기보다는 계속 흉몽에 시달리는 느낌이었다. 창고에서 박정철과 큰아버지가 외삼촌을 짓이길 때에는 그저 그런 줄만 알았는데, 시간이 흐를수록 그것이 충격이 되어 나를 흔들었다. 아무리 잠을 자려고 해도 머리를 은근히 죄어오는 불쾌한 느낌에 눈을 감을 수가 없었다. 눈을 감고 버텨보기도 했지만 소용없었다. 게다가 오늘은 은행나무까지 울며 나를 흔들었다. 침대에 엎드려 베개로 귀를 막아보다가 결국엔 베개를 집어던지고 벌떡 일어나 은행나무로 갔다. 짙은 어둠 속에 우뚝 서 있는 은행나무를 바람이 살짝 건드리고 지나갔다. 은행나무를 두 팔로 꼭 끌어안고 귀를 바짝 붙이고 정신을 집중했다. 얼어붙은 땅을 움켜쥔 뿌리에서 줄기로 밀려올라오는 깊고 깊은 울음이 귀를 타고 온몸으로 전해졌고, 내 몸은 은행나무의 울음으로 가득 차고 말았다.

한참 뒤에 포옹을 풀고 은행나무를 향해 큰절을 세번 올렸다. 그제야 마음에 작은 평화가 찾아들었다. 나는 티라노가 자주 앉아 있던 담장으로 가서 천사마을을 굽어보았다. 천사마을의 작은 지붕들이 씰루엣으로 낮게 엎드려 있는 게 보였다. 씰루엣으로 이어지는 짙은 어둠의 선이 두개의 희미한 불빛으로 끊어지는 지점에 눈길을 던졌다. 그 아랫말 망루와 삼거리 망루의 불빛을 보고 있자니 비록 희미하지만 마음이 따뜻해지는 느낌이었다. 그 불빛을 오래 바라보다가 돌아서는데 또다른 불빛이 눈에 띄었다. 천사교회의 창문에서 새어나오는 불빛이었다. 새벽을 울리는 찬송가가 창문을 타고 흘러나왔다. 나도 모르게 천사교회로 발걸음이 옮겨졌다. 교회 문을 열고 예배당으로 들어서자 등골이 싸늘해질 정도의 냉기가 먼저 반겼다. 나는 맨 뒷자리에 숨듯이 앉았다. 최목사님의 기도로 새벽예배가 시작되는 참이었다. 두명의 여신도만 참석한 소박한 예배였다. 최목사님의 긴 기도가 웅웅거리며 교회 안에 퍼지고 있는데 교회 문이 열리더니 누군가가 들어왔다. 그 사람은 창가 구석진 자리로 가더니 의자에 앉지 않고 통로에서 강단 중앙의 십자가를 향해 절을 올리기 시작했다. 자세히 보니 여수경이었다. 여수경은 시멘트 바닥에 온몸을 내던지며 하염없이 절을 했다. 최목사님이 성경 말씀을 읽기 시작할 때 나는 살며시 교회를 나와 내 방으로 돌아와 침대에 몸을 던졌다.

　깊이 잠들지 못하고 한참 비몽사몽 헤매고 있는데 누군가 문을 두드렸다. 일어나기 싫은 것을 간신히 떨쳐내고 문을 열어보니 여수경이 아침을 먹자고 했다. 여수경이 웃으며 말하는데 짜증을 낼 수도 없어서 눈곱을 떼며 거실로 나갔다. 여수경이 밥상을 차리는 동안 외할머니는 화장을 곱게 하고 재봉틀 앞에 앉아 뭔가를 만드느라 열중하고 있었다. 여수경이 차린 아침 밥상은 조촐했다.

　"희자씨, 밥!" 외할머니를 재봉틀에서 밥상머리로 모시고 왔다.

　"희자씨 이쁘네. 오늘 뭐 해?" 계란 프라이를 밥에 얹고 간장에 비비면서 물었다.

　"히히, 몰러." 입술에 밥풀을 묻힌 채 밥을 퍼먹으며 외할머니가 대답했다. 예쁘다고 하니까 기분이 아주 좋은 모양이었.

　밥을 다 먹고 내가 설거지를 하는 사이에 여수경은 빵모자와 목도리, 장갑으로 중무장을 하고 망루로 나갔다. 여수경은 매일 사진을 찍어 개인 블로그에 올리며 천사마을에서 벌어지고 있는 일을 바깥에 알리려 애쓰고 있지만 별 효과가 없다며 안타까워했다. 설거지를 끝내고 양치질을 하고 있는데 집에서 얼굴을 보리라고는 상상도 못했던 주담 형이 불쑥 들어왔다. 주담 형이 현관으로 들어서자 외할머니가 얼른 재봉틀 아래로 몸을 숨겼다. 어리둥절해진 주담 형이 다가가자 외할머니는 끼악, 즐거운 비명을 지르며 안방으로 들어갔다. 주담 형이 외할머니의 치매가 심각한 것 같다며 한숨을 내쉬었다.

　"병원에 입원시켜드려야 하는 거 아냐? 걱정이네. 그건 그렇고,

너 혹시 울 아버지 못 만났어? 너 데리고 법원에 간다고 그제 아침 일찍 나가셨는데 아직까지 집에 들어오지도 않고 도무지 연락도 안된다. 전화기도 꺼져 있고." 주담 형의 말에 가슴이 뜨끔했다.

창고에서 돌아온 후로 나는 외삼촌을 까맣게 잊고 있었다. 큰아버지가 무서워서 나도 모르게 서둘러 기억에서 삭제해버린 모양이었다. 주담 형에게 사실대로 말하고 싶었지만 큰아버지와 박정철의 얼굴이 떠올라 침만 꿀꺽 삼켰다. 사실대로 말하자니 큰아버지가 무서웠고 모른다고 하기엔 똥 싸고 밑 안 닦은 것처럼 찜찜했다. 게다가 다른 사람도 아닌 주담 형이 묻는데 잔머리를 굴려 대충 넘기는 것도 마음에 걸렸다.

"아버지 여기 안 왔었어?" 어떻게 하나, 잔머리를 굴리는 사이에 주담 형이 직접적으로 물었다. 왔었다고 대답한 뒤 잠시 뜸을 들였다. 주담 형이 내 입을 빤히 쳐다보았다. 만일 주찬 형이었다면 나는 결코 입을 열지 않았을지도 모른다. 그런데 그제 벌어진 일을 사실대로 얘기한다고 해서 주담 형이 외삼촌을 찾아내기란 어려울 것이라는 생각이 들었다. 박정철을 만나 뒤를 캐보는 것이 순서라는 생각에 주담 형에게 일단 나를 따라오라고 말했다. 주담 형이 나를 따라 돌아서는 찰나 안방 문이 열리며 입술을 빨갛게 칠한 외할머니가 나왔다.

"영철씨, 오랜만이에요." 수줍은 표정으로 외할머니가 주담 형에게 인사했다. 외할머니는 주담 형을 그토록 기다리던 첫사랑의 남자로 착각한 모양이었다.

"할머니, 나는 영철이가 아니라 주담이에요! 할머니 손자 박주담! 모르시겠어요?" 주담 형이 흥분해서 소리쳤다. 나는 얼른 주담 형의 옆구리를 찔렀다.

"할머니, 제발 정신 차리세요. 이건 아니잖아요." 주담 형의 말에 외할머니의 눈이 댕그랗게 커지더니 눈물이 핑 돌았다. 나는 주담 형을 끌고 밖으로 나왔다.

"내가 싫으면 싫다고 하세요, 영철씨." 외할머니의 절규가 집 밖까지 들렸다. 외할머니의 꿈을 깨버린 주담 형이 조금은 원망스러웠다.

"형, 할머니는 환자야. 치매라고. 할머니는 같이 사는 나도 몰라볼 때가 많아. 환자에게 그딴 식으로 하면 안되는 거라고." 내가 정색을 하고 나무라자 주담 형이 미안하다고 사과했다.

골목을 내려와 삼거리 망루를 지나가는데 주담 형이 사람들이 왜 이러고 있느냐고 물었다. 눈이 있고 귀가 있으면 저절로 알게 될 거라고 생각해서 대답하지 않았다. 망루에 나부끼는 깃발과 현수막에 적힌 글씨를 읽으며 주담 형은 세상에 이런 곳이 있는 줄은 꿈에도 몰랐다고 말했다. 삼거리에서 천사시장 쪽으로 더 내려가자 철거용역들이 진을 치고 있는 장소가 나왔다. 그곳을 지나가면서 주담 형은 신기한지 자꾸만 뒤를 돌아봤다. 주담 형을 밖에 세워두고 재개발조합 사무실로 들어가 박정철을 찾았다. 회의실까지 들어가봤지만 박정철은 보이지 않았다. 문을 닫고 돌아서려는데 벽에 붙은 하얀 보드판에 'D-3'이라는 글씨가 보였다. D에서 3을 빼? 무슨 암호 같은데, 무슨 뜻일까? 나중에 여수경에게 물어보기로 하고 회의실 문을 닫았다. 언제나 사무실을 지키고 있는 경리 누나한테 박정철이 어디 있는지 아느냐고 물었다. 경찰서에 회의하러 갔다고, 오후에나 돌아올 거라는 대답이 돌아왔다. 사무실 밖으로 나오니 주담 형은 천사마을 재개발 조감도 앞에 시큰둥한 표정으로 서 있었다.

"뭐 하고 다니는 거야? 알고 있는 게 있으면 빨리 말해! 너 숨기는 거 있지? 아무래도 그런 것 같은데, 좋은 말 할 때 빨리 말해!"

박정철을 만나 외삼촌이 어느 병원에 입원했는지 알아보는 게 순서인데, 주담 형이 그사이를 못 참고 다그쳤다. 어떻게 해야 좋을지 몰라서 터벅터벅 걷다보니 홍콩반점 앞이었다. 홍콩반점을 본 나는 입을 다물지 못했다. 문짝이 떨어져나가고 유리창은 모두 깨진 처참한 몰골이었다. 깨진 유리창으로 안을 들여다보니 식탁과 의자는 뒤엉켜 있고 벽은 온통 짜장과 짬뽕 국물로 범벅이 되어 있었다. 콩콩이모와 대머리 주방장이 격투를 벌인 흔적 앞에서 나는 할 말을 잊었다. 어른들은 이렇게까지 해야만 속이 시원할까? 다른 방법은 없을까? 나는 홍콩반점을 보고서야 주담 형에게 그제 외삼촌에게 벌어진 사고의 자초지종을 얘기했다. 주담 형은 얼굴이 점점 일그러지더니 내 얘기가 끝나자마자 홍콩반점의 덜 깨진 유리창에다 주먹을 날렸다. 유리창이 와장창 무너지면서 날카로운 파편들이 주담 형의 팔목과 손목이며 손등 위로 쏟아져내렸다. 순식간의 일이라 말릴 틈도 없었다. 주담 형은 태연하게 손등과 팔목에 박힌 유리 파편을 뽑아내 땅바닥에 내던졌다. 곧 오른손과 팔목이 피로 흥건해졌다. 주담 형은 파카 안에 입고 있던 티셔츠를 벗어 손에다 둘둘 감았다. 티셔츠가 금방 피로 붉게 물들었다. 나는 잔뜩 겁을 집어먹었다.

"119에 전화해, 얼른!" 피가 저렇게 많이 난다는 것은 엄청 크게 다쳤다는 뜻이었다. 빨리 치료를 하는 게 무엇보다 시급했다. 심지어 천사마을 근처에는 변변한 병원도 없었다. "뭐 해, 빨리 119에 신고하라니까!"

내가 막 소리치자 주담 형은 휴대폰이 없다고, 학교에서 선생님에게 빼앗겼다고 말했다. 주변을 둘러보다가 주담 형을 데리고 재개발조합 사무실로 갔다. 경리 누나한테 사람이 다쳤으니 119를 불러달라고 부탁했다. 구급차를 기다리는 동안 주담 형은 담배를 피웠다. 경리 누나가 담배 연기에 눈살을 찌푸렸다. 피를 흘리며 피우는 담배 맛은 어떨까 생각하다가 탁자 위에 흐트러져 있는 종이에 적힌 '은행나무 대책'이라는 글자에 눈길이 멈췄다.

은행나무 대책: 시 환경위원회에서 곧 보호수로 지정할 예정. 보호수로 지정되면 공사에 막대한 지장 초래. 단지 설계 변경 등의 중차대한 문제가 생김. 그에 따른 비용도 추가 발생 가능. 보호수로 지정되기 전에 처리하면 법적 책임 회피 가능. 환경위원회 개최 전에 베어버리는 게 최선의 방법.

천사지구 철거 종합대책: 법원에서 강제철거명령서 발급받았음. 법원의 명령서가 있으니 경찰과 합동작전 가능. 경찰 병력과 용역을 최대한 동원해서 속전속결로 철거 완료. 어떤 경우에든 저항이 예상되니 속전속결이 최선의 방법.

숨이 컥 막혔다. 은행나무를 지켜야 한다는 생각에 마음이 바빠졌다. 주담 형은 담배꽁초를 종이컵에 집어넣어 끈 뒤 경리 누나한테 전화를 좀 쓰겠다고 말했다. 경리 누나가 전화기를 주담 형 쪽으로 밀어줬다. 주담 형은 112로 전화를 걸어 납치 폭행 감금 사건이 있다고 신고했다.

"……뭐요? 장난전화? 이봐요, 순경 아저씨, 장난 아니고 진짜라니까! ……뭐, 육하원칙? 씨발, 그런 건 모르고 이미 사건이 벌어졌다고! ……뭐요? 국민의 신고를 못 믿겠으니까 그냥 씹겠다는 거야? 우아, 정말 뚜껑 열리네." 주담 형이 송수화기를 쾅 내려놓았다.

경리 누나가 깜짝 놀라 손으로 머리를 감쌌다. 분을 이기지 못한 주담 형이 식식거리다가 또 담배를 피웠다. 담배를 두어모금 피웠을 무렵 멀리 싸이렌 소리가 들렸다. 나는 주담 형을 데리고 사무실 밖으로 나가 구급차를 기다렸다. 오래지 않아 구급차가 왔다. 주담 형이 걱정하지 말고 할머니를 잠시만 더 모시고 있으면 곧 오겠다고 말한 뒤 구급차에 올랐다. 구급차가 떠나자마자 나는 망루를 향해 뛰기 시작했다. 내 마음은 온통 은행나무에 가 있었다. 도끼로 찍히는 은행나무, 톱질을 당하는 은행나무, 담장 위로 쓰러진 은행나무, 뿌리를 드러낸 채 울고 있는 은행나무.

가쁜 숨을 몰아쉬며 망루에 도착해 곧장 이야기를 나누고 있는 여수경과 최목사님에게 다가갔다. 두 사람에게 은행나무가 위험하다고, 법원에서 뭔가가 발부되었다고 횡설수설했다. 조리있게 말해야 하는데 자꾸 혀가 꼬였다. 여수경이 흥분하지 말고 한숨 돌리고 차분하게 말하라며 생수병을 내밀었다. 뚜껑을 열고 물을 한모금 마시는데 망루 아래에 넋을 놓고 앉아 있는 콩콩이모가 눈에 띄었다. 얼굴에 생긴 달걀 크기의 푸른 멍이 내 마음을 아프게 했다. 물을 마신 뒤 재개발조합 사무실에서 읽은 내용을 말했다. 두 사람은 대수롭지 않다는 표정으로 내 얘기를 들었다.

"만돌아, 우리는 늘 위험한 상태에 놓여 있단다. 새로울 것도 없는 소식이지만, 아무튼 알려줘서 고마워." '아무튼'과 '고마워'라는 말이 상처가 되어 내 가슴에 꽂혔다.

나는 생수병을 여수경에게 돌려주고 은행나무를 향해 달음박질을 쳤다. 언덕길이라 금방 숨이 턱밑까지 차올랐지만 이를 악물고 팔을 내저었다. 집을 지나 그대로 은행나무의 품에 안겼다. '엄마, 걱정하지 마. 내가 지켜줄게. 내가 꼭 지키고 말 거야. 그러니 안심하고 여기 가만히 있어, 응? 나는 엄마를 어디에도 보내지 않을 거야.' 기도하는 마음으로 은행나무에게 낮고 느리게 말했다. 망루에서 여기까지 단숨에 뛰어온 바람에 심장이 터질 것만 같았다. 심장의 박동이 뿌리에서 가지까지 고스란히 전달되었으면 하는 바람으로 은행나무를 더욱 세차게 끌어안았다. 곧 내 혈관과 은행나무의 수액이 서로 연결되는 느낌에 사로잡혔다. 나는 제발 그렇게 되기를 간절히 빌었다.

은행나무에 바리케이드를 설치하기로 했다. 우선 공터에 가서 쓸 만한 것들이 없나 살펴보았다. 깨진 병, 끊어진 철조망, 종이 상자, 짱돌, 각목을 은행나무 아래로 모았다. 깨진 병 조각을 은행나무로 들어오는 길목에 뿌렸고, 이어 철조망으로 은행나무를 빙 둘렀다. 은행나무 바로 아래에는 종이 상자를 두툼하게 깔아서 앉아 있어도 엉덩이가 얼지 않게 만들었다. 짱돌은 내 손이 닿기 좋은 곳에 쌓아두었다. 지나가던 침쟁이 친구가 그것을 보고 은행나무로 다가왔다.

"이게 다 뭐냐?" 침쟁이 친구가 물었다. 아까 재개발조합 사무실에서 봤던 내용을 다시 이야기해주면서 보호수가 뭐냐고 되물었다.

"보호수는 말 그대로 시에서 관리해주고 보호해주는 나무라는 뜻이야. 보호수로 지정되면 누구도 함부로 그 나무를 건드릴 수가 없어. 그놈들이 그걸 알고 미리 선수를 치려고 하는 모양인데…… 희자씨한테도 말했어?" 침쟁이 친구의 물음에 나는 고개를 저었다.

"이상하네. 아침부터 완전히 저기압이다. 신경질만 부리고 가까이 가지도 못하게 하네. 도무지 이유를 알 수 없어. 왜 그러지?" 첫사랑 남자가 찾아왔다고 착각했다가 그냥 가버려서 그런 거라고 말해줄 수는 없었다.

은행나무를 잠시만 지켜달라고 말한 뒤 집에 가서 외할머니를 살펴보았다. 요즘은 늘 재봉틀 앞에 앉아 있던 외할머니가 이불을 덮어쓰고 누워 있었다. 오늘따라 구린내와 지린내까지 지독했다. 요 며칠 지혜조차 코빼기도 안 보였다. 여수경이 아무리 목욕을 하자고 해도 외할머니는 지혜가 오기만 기다렸다. 늙어서 그런지 치매라서 그런지 고집이 이만저만이 아니었다. 지혜가 오지 않는 것은 순전히 내 탓이었다. 며칠 제대로 씻지 못한 탓도 있겠지만 아무래도 외할머니에게서 풍기는 냄새의 조짐이 좋지 않았다. 조용히 방문을 닫고 나와 은행나무로 갔다.

"지혜를 찾아서 집으로 좀 데리고 와야 할 것 같은데. 냄새가 아주 독해. 가서 지혜 좀 데리고 와." 나는 침쟁이 친구에게 부탁했다.

"그걸 왜 내가 하냐? 네가 해야지. 지혜가 안 오는 건 너 때문이 잖아?" 침쟁이 친구가 뒤로 뺐다. 다 알면서 발을 빼려고 하다니, 치사했다.

'그래, 나 때문인 거 맞다, 씨바. 좀 도와주면 발바닥에 티눈 생기냐?' 속으로 툴툴거리면서 공터에 가서 철조망이며 망가진 냉장고 문짝 등을 가져다 바리케이드를 나름 보강했다. 은행나무 바로 아래에 종이 상자를 두툼하게 까는데 침쟁이 친구가 그것만으로는 부족하다며 기다리라고 했다. 잠시 후 침쟁이 친구가 찢어진 우산과 비닐 조각, 스티로폼 등을 주워왔다. 스티로폼은 종이 상자 아래에 깔았고 찢어진 우산과 비닐을 엮어 지붕을 만들었다. 제법 그럴싸한 본부가 만들어졌다. 침쟁이 친구가 열심히 은행나무를 지키라고 말한 뒤에 망루 쪽으로 내려갔다.

나는 종이 상자 위에 앉아 은행나무를 지키기 시작했다. 한시간이 넘게 흘러도 사람 그림자도 보이지 않았다. 고양이 두어마리만 건너편 박정철의 무너진 집을 서성거렸다. 고양이들은 쓰레기를 뒤지고 먹을 것을 찾아 어슬렁거리며 은행나무 주위를 배회했다. 아무것도 하지 않고 앉아만 있으려니 죽을 맛이었다. 지루했고 짜증이 났고 무엇보다도 심심했다. 나는 처음으로 심심한 것이 공부보다 훨씬 더 힘들다는 것을 알았다. 햇살 아래 가만히 앉아 있으니 슬슬 졸음이 밀려왔다. 아무리 눈을 뜨고 있으려고 해도 몰려오는 졸음을 막을 도리가 없었다. 잠깐의 졸음에 꿈이 찾아들었다. 머리카락 보일라 꼭꼭 숨어라! 온 가족이 공원에서 숨바꼭질을 했다.

내가 술래였다. 무궁화꽃이 피었습니다. 재빨리 열을 세고 식구들을 찾아 나섰다. 어린이 놀이터 근처에도 식물원 안에도 식구들은 보이지 않았다. 아무리 공원을 뒤져도 머리카락 한 올 발견하지 못하고 끊임없이 헤매기만 했다. 그러다가 어느 큰 나무 아래에 갔는데 다람쥐가 들락거릴 만한 작은 구멍이 보였다. 그 구멍에다 입을 대고 엄마를 불렀다. '만돌아, 엄마 여기 있어. 들어와'라는 엄마의 대답이 구멍 속에서 울려나왔다. '구멍이 너무 작아 들어갈 수가 없어, 엄마'라고 소리쳤다. '들어와, 만돌아.' 엄마의 말에 용기를 얻어 나는 작은 구멍 속으로 몸을 밀어넣기 시작했다. 하지만 아무리 노력해도 구멍 속으로 들어갈 수가 없었다. 손만 간신히 밀어넣고 낑낑거리다가 잠에서 깼다.

  허망하고 황당한 꿈이었다. 잠에서 깨니 온몸이 싸늘했고 허기가 몰려왔다. 집에 가서 라면을 끓여먹는데 외할머니가 방에서 밥그릇을 들고 나와 밥상에 앉았다. 욱, 외할머니가 들고 나온 밥그릇에는 똥이 가득했다. 젓가락을 놓고 화장실로 뛰어가 마구 토했다. 속이 뒤집힐 정도로 토한 뒤에 열린 방문으로 외할머니의 방을 보니 너무 끔찍해서 입이 다물어지지 않았다. 벽마다 똥으로 칠갑을 해놓은 것이었다. 외할머니의 상태가 상상을 초월할 정도로 나빠진 것이었다. 그사이에 외할머니는 내가 먹다 둔 라면을 허겁지겁 먹는 중이었다. 나는 어찌할 바를 몰라 가만히 서 있다가 침쟁이 친구를 찾아 삼서리 밍루로 내려갔다. 망루에 가니 침쟁이 친구가 지혜와 콩콩이모 옆에 앉아 환하게 웃으며 막걸리를 마시고 있었다. 내가 나타나자 침쟁이 친구가 슬쩍 쳐다보더니 손짓으로 불렀다. 침쟁이 친구 앞에 서는 순간, 어떤 서러움 같은 것이 한꺼번에 밀려들어 나도 모르게 굵은 눈물이 뚝뚝 떨어지기 시작했다. 아무리 참으려고 해도 샘물처럼 펑펑 솟아나는 눈물을 어쩔 수가 없었다. 침쟁이 친구가 놀라서 벌떡 일어났다. 내가 말없이 돌아서자 침쟁이 친구와 지혜가 따라왔다. 골목길을 올라와 대문 앞에 도착한 나는 집으로 들어가지 못하고 서성거리기만 했다.

"왜 그래? 무슨 일 터졌어?" 침쟁이 친구의 물음에 대답 대신 고개만 살짝 끄덕이고 은행나무로 향했다. 골목을 걸어올 때 그쳤던 눈물이 은행나무를 보자 다시 쏟아졌다. 나는 펑펑 울면서 은행나무에 주먹질을 해댔다. 아픈 줄도 모르고 한참 동안 주먹질을 했더니 마음이 조금 가라앉았다. 주먹이 찢어져 피가 흘렀다. 주담 형처럼 많이 흐르는 게 아니어서 그냥 두고 종이 상자 위에 앉았다. 담장 위에서 티라노가 나를 오래 바라보았다.

겨울의 짧은 해가 포치동 아파트 옥상에 걸려 있다가 툭 떨어졌다. 길고 긴 하루가 저물고 있었지만 나의 하루는 여전히 길게 느껴졌다. 골목에 몰려든 땅거미를 밟으며 지혜가 은행나무로 다가왔다. 지혜가 내 옆에 앉았다. 지혜의 머리카락에서 샴푸 냄새가 향긋하게 풍겼다. 고맙다고 말하고 싶었지만 입이 열리질 않았다. 잠시 후에 침쟁이 친구도 은행나무로 왔다.

"지혜가 고생이 많았다." 침쟁이 친구의 칭찬에도 지혜는 아무말도 하지 않았다. 어느새 가로등에 노란 불이 들어오자 골목이 환해졌다. "희자씨는 저녁 먹고 잠들었다. 아무래도 병원으로 모셔야 할 것 같은데, 걱정이네. 참, 사는 게 어떻게 산 넘어 산이냐. 지혜가 청소도 다 했으니 만돌이 너도 이제 들어가." 내가 묵묵부답으로 앉아만 있자 침쟁이 친구가 혀를 끌끌 찼다. "고집도 참. 맘대로 해라, 난 들어갈란다. 지혜 너는?"

"먼저 가세요, 할아버지." 지혜의 대답에 침쟁이 친구는 나와 지혜를 번갈아 쳐다본 뒤에 몸을 돌렸다.

침쟁이 친구가 돌아가자 어둠이 점점 깊어졌다. 담장에 앉아 나와 지혜를 바라보는 티라노의 눈동자가 점점 파랗게 변했다. 어둠이 깊어지는 것과 함께 바람이 거칠어졌고 기온이 점점 내려갔다. 온몸이 얼어붙는 것만 같았다. 지혜와 나는 서로 한마디도 하지 않았다. 나는 지혜에게 고맙다는 말조차 하지 못했다. 그저 쥐구멍이라도 있으면 들어가고 싶을 만큼 미안할 따름이었다. 발이 점점 시려오더니 심지어는 감각이 사라질 정도가 되었을 무렵, 지혜가 도저히 못 참겠는지 벌떡 일어나더니 은행나무를 떠났다. 지혜가 골목 모퉁이로 사라지자 몹시 서운했다. 추위가 뼛속까지 파고들자 나도 가만히 앉아 있기가 힘들어졌다. 일어나려고 하는데 뼈마디에서 우두둑 소리가 났다. 나는 제자리뛰기를 하며 추위를 견뎠다. 한참을 뛰고 나니 몸에 따뜻한 기운이 도는 듯했다. 완전히 가버린 줄 알았던 지혜가 낑낑거리며 보자기에 이불을 싸들고 나타났다. 지혜는 "덮어" 하고 짧게 한마디를 하고 또 가버렸다. 나는 지혜에게 해준 것이 아무것도 없는데 지혜는 내게 정말 많은 것을 주고 있었다. 그것이 또 미안했다. 잠시 뒤에 지혜가 불덩어리가 된 연탄을 찌그러진 양철 양동이에 담아 가지고 왔다. 지혜가 마치 엄마나 누나처럼 느껴졌다. 불이 붙은 연탄을 두고 지혜는 또 모퉁이로 사라지더니 조금 뒤에 다시 나타나 양은냄비를 연탄 위에 올려놓았다. 라면 두개와 김치도 가지고 왔다. 불길이 워낙 좋아서 물이 금방 끓었다. 지혜가 냄비에 라면을 넣었다.

"계란은 없어. 아, 그런데 젓가락을 안 가져왔네. 이런 바부팅이." 지혜가 스스로를 탓했다.

나는 말없이 집으로 가서 외할머니의 동태를 살핀 뒤에 젓가락을 가지고 왔다. 라면이 끓자 지혜가 냄비 뚜껑에다 라면을 건져올리더니 내게 내밀었다. 눈물이 나도록 고마웠다. 지혜는 라면 봉지를 삼각형으로 접어 그릇을 대신했다. 라면은 꿀맛이었다. 세상에 태어나서 이렇게 맛있는 라면은 처음 먹어보았다.

"나는 할머니랑 잘 거야. 너도 추우면 집으로 들어와. 바보처럼 밤새 떨고 있지 말고." 양은냄비를 챙기며 지혜가 말했다.

"응, 고마워." 지혜에게 처음으로 고맙다는 말을 했다. 입술만 달싹거리는 인사치레로 하는 말이 아니라 마음 깊은 곳에서 진심으로 우러나온 인사였다. "피이." 지혜가 혀를 삐죽 내밀고 양은냄비를 챙겨 집으로 갔다.

지혜가 떠나자 은행나무 주변은 바람 소리만 들릴 뿐 고요했다. 이불도 있고 뜨거운 불기운을 뿜어내는 연탄불도 있으니 한결 마음이 든든했다. 적어도 얼어 죽을 염려는 없었다. 밤이 깊을 대로 깊어지자 망루의 불빛도 희미해졌다. 부서진 박정철의 집에서 고양이들이 울었다. 담장 위에 앉아 있던 티라노가 박정철의 집으로 갔다가 쫓겨났다. 두어시간을 홀로 앉아 있었더니 집으로 돌아가고 싶은 마음이 굴뚝같았다. 한시도 은행나무 곁을 떠나지 않겠다는 다짐을 괜히 했다 싶었다. 후회가 은행나무 가지를 흔들고 지나가는 바람처럼 내 마음을 흔들었다. 무언가를 맹세하고 그것을 지키기 위해 인내한다는 것이 이렇게 힘든 일인 줄 예전엔 미처 몰랐다. 미리 알았더라면 맹세나 다짐 같은 것은 절대로 하지 않았을 터였다. 그러나 이미 은행나무에 맹세해버린 뒤였다. 이불을 뒤집어쓰고 앉아 연탄불을 쬐다가 잠시 졸았는데, 골목에서 누군가의 목소리가 들려왔다. 졸음이 확 달아나면서 나도 모르게 귀를 쫑긋 세웠다.

"수경아, 돌아가자. 내가 잘못했다."

"나는 돌아갈 곳이 없어요. 그리고 아직도 모르겠어요? 우리는 끝났다구요."

가로등 불빛이 비치지 않는 곳에서 여수경과 어떤 아저씨의 목소리가 들려왔다. 나는 고양이처럼 걸어가 대문 앞에서 이야기를 나누고 있는 두 사람을 몰래 지켜보았다. "미안하다." 크리스마스 아침에 건널목에서 봤던 그 아저씨가 말했다.

"미안하다, 미안하다, 미안하다. 그 말 정말 지겨워요. 나는 이제 아저씨 사랑하지 않아요. 사랑, 그게 뭔데요? 지나고 보니 정말 아무것도 아니더라구요. 아저씨처럼 키 작고, 배 나오고, 대머리에다 돈까지 없고 심지어 나이도 스물다섯이나 많은 남자를 왜 좋아했는지 모르겠어요. 하지만 분명히 말하는데 이젠 아니라구요. 우리 여기까지만 해요. 나는 더는 못하겠어요. 제발 부탁이에요."

여수경이 독설을 퍼부었다. 아저씨라고 불리는 남자가 조금 뒤에 몸을 돌리더니 천천히 골목을 내려갔다. 아저씨의 모습이 완전히 사라지자 여수경이 어깨를 들썩이며 흐느끼기 시작했다. 경찰이나 철거용역도 두려워하지 않는 여수경이, 박정철의 주먹 앞에서도 물러서지 않던 여수경이, 운다. 나이 많은 아저씨를 사랑했고, 그 사랑이 끝나서 울고 있다.

사치기 사치기 사뽀뽀

아무 일도 일어나지 않고 이틀이 지나갔다. 그사이에 정신이 돌아온 외할머니는 은행나무 아래서 나와 함께 하루를 보냈다. 지혜가 정성스레 도시락을 싸왔고, 우리는 맛있게 먹었다. 외할머니는 아주 오래전에 뿌려진 기억의 씨앗을 붙잡고 웃다가 울다가 때로는 화를 내고 시비를 걸었다. 외할머니의 시비에 침쟁이 친구가 자주 당했다. 그러다가 현재로 돌아오면 온몸의 기력이 빠져나간 듯 축 늘어졌고, 옛날로 돌아가면 남자도 당해내지 못할 정도로 힘이 세졌다. 점심을 먹고 잠시 정신이 돌아온 외할머니가 은행나무는 자기가 지킬 테니 나더러 좀 쉬라며 기어이 나를 밀어냈다. 집에 들어가 언 몸도 녹이고 잠도 잘 겸 침대에 누웠지만 정신이 말똥말똥하기만 하고 잠이 오질 않았다. 멍한 상태로 침대 끝에 앉아 있다가 밖으로 나왔다. 마땅히 갈 곳이 없어 삼거리 망루로 향했다. 망루에 도착하니 사흘 전과 달라진 것이 하나도 없었다. 스피커를 통해 흘러나오는 똑같은 노래와 구호가 짜증스럽게 들렸다. 좀 다르게 바꿀 수 없나, 하는 생각을 하면서 완만하게 경사를 이룬 동네를 한바퀴 돌다가 사진을 찍고 있는 여수경을 만났다. 나를 보고 반갑게 웃어주는 여수경의 얼굴은 많이 야위어 보였지만 표정은 밝았다. 나는 좁다란 골목에서 부서진 대문을 찍고 있는 여수경을 내 카메라로 찍었다. 시간을 가지고 천천히 돌아보니 동네가 팍 삭아버린 느낌이었다.

"나라면 이런 구질구질한 동네에서 살고 싶지 않을 것 같아요. 사람들도 반이나 이사가버렸고, 무너진 집도 많은데. 동네라고는 온통 쓰레기 천지고."

"그러게 말이다. 재개발을 하느니 마느니 싸우는 동안에 동네가 아주 망해버렸어. 세입자들과 무허가주택에 사는 사람들을 마구 쫓아내려고만 하니까 문제가 생긴 거야. 그 사람들도 살게는 해줘야지. 매일 영하 십도를 넘나드는 이 겨울에 나가라고만 하니…… 오래된 골목과 집을 마구잡이로 헐고 무조건 아파트 단지만 건설하겠다는 그 욕심들도 문제고. 앞으로 인구도 점점 줄어든다는데 왜 아파트만 지으려고 드는지 모르겠어. 통영에 가보면 낡고 오래된 산동네 마을도 얼마나 이쁘게 꾸며놓고 사는데. 근데 넌 뭐 해, 은행나무 안 지키고?"

"은행나무는 외할머니가 지키고 있어요. 나는 잠시 콧구멍에 바람 넣는 중, 히히."

"그래, 지킬 만한 무언가가 있다는 건 좋은 거야. 그게 집이든 사람이든, 나무든 마음이든 말이야." 여수경의 말은 아리송했다.

내가 재개발조합 사무실 쪽으로 같이 가지 않겠느냐고 했더니 여수경이 고개를 저었다. 아마 혼자 있고 싶은 모양이라고 짐작했다. 나도 그럴 때가 있으니까. 그 마음을 헤아려 여수경을 남겨두고 혼자 골목을 내려갔다. 재개발조합 앞 도로에는 다른 날과 달리 경찰 버스가 더 많이 들어와 있었다. 보통은 다섯대가 천사시장 옆길에 주차되어 있었는데 오늘은 대충 헤아려봐도 열대가 넘었다. 그만큼 무장한 경찰 숫자도 많았다. 재개발조합 사무실은 오늘따라 들락거리는 사람이 꽤 많았다. 뭔가 수상한 기미가 느껴졌다. 밖에서 사무실 안쪽을 살펴보니 얼핏 박정철의 얼굴이 보이는 것 같았다. 작은 소식이라도 얻어들으면 은행나무를 지키는 데 도움이 될 것 같아 사무실로 들어갔다. 경리 누나한테 가서 일부러 큰아버지의 이름을 대며 사무실에 계시느냐고 물었다. 회의 때문에 나갔는데 언제 돌아올지는 모른다는 대답이 돌아왔다. 나는 바로 사무실을 나가지 않고 미적거리며 눈치로 돌아가는 꼴을 살폈다. 잠시 후 회의실 문이 열리면서 담배를 입에 문 박정철이 나왔다.

"불을 확 싸질러버립시다. 죽겠다는데 뭐." 담배 연기를 뿜어내며 박정철이 말했다.

"그게 말처럼 쉽나?" 손에 무전기를 든 낯선 얼굴의 남자가 받아쳤다. 경찰서에서 언뜻 본 깃 같은 얼굴이었다

"김양, 커피 한 잔. 내가 책임진다니까요?" 박정철은 약간 흥분 상태였다. 담배꽁초를 사무실 바닥에 뱉더니 신발로 짓이겼다. 그

것을 본 경리 누나가 인상을 찌푸렸다.

"큰소리만 치지 말고, 저녁때 보세. 우리도 회의를 해야 하니까."

무전기를 든 남자가 사무실 문을 열었다.

"회의, 회의, 회의! 그 회의 길게 한다고 뭐 뾰족한 수가 나오는 것도 아니더만. 회의가 무슨 자랑도 아니고." 박정철이 남자의 뒤통수에 대고 툴툴거리더니 경리 누나가 내민 커피를 받아들고 사무실을 나갔다. 나도 뒤를 따랐다. 무전기를 든 남자는 사무실 앞에 주차된 승용차를 타고 떠났다. 박정철은 급하게 커피를 한모금 마시더니 "아 뜨거, 씨발!" 하며 종이컵을 던져버렸다. 나는 일부러 박정철의 시선 속으로 몸을 내밀었다.

"만돌이 너, 여기 웬일이야? 밥은 먹었냐?"

언제부터인가 사람들은 내게 밥은 먹었느냐고 물었다. 굳이 기분 나쁠 것은 없었지만 살짝 자존심이 구겨졌다. 내가 고개를 끄덕이자 박정철이 내 머리카락 속에다 손가락을 넣어 마구 흔들었다. 박정철 방식의 애정 표시였다. 박정철은 천사시장 쪽으로 천천히 걸어갔다. 줄지어 주차된 경찰 버스를 지나 천사시장에서 삼거리 망루 쪽으로 조금 더 가니 철거용역들이 진을 치고 있는 곳이 나왔다. 박정철이 망원경으로 삼거리 망루의 상황을 살폈다. 박정철은 망원경을 내려놓고는 철거용역들의 근무태도에 대해 한참 동안 일장 연설을 했다. 곧 일이 터질 것만 같았다. 하지만 망루에 내 생각을 알려줘봤자 지난번처럼 고맙다는 말만 돌아올 것 같아서 그냥 두기로 했다. 괜히 가슴이 두근거리면서 불안해졌다. 은행나무로 얼른 돌아가야겠다고 생각했다. 삼거리 망루를 거쳐 지름길인 무당집 옆 골목을 오르기 시작했다. 무당집 근처에서 보니 대나무 장대에 매달려 지붕 위에서 휘날리던 흰 깃발과 붉은 깃발이 보이지 않았다. 마당으로 슬쩍 들어서보니 적막 속에서 괴괴한 기운만 떠다녔다. 머리칼이 거꾸로 설 정도로 무서운 기운이 나를 덮쳤다. 무당집 어디에선가 귀신이 웅크리고 있다가 튀어나올 것만 같았다. 진저리를 치며 얼른 마당을 나왔다.

골목을 올라가면서 보니 은행나무가 그대로 서 있는 게 보였다. 불안했던 마음이 조금 가라앉았다. 나는 은행나무로 가기 전에 천사교회에 들렀다. 오후의 햇살이 교회 창문으로 쏟아져들어오는 예배당에 서 있으니 문득 기도를 하고 싶어졌다. 십자가가 가장 잘 보이는 맨 앞자리에 앉아 두 손을 모았다. 그리고 마음 깊은 곳에서 기도의 말을 길어올렸다. 은행나무를 지켜달라는 마음과 외할머니의 치매가 더 나빠지지 않도록 해달라는 간절한 마음이 하나님과 예수님께 전해지도록 침묵으로 기도를 올리기 시작했다. 한참 기도를 하는데 누군가가 교회 안으로 들어왔다. 나는 기도에만 열중했다. 교회에 들어온 사람이 강단 위로 올라가는 기척이 느껴졌다. 강단에는 목사님들만 올라가게 되어 있는데 최목사님이 왔나 하는 생각이 들었다. 기도를 끝내고 눈을 떠보니 강단에서 기도를 올리는 사람은 최목사님이 아니라 외삼촌이었다. 나는 깜짝 놀랐다. 놀란 가슴을 다스리기도 전에 외삼촌이 기도를 끝내고 일어서더니 나를 봤다.

"우룡이 니가 교회엔 웬일이냐?" 외삼촌이 환하게 웃으며 내게 다가왔다.

"기도 좀 하려구요." 외삼촌이 왠지 무섭게 느껴져서 주춤 물러서며 엉겁결에 대답했다.

"예수님을 모시게 되었구나. 그래, 그래, 예수님을 모시면 좋은 일이 생기지. 앞으로 이 교회를 열심히 다니게 될 거다. 그게 예수님께서 예비하시고 역사하시는 일이란다. 이제부터 이 교회는 내 교회가 되었다. 니 큰아버지하고 합의서에 싸인도 했단다. 교회 위치가 참 좋다. 은혜가 참 풍성하겠구나."

외삼촌의 말에 소름이 돋았다. 외삼촌이 흐뭇한 미소로 천사교회를 둘러보는 사이에 나는 슬그머니 교회를 나와 은행나무로 갔다. 외할머니와 지혜가 은행나무 아래 앉아 사치기 사치기 사뽀뽀를 하며 놀고 있었다. 지혜가 먼저 동작을 취하면 외할머니가 따라 하는데 몸이 뜻대로 움직여주지 않으니 몸짓이 우스꽝스러웠다. 지혜가 깔깔거리며 웃으면 외할머니도 어린아이처럼 웃었다. 오후의 햇살 아래서 하얗게 빛나는 외할머니의 천진난만한 몸짓과 웃음을 물끄러미 바라보았다. 마치 다른 세상에 온 것 같은 느낌이었다.

"이리 와. 같이 하자." 지혜가 원숭이처럼 얼굴 긁는 흉내를 내며 나를 불렀다.

외할머니도 사치기 사치기 사뽀뽀를 흥얼거리며 지혜를 따라 얼굴을 긁었다. 나도 사치기 사치기 사뽀뽀에 뛰어들었다. 지혜가 만세를 부르면 외할머니가 만세를 불렀고 내가 따라 했다. 사치기 사치기 사뽀뽀. 지혜가 팔로 코끼리 코를 만들어 땅에 대고 빙글빙글 돌았다. 외할머니가 코끼리 흉내를 내다가 넘어졌고 웃음보가 터졌다. 지혜는 돼지처럼 꿀꿀거렸고 개처럼 꼬리를 흔들었다. 나도 개처럼 꼬리를 흔들었고 티라노처럼 지혜의 손을 깨물었다. 사치기 사치기 사뽀뽀. 엉뚱공주 지혜가 온갖 표정을 만들어내며 외할머니를 행복하게 웃겼다. 배꼽이 빠져라 웃는 바람에 눈물이 났다. 힘이 들었는지 외할머니가 먼저 이불 위로 넘어졌다. 지혜도 그 옆에 벌렁 누웠고 나는 지혜 옆에 누워 하늘을 보았다. 은행나무의 메마른 가지 위로 하늘이 파랗게 펼쳐져 있었다.

"아, 배고파." 지혜가 혼잣말로 중얼거렸다. 그 말을 들으니 덩달아 나도 허기를 느꼈다. 외할머니가 가장 힘들 때 옆에서 딸처럼 친구처럼 놀아주는 지혜에게 뭔가를 해주고 싶었다.

"라면 끓여줄까?" 짧은 한마디였지만 나는 진심을 담아 지혜에게 묻고 대답을 기다렸다. 지혜가 거절하면 어쩌나 하는 불안감에 마음이 쿵쾅거렸다.

"님 좀 짱인 듯." 지혜의 대답에 안도의 한숨을 내쉬었다. 지혜가 몸을 일으키더니 외할머니에게 캠핑 놀이를 하자고 제안했다. 외할머니가 그게 뭐냐고 되물었다. 지혜가 은행나무 아래서 라면을 끓여먹는 거라고 설명하자 외할머니가 박수를 치며 웃었다. 외할머니가 자주 웃으니 내 기분도 한결 맑아졌다. 마른 가지를 모아 불을 피워 라면을 끓여먹는 동안에 은행나무에 어둠이 내렸다. 지혜가 설거지 거리를 챙겨들고 목욕을 하자며 외할머니를 모시고 집으로 돌아가자 나는 혼자가 되었다. 모닥불 옆으로 티라노가 오더니 편안한 자세로 엎드렸다. 조심스레 티라노의 등을 쓰다듬었다. 마침내 티라노가 내 손을 물지 않았다. 끊임없이 나뭇가지를 올

은행나무 소년 279

려야 했기 때문에 모닥불은 불편했다. 지혜가 연탄불을 갖고 오겠거니 하며 모닥불이 시나브로 꺼지는 것을 그대로 두었다. 밤 아홉시쯤 지혜가 연탄불을 갖고 은행나무로 왔다. 지혜와 나는 나란히 앉아 별을 바라보았다.

"축하해줘." 지혜가 툭 한마디를 던졌다. 또 무슨 엉뚱한 말인가 싶어 약간 긴장했다.

"뭐를 축하해?" 조심스레 되물었다.

"나, 생리해. 할머니랑 목욕할 때 처음 알았어. 이제 비로소 여자가 되었고 엄마가 될 준비가 끝난 거라고 할머니가 말해줬어. 축하해줘. 너한테 축하받고 싶었어." 지혜의 말을 듣는데 아랫도리에서 뭔가가 꿈틀하더니 점점 커지는 느낌을 받았다. 내 얼굴이 빨갛게 달아올랐다. 나는 어찌할 바를 몰라 별만 쳐다보았다.

"뭐 해? 축하하라니까." 지혜가 다그쳤다.

"축하해." 나는 기어들어가는 목소리로 축하의 말을 전했다.

"바부팅이. 알았어, 고마워. 나는 배도 아프고 그래서 집에서 잘 거야. 고생해, 바부팅이."

지혜가 손을 흔들며 떠났다. 지혜가 떠난 빈자리를 손바닥으로 쓰다듬다가 언제부터인지 여수경을 만나도 가슴이 뛰지 않는다는 것을 깨달았다. 반면에 지혜를 떠올리면 가슴이 뭉클해지면서 온몸이 더워졌다.

뱀파이어의 시간

　박정철은 마을버스 근처의 허름한 선술집에서 동생들을 데리고 소주를 마셨다. 밤 열한시 무렵 아버지가 술에 취해 천사마을로 돌아오는 것을 본 뒤로 마음이 무척 무거웠다. 자신이 집을 부순 뒤로 아버지는 부평초처럼 떠돌았다. 어머니는 아예 망루의 천막에서 지냈다. 낮에 청소 일을 나갔다가 밤에 돌아와 차디찬 천막 바닥에서 지친 몸을 달래는 모양이었다. 어차피 오늘로 모든 것이 끝이라고 생각하니 아쉬울 것은 없었다. 마감뉴스 말미에 씨베리아에서 찬 고기압이 몰려온다고 예보한 그대로 바람은 거셌고 기온은 급상했다. 박정철은 소주를 입에 털어넣고 시계를 보았다. 새벽 두시가 막 넘어가고 있었다. 이제 슬슬 움직일 시간이었다. 박정철은 술값을 치르고 용역 알바 중에서 고른 똘똘한 녀석을 데리고 재개발조합 사무실로 향했다. 사무실 앞에 주차된 버스에서 휴식을 취하고 있던 전경들이 하나둘씩 내리고 있었다. 고참들이 군기를 잡느라 군홧발로 신참들의 정강이를 찼다. 신참들은 비틀거리면서도 몸을 똑바로 세우려고 안간힘을 썼다. 진압을 시작하면 언제 무슨 일이 터질지 모르기 때문에 군기를 단단히 잡는 건 반드시 필요했다. 오늘 투입될 병력은 특공대라 믿을 만했다.

재개발조합 사무실에서 박정철은 검은 옷으로 갈아입었다. 인생은 어차피 한방이었다. 오늘 일만 무사히 처리하면 보너스를 두둑하게 주겠다고 보스가 약속했다. 보너스에는 회사 소유분 아파트도 포함되어 있었다. 그동안 고생한 것에 대한 보상이었다. 박정철은 동생들을 데리고 망루에서 가까운 빈집으로 숨어들었다. 지붕에서 화염병을 몰래 던져도 되고, 여차하면 망루로 뛰어가 불을 붙여도 좋을 거리에 있는 빈집이었다. 나중에 경찰이 진압을 시작하고 망루가 혼란에 빠졌을 때 박정철의 신호에 따라 똘마니가 망루 아래 쌓여 있는 인화물질에 불을 붙이는 것으로 미리 씨나리오를 짰다. 똘마니에게는 미리 열흘치의 알바비를 지불했고 일을 마치면 또 그만큼을 더 주기로 했다. 그 정도면 등록금의 반 정도는 되는 큰 액수였다.

빈집의 망가진 창문으로 살펴보니 망루 아래 천막은 조용했다. 모두들 잠을 자고 있는 모양이었다. 망루 위의 사람들도 탐조등을 켜놓고 잠을 자는지 어떤 움직임도 포착되지 않았다. 가로등 불빛만 천막을 비추고 있었다. 박정철은 휴대폰으로 경찰 측에 '이상무'라고 문자메시지로 보고했다.

"으으, 으으."

짐승이 울부짖는 듯한 소리가 건너편 박정철의 집에서 들렸다. 추위에 굳은 몸도 풀어줄 겸 바닥에서 일어나 소리가 나는 쪽을 살펴보았다. 무너진 방의 구석에서 비틀거리며 몸을 일으키는 사람은 박노인이었다. 자정이 다 되어갈 때쯤 박노인이 술에 취해 집으로 들어오는 것을 봤었다. 술에 곯아떨어졌다가 추위를 이기지 못하고 일어난 모양이었다. 아니나 다를까 박노인이 가로등 불빛에 모습을 드러내더니 골목 아래로 비틀거리며 걸어갔다. 나는 맨손체조를 한 뒤에 은행나무에 등을 기대고 이불을 끌어 목까지 덮었다. 새벽 세시가 지나자 연탄불이 꺼졌다. 기온은 영하 십오도였지만 체감온도는 영하 삼십도는 되는 것 같았다. 귀가 떨어져나갈 듯이 시렸고 발가락도 얼어 아무 감각이 없었다. 은행나무를 지키다가 내가 먼저 죽을지도 모른다는 생각이 들 정도였다. 줄넘기를 하듯이 뛰어도 보았고, 운동화를 벗고 발가락을 주무르고 비벼도 보았지만 지독하게 몰려오는 추위에 심장이 터질 것만 같았다. 새벽 여섯시쯤 지혜가 새 연탄불을 가지고 올 때까지는 아무리 힘들어도 견뎌야 한다고 마음을 굳게 먹었다. 지혜가 왔을 때 내가 없다면 나는 갑빠가 없는 남자로 낙인찍히게 될지도 몰랐다. 그건 정말 쪽팔리는 일이었다.

"누가 망루로 오는데요?" 옆에서 망을 보던 똘마니가 말했다. 이 새벽에 누가 내려온단 말인가, 하며 자세히 살폈다. 비틀거리는 걸음걸이에 무어라 혼자 중얼거리는 것으로 봐서 주정뱅이가 분명했다. 가로등 불빛에 드러난 사람은 군모를 쓰고 해병대 군복을 입은 아버지였다. 아버지는 해병대 출신도 아니면서 해병대 군복을 좋아했다. 아버지는 망루에 도착하더니 천막을 발로 찼다. "이 머꼬? 다 때리치아라 마! 하이고 마, 이칸다고 되나? 까불지 말고, 고마 쬐매라도 준다 카이 묵고 떨어지거라. 나라를 우찌 이기노, 나라를?"

천막에서 자던 사람들이 밖으로 나왔다. 그중에 자그마한 몸집의 어머니도 보였다. 어머니가 사람들을 헤치고 아버지 앞으로 나섰다. 박정철은 짜증이 솟구쳐 침을 찍 갈겼다.

"하이고 마, 우리 싸모님도 계시네. 빨개이 머리띠가 쥑이네." 아버지가 어머니의 머리띠를 벗겼다. 어머니가 아버지를 노려보더니 머리띠를 도로 빼앗아 이마에 둘렀다. "이런 개 겉은 년 보래이!" 하면서 아버지가 어머니의 따귀를 때렸다.

"니가 사람이가? 니가 사람이가? 개만도 못한 종자제!" 어머니가 아버지에게 욕을 퍼부었다.

박정철은 귀를 의심했다. 어떤 경우에도 찍소리 않고 온몸으로 매질을 받아들이던 어머니가 저렇게 달라지다니, 믿을 수 없었다. 차라리 죽여라, 하면서 어머니가 아버지의 가슴팍으로 파고들었다. 아버지는 당황한 듯 뒤로 물러섰다. 인두겁을 썼다고 다 사람이 아니라며 어머니는 아버지에게 독설을 퍼부었다. 멀리에서 봐도 어머니의 눈에 파란 독기가 서려 있었다. 독이 오른 아버지가 어머니를 인화물질 쪽으로 밀쳤다. 어머니가 넘어지자 아버지는 깃발을 뽑아 휘둘렀다. 아버지가 휘두른 깃발이 허리께를 강타하자 어머니의 비명이 새벽하늘을 흔들었다.

"아, 더럽게 춥네, 씨바."

나도 모르게 욕이 튀어나왔다. 밤이 너무 긴 것도 불만이었다. 나는 천사교회의 새벽예배를 기다리며 갑빠를 지키기 위해 무진 애를 썼다. 그러다 결국 새벽 네시가 조금 넘자 추위에 두 손 두 발 다 들고 말았다. 집에 갔다가 여수경이 새벽예배를 보러 나간 뒤에 살며시 은행나무로 돌아오면 누구도 모를 터였다. 지혜만 모른다면 갑빠가 상할 일도 없었다. 은행나무를 떠나 대문을 막 들어서려는 찰나, 망루 쪽에서 비상을 알리는 싸이렌이 울려퍼졌다. 싸이렌 소리는 밤하늘의 어둠을 갈가리 찢으며 천사마을을 덮쳤다. 맨 먼저 여수경이 있는 바깥채 창문이 밝아졌다. 연달아 이 집 저 집의 창문이 밝아지더니 사람들이 대문을 열고 나오는 소리가 들렸다. 나는 망루를 향해 뛰었다.

바리케이드 근처에 세워둔 여러개의 드럼통에서 불길이 맹렬하게 타올랐다. 최목사님과 여수경이 내 뒤를 따라 망루에 도착했다. 천사시장 쪽에서 경찰 특공대가 군화 소리를 울리며 발을 맞춰 천천히 망루를 향해 올라오고 있는 게 보였다. 경찰 병력 뒤에는 물대포와 장갑차 비슷한 차가 호위를 받으며 천천히 움직이고 있었다. 경찰 병력이 1차 저지선 바로 지전에서 행군을 멈췄다. 용역들이 철거를 하러 온 것과는 느낌 자체가 달랐다. 경찰 쪽에서 현장 책임자인 듯한 사람이 메가폰을 들고 앞으로 나왔다. 여수경이 삼각대를 세워놓고 사진을 찍기 시작했다.

"아, 아, 경고합니다. 천사마을 재개발 반대 주민 여러분, 여러분들은 지금 불법적으로 합법적인 공사를 막고 있습니다. 즉시 해산하지 않으면 공권력을 투입하여 강제진압에 나설 것입니다. 다시 한번 경고합니다. 즉시 해산하십시오. 이 경고에 따르지 않을 경우, 향후에 발생할 수 있는 그 어떤 불미스러운 일도 여러분의 책임이라는 것을 분명히 합니다."

경찰 책임자가 들어가자 망루 위에서 투쟁위원장이 메가폰을 들었다. "마이크 시험 중. 대책 없는 철거 반대. 엄동설한에 쫓아내는 것은 살인행위. 잘 들리나? 경찰은 들어라. 우리는 여기서 한발짝도 움직일 수 없다. 움직이기 쉬운 쪽은 경찰이다. 그러니 경찰은 즉시 후퇴하라. 경고한다. 경찰은 즉시 진압을 중단하고 물러가라. 만일 물러가지 않으면……"

웃음이 터지려는 것을 간신히 참았다. 경찰을 향해 해산하라니, 말도 안되는 말이었다. 투쟁위원장의 다음 말은 죽을 때까지 싸우겠다, 뭐 이런 내용일 게 뻔했다.

"……물러가지 않는 것으로 알겠다."

"말이여 막걸리여? 막걸리 같은데 한 잔 줘!" 망루 아래서 술에 취해 비틀거리던 박노인이 야지를 놓았다. 콩콩이모가 박노인 앞에 서서 양손을 허리에 착 걸쳤다. 그사이에 최목사님이 망루로 올라갔다. 콩콩이모의 푸른 서슬에 박노인이 주춤주춤 물러났.

"여기 있으면 다쳐요. 다치고 나서 그럴 줄 알았네 몰랐네 하지 말고 어서 가세요. 아니면 차라리 저기 경찰 쪽으로나 가시든지."

콩콩이모는 기어이 박노인을 경찰 쪽으로 몸을 돌리게 만들었다.
"개 같은 년, 절뚝발이 년이 어디서 감히!" 박노인은 욕을 퍼부으며 비틀걸음으로 경찰 진영으로 향했다.
박노인의 뒷모습이 썰렁하고 외로워 보였다. 목에 걸고는 다녔지만 한동안 사용하지 않았던 디지털카메라를 박노인의 뒷모습에 들이댔다. 박노인의 뒷모습과 경찰들의 앞모습이 뷰파인더에 한꺼번에 포착되었다. 나는 셔터를 눌렀다. 박노인이 가자 콩콩이모와 박정철의 어머니, 지혜 엄마를 비롯해 여자들과 나이 든 사람들이 대열을 지어 흙바닥에 앉아 경찰이 오기를 기다렸다. 적어도 경찰이라면 무지막지한 철거용역들과는 다를 것이라고 판단하고 여자들과 노인들이 앞장선 것 같았다. 나도 여수경처럼 사진을 찍기 시작했다. 여수경이 위험하다며 아무리 뒤로 물러나라고 해도 콩콩이모와 박정철의 어머니는 요지부동이었다. 회사에 고용된 용역들이 경찰 비슷한 옷을 입고 대열의 뒤에 붙자 선두의 특공대가 땅바닥을 쿵쿵 울리며 십여 미터쯤 전진했다. 철거민들과 경찰의 팽팽한 대치가 시작되었다.
여수경은 현장을 가장 잘 볼 수 있는 장소를 찾다가 망루로 올라갔고 나는 해피빌라 옥상으로 이동해서 자리를 잡았다. 불안한 빛과 어둠을 흔드는 지금 이 순간을 디지털카메라의 작은 렌즈로 얼마나 담아낼 수 있을지, 셔터를 누른다고 해서 과연 사진으로 찍혀 나올지는 생각하지 않았다. 중요한 것은 렌즈가 아니라 내 눈이었다. 내가 여수경에게 배운 것이 있다면 이야기를 사진으로 담아내는 것이었다. 지금 내 앞에 펼쳐지려고 하는 것은 긴 이야기의 시작이었다.

 자진해산을 요구하는 경찰 책임자의 마지막 경고방송이 새벽 하늘 위에 공허한 메아리를 남기고 사라졌다. 경찰과 철거민 사이에 강물처럼 침묵이 흘렀다. 위태로운 침묵 위로 드럼통에서 피어난 불꽃이 바람을 타고 미친 듯이 춤을 추었다. 손과 발이 얼고 귀가 떨어져나갈 정도의 추위가 겨울 새벽의 첩첩한 어둠과 섞여 춤의 무대를 만들었다. 어둠 속에서 타오르는 불꽃이 어쩐지 슬퍼 보였다. 나는 불꽃을 향해 셔터를 눌렀다. 천사마을 사람들은 오랫동안 천사를 기다리며 천사의 날개를 벽에 그려두었지만 천사는 끝내 내려오지 않았다. 이제 곧 올 것은 천사가 아니라 경찰이었다.

 박정철은 붉은 머리띠를 이마에 묶었다. 진압이 시작되면 철거민으로 위장하여 망루에 접근할 예정이었다. 철거민들이 우왕좌왕하다가 스스로 무너지게 만드는 게 박정철의 역할이었다. 박정철도 불꽃을 보았다. 오늘 새벽만 지나면 저 불꽃도 끝이었다. 불꽃 뒤에 앉아 있는 어머니를 보니 다시 심란해졌다. 진압이 시작되면 어떻게 해서든지 어머니가 다치지 않게 해야 하는데. 제기랄, 오늘따라 춥기는 왜 이렇게 추운 거야. 보스한테서 다섯시 정각에 진압이 개시된다고 문자가 왔다. 새벽 다섯시…… 박정철은 옆에 있는 용역 알바에게 어머니를 가리키며 잘 좀 지켜달라고 부탁했다.

 "저분이 누군데요?" 용역 알바가 물었다.

 "그건 알 필요 없고." 박정철은 차마 어머니라고 대답하지 못했다. 그동안 수없이 많은 싸움을 겪었지만 오늘처럼 두려운 적은 처음이었다. 강남의 나이트클럽에 쳐들어가서 병으로 상대 조폭의 머리를 때릴 때도, 파업농성 중인 노동자들을 향해 쇠파이프를 휘두를 때도 이처럼 두렵지는 않았다. "가자." 박정철은 망루를 향해 어둠 속으로 스며들었다.

나는 잠시 카메라를 내려놓고 어둠 속에서 애처롭게 빛나는 작은 불꽃과 불빛에 반짝거리는 경찰의 헬멧과 어둠을 찌르고 있는 쇠파이프와 각목을 바라보았다. 경찰과 철거민은 침묵 속에서 미동도 하지 않았다. 긴장 속에서 침묵의 순간들이 흘렀고 근처의 빈집에서 두개의 그림자가 망루 아래로 숨어드는 것이 보였다. 오른발을 높이 들었다가 일제히 땅바닥을 내려찍는, 위협적이고 짧은 보폭으로 경찰이 바리케이드를 향해 움직였다. 나는 다시 카메라를 들고 사진을 찍기 시작했다. 작은 항구 마을을 덮치는 파도처럼 경찰 병력이 몰려오자 망루 쪽에서 불이 붙은 프로판가스 통을 가슴에 안은 사람들이 나타났다. 모두 눈에 익은 동네 사람들이었다. 프로판가스 통의 파란 불꽃은 쇠파이프처럼 단단하면서도 위험해 보였다. 남자들은 거대한 파도처럼 밀려오는 경찰을 향해 프로판가스 통을 던졌다. 가스통은 엄청난 굉음과 함께 경찰 대열의 한복판으로 굴러갔고, 팽이처럼 빙글빙글 돌며 불을 뿜어냈다. 가스통의 위력은 대단했다. 절대 무너지지 않을 것 같던 경찰 대열이 순식간에 흩어지며 뒤로 물러났다. 경찰이 프로판가스 통을 향해 물대포를 쏘았지만 불을 끄지는 못했다. 특공대가 몇명 나와 위험을 무릅쓰고 가스통을 잡아 밸브를 잠갔다. 가스통에서 뿜어져나오던 파란 불꽃이 꺼졌고, 가스통은 쓸모없는 물건으로 변했다.

경찰이 다시 대열을 정리하는 동안 철거민들을 향해 물대포가 발사되었다. 물대포를 맞고 동네 아저씨가 고목처럼 쓰러졌다. 물대포의 힘은 쇠파이프보다도 강력했다. 하지만 물대포의 강력한 물줄기도 강제철거를 막으려는 사람들의 의지를 꺾진 못했다. 철거민들은 어깨와 어깨를 겯고 물대포 앞에 정면으로 마주 섰다. 물대포의 힘에 조금씩 밀리기도 했지만 무너지진 않았다. 한참 동안 물을 쏘아대던 물대포가 물러나자 옷이 몽땅 젖은 철거민들의 모습이 드러났다. 영하 십오도의 날씨에 물대포라니 살인행위라며 최목사님이 바리케이드 앞으로 나서서 항의했지만 경찰 간부가 졸병에게 명령을 내리자 곧 특공대에게 체포되어 경찰 쪽으로 끌려가고 말았다.

잠시 소강상태가 이어졌다. 그사이에 경찰과 용역이 위치를 바꾸었다. 철거용역들은 경찰 특공대처럼 검은 제복을 입고 곤봉과 쇠파이프로 무장한 상태였다. 나도 카메라를 내려놓고 한숨을 돌리는데 이마에 무언가가 살짝 내려앉았다. 손으로 만져보니 습기가 느껴졌다. 허공을 보니 눈송이가 하나둘씩 모여들고 있었다. 순식간에 하얀 눈송이들이 검은 허공을 빡빡하게 채우더니 바람을 타고 떠돌다가 이내 지상으로 쏟아져내렸다. 함박눈은 철거민들과 용역 사이의 활시위처럼 팽팽한 긴장 위에, 물대포가 쏟아낸 물로 빳빳하게 얼어버린 철거민들의 옷 위에, 그들의 절망적인 눈동자 위에 하염없이 내리고 쌓였다.

경찰의 보호 아래 용역들이 몰려왔다. 용역들과 철거민들이 뒤

엉켜 쇠파이프와 곤봉과 각목을 휘둘렀다. 비명과 핏물이 눈송이에 섞였다. 나는 카메라를 내려놓고 싸움 속으로 뛰어들고 싶은 충동을 느꼈다. 나와 아무런 상관 없는 싸움이 아니라 바로 내가 살고 있는 동네의 싸움이었다. 여수경은 제삼자로서 사진만 찍어도 누구도 비난하지 않겠지만 나는 아니라는 생각이 들었다. 그런 생각을 하는 찰나, '펑' 하는 소리와 함께 망루가 거대한 불길에 휩싸였다. 하늘을 가득 채운 함박눈이 불길에 훤히 드러났다. 함박눈은 하염없이 쏟아지는데 불길이 망루를 집어삼키기 시작했다. 몸에 불이 붙은 누군가가 망루에서 땅으로 떨어졌다. 아우성과 비명이 낭자하게 번졌다. 망루 위에 있던 사람들이 연달아 낙하했다. 콩콩이모와 박정철 어머니, 지혜 엄마가 사람을 태우고 있는 불을 끄려고 했지만 역부족이었다. 물대포는 침묵했다. '대책 없는 강제철거 죽음으로 막아낸다' '엄동설한에 어디로 간단 말인가' '여기 사람이 살고 있어요 쫓아내지 마세요' '여기가 우리의 무덤이다' '천문학적인 개발이익'이라고 적힌 현수막에도 불길이 옮겨붙었다.

사람이 탄다. 얼어붙은 땅 위에서 몸을 구르지만 사람의 몸에 심지를 내린 불꽃이 너울너울 춤을 춘다. 죽음의 불꽃춤이다. 사람이 운다. 울음소리가 새벽하늘을 가득 채운다. 사람의 울음을 군화가 짓밟고 곤봉이 때리고 방패로 찍는다. 사람의 울음에 불이 붙는다. 그 울음 위로 함박눈이 내려 소복소복 쌓인다. 불에 타는 사람이 눈사람이 된다. 다리가 없는 눈사람 위에서 사람의 울음이 얼어붙는다. 눈사람의 가슴에 용역의 군화 자국이 선명하다. 수십개의 군화가 눈사람을 밟고 지나간다. 콩콩이모의 절룩거리는 걸음에 불이 붙는다. 콩콩이모는 불사람이 되었다. 콩콩이모의 간절한 말들이 까맣게 타서 허공으로 흩어진다. 콩콩이모가 몸부림치다가 쓰러진다. 콩콩이모의 몸에 붙은 불을 지혜 엄마가 옷을 벗어 덮는다. 불은 콩콩이모를 태웠고 함박눈은 콩콩이모를 눈사람으로 만든다. 눈사람이 된 콩콩이모…… 세상의 모든 눈사람은 제 발로 걸을 수가 없다. 눈사람은 이제 집을 짓지 않는다.

동이 텄다. 강제진압의 현장 위로 눈이 쌓여서 지난 새벽의 참상이 하얗게 덮여버렸다. 여수경을 비롯해 살아남은 사람들은 모두 체포되어 경찰 버스에 태워져 어디론가 실려갔다. 나는 현장에서 여수경의 부서진 카메라를 주웠다. 메모리카드를 빼서 주머니에 넣었다. 대머리 주방장이 눈사람이 된 콩콩이모를 품에 안고 홍콩반점 쪽으로 내려갔다. 경찰이 천사마을로 들어오는 모든 길을 막았다. 성경책을 옆구리에 낀 외삼촌이 와서 기도를 하는 것으로 강제철거가 시작되었다. 철거용역들이 포클레인과 불도저를 가져와 천사마을의 집들을 깔아뭉갰다.
나는 먼 길을 걸어 대형할인마트 옆에 있는 피시방으로 가서 내가 찍은 사진을 확인했다. 초점이 흔들리거나 너무 흐려 쓸 만한 사진이 한장도 없었다. 여수경의 메모리카드를 확인해보니 지난 새벽의 사건이 생생하게 기록되어 있었다. 몸에 불이 붙어 몸부림치는 콩콩이모의 모습을 보면서도 나는 울지 않았다. 사진마다 이야기를 남겨서 페이스북에 올릴 작정이었다. 나는 낑낑거리며 페이스북 계정을 만들었다. 이 세상의 누군가가 페이스북에서 여수경의 사진을 본다면, 저 사진들이 다른 이야기를 만들어낼 것이라고 믿었다. 사진을 모두 올린 다음 여수경이 찍은 다른 사진들을 보다가 은행나무 아래에서 이불을 덮어쓰고 있는 내 사진을 발견했다. 정신이 번쩍 들었다. 나는 페이스북을 닫지도 않고 은행나무를 향해 뛰었다.

 은행나무로 뛰어가면서 보니 강제철거가 빠른 속도로 진행되고 있었다. 몇몇 남은 철거민들이 저항했지만 철거용역들의 완력 앞에 속수무책으로 나가떨어졌다. 포클레인이 들어가기 어려운 집에는 용역들이 직접 들어가 무수한 해머질로 지붕이며 벽을 무너뜨렸다. 지붕과 벽이 무너진 자리마다 살림살이가 고스란히 드러났다. 우리 집으로 올라가는 골목으로 들어서기 직전에 은행나무가 무사한지 쳐다보았다. 천사교회 옆으로 가지마다 하얗게 눈이 쌓인 은행나무가 우뚝 서 있는 게 보였다. 그제야 안심하고 천천히 걸었다. 문득 배가 고팠다. 콩콩이모를 비롯해 철거민 네 사람과 경찰 특공대 한 사람이 불에 타서 죽었고, 숱한 사람이 화상을 입어 응급실로 실려갔고, 열 사람이 넘게 경찰서로 잡혀갔는데, 나는 지독한 허기에 배를 움켜쥐었다.

은행나무의 땅

　어수선한 시간 속에서 하루가 지나갔다. 사람이 죽어나가자 그제야 방송국과 신문사에서 기자들이 몰려와 호들갑을 떨었다. 나는 밤을 꼬박 새워 아랫말의 방화사건과 그동안 내가 겪은 이야기를 여수경의 사진과 함께 페이스북에 올렸다. 내가 고물 컴퓨터 앞에서 낑낑거리며 밤을 지새우는 동안 외할머니가 은행나무를 지켰다. 아침 일찍 침쟁이 친구가 찾아왔다. 여수경의 이름으로 페이스북에 올린 사진 때문에 지금 인터넷이 발칵 뒤집혔고 경찰과 재개발조합 사무실이 초비상에 들어갔다고 소식을 전했다. 형사들이 재개발조합 사무실에 몰려와 살인, 납치, 감금, 폭행, 방화라는 무시무시한 죄목으로 박정철의 손목에 수갑을 채워 끌고 갔다고도 했다. 아들이 잡혀가자 박노인이 재개발조합 사무실의 유리창을 깨며 난리를 피웠다고 했다. 빨갱이와 싸운 애국자를 잡아가는 법이 대한민국에는 없다며 큰아버지의 멱살을 잡고 흔들었지만 아무 소용이 없었다는 후문이었다.

"그놈의 자식은 결국 용역일 뿐인데, 지가 뭐라도 되는 양 앞잡이가 되어서 세상 무서운 줄 모르고 날뛰더니…… 최소한 무기징역인데, 쯔쯧." 침쟁이 친구가 혀를 찼고 나는 동감의 표시로 고개를 끄덕였다. 철없는 내가 봐도 박정철은 큰아버지의 하수인에 불과했다. 하지만 지금은 박정철을 걱정할 때가 아니었다.

"우리 집도 철거되면 어떻게 하지?" 나는 아까부터 나를 감싸고 있는 불안에 대해 침쟁이 친구에게 털어놓았다.

"그러게, 나야 혼잣몸이고 자식들이 있으니 어떻게든 비빌 언덕이 있는데, 니가 참 걱정이다. 희자씨도 저렇고." '비빌 언덕'이라는 침쟁이 친구의 말에 뭔가가 울컥했다.

아무리 둘러봐도 내게는 비빌 언덕이 없었다. 외할머니에겐 오히려 내가 비빌 언덕이었다. 외할머니는 이제 지혜를 어린 딸로 알고 있다. 그것도 큰 부담이었다. 오래전 과거의 시간 속에서 살고 있는 외할머니에게 곧 닥쳐올 미래의 시간이 나는 무섭고 두려웠다.

정말이지 나는 무방비상태였다. 외할머니라도 이 겨울을 잘 넘길 수 있게 해주고 싶었다. 침쟁이 친구가 한숨만 남겨놓고 돌아간 뒤 나는 오랫동안 책상에 던져두었던 휴대폰을 켜서 단축번호 1번을 꾹 눌렀다. '걱정하지 마, 행복해질 거야'라는 엄마의 컬러링을 끝까지 들었다. 휴대폰을 닫으며 '과연 행복해질 수 있을까' 하고 생각하자 기분이 쭈글쭈글해졌다. 지저분한 책상 위를 바라보며 행복이나 희망, 뭐 이딴 것들을 향해 욕지기가 치밀어오르는 것을 간신히 참다가 갑자기 지랄같은 마음이 치솟았다. 책상 위의 온갖 잡다한 것들을 빗질하듯이 손으로 한꺼번에 쓸어버렸다. 책상이 순식간에 깨끗해졌다. 그때 창밖 골목에서 지혜와 외할머니가 깔깔거리며 웃는 소리가 들려왔다. 그 소리가 너무도 경쾌하고 밝아서 어제 겪은 사건들이 아주 먼 다른 나라의 일처럼 느껴졌다. 똑같은 일을 겪어도 저마다 다른 기억, 다른 추억으로 살아갈 수 있다는 사실이 신기하게 느껴졌다. 지혜도 지난 새벽에 그 끔찍한 사건을 다 보았을 텐데, 지금은 아무렇지도 않은 듯 외할머니와 눈싸움을 하며 웃고 있다. 툴툴 털어버린 것일까, 아니면 뇌의 회로가 나와는 다른 것일까? 어찌 되었든 지혜 때문에 외할머니가 웃는다면 그것도 나쁘진 않다. 아무리 힘들어도 웃을 수 있다는 것은 좋은 일이다.

그래 씨바, 행복해지고 말 테다.

주먹을 꽉 쥐며 무한 자신감으로 스스로를 충전하고 있는데 "만돌아!" 하고 부르는 지혜의 다급한 목소리가 들렸다. 방금 전까지만 해도 까르륵거리며 웃던 지혜였다. 밖을 살피지도 않고 그대로 뛰쳐나갔다. 해머와 도끼를 든 용역 몇명과 외삼촌이 은행나무 근처에 서 있는 게 보였다. 외할머니와 지혜는 은행나무를 끌어안고 울부짖고 있었다.

"뭐야, 나쁜 놈들!" 나는 소리를 지르며 용역을 헤치고 들어가 은행나무를 감쌌다. 성경책을 옆구리에 낀 외삼촌이 앞으로 나섰다.

"은행나무를 섬기는 것은 우상을 섬기는 나쁜 짓이란다. 그동안

마을 사람들이 우상을 섬겨서 나쁜 일이 많았어. 사람도 죽지 않았느냐. 우상은 없애야 한다, 우롱아. 비키세요, 어머니. 우상을 섬기니 치매가 점점 더 심해지지요. 우상을 베어내고 기도원으로 갑시다." 외삼촌의 말에 눈앞이 캄캄해졌다.

"안된다. 여기는 사람의 땅도 아니고 예수의 땅도 아니고 오직 은행나무의 땅이다. 내 딸, 옥주나무의 땅이란 말이다." 외할머니의 눈빛에 광기와 살기가 감돌았다. 소란의 와중에 침쟁이 친구와 지혜 엄마가 은행나무로 왔다. 그들은 모두 은행나무를 두 팔과 가슴으로 끌어안았다.

"주여, 저 어리석은 사람들을 용서하소서." 외삼촌이 한탄을 쏟아냈다.

나는 어리석어도 좋았고 바보라도 좋았다. 은행나무만큼은 목숨을 걸고 지켜내고 싶었다. 이미 천사마을은 강제철거의 삽날 아래 뭉개지고 말았지만 은행나무는 아직까지 이 자리에 서 있지 않은가. 비록 나무 한그루에 불과하지만 지켜야 할 그 무엇이라고 나는 믿었다.

"나무는 잠시 유보하고, 저 교회부터 철거합시다. 무허가 성전을 헐어야 하나님이 역사하시고 기뻐하실 새 성전도 지을 수 있는 거니까. 자, 교회를 철거하세요. 가져갈 것도 보존할 것도 없을 테니 미음 놓고 치우세요." 외삼촌이 용역들을 데리고 천사교회로 갔다.

용역 중의 하나가 천사교회의 문을 해머로 내리치는 소리에 외할머니가 비명을 지르며 주저앉았다. 잠시 후에 외할머니가 은행나무 밑동의 언 땅을 맨손으로 파기 시작했다. 꽁꽁 언 땅을 견뎌

은행나무 소년 297

내지 못하고 외할머니의 손가락에서 피가 흘렀다. 나는 쌓인 눈을 헤치고 쇠꼬챙이를 주워 외할머니에게 건넸다. 다른 사람들은 외할머니가 미쳤다고 생각할지 모르지만 나는 알고 있다. 외할머니가 쇠꼬챙이로 언 땅을 파는 사이에 침쟁이 친구를 따로 불렀다.

"외삼촌이 외할머니를 기도원에 넣을 수도 있어. 그러고도 남을 사람이야. 더구나 외삼촌은 외할머니의 공식적인 보호자니까, 누구도 말릴 수가 없어. 부탁인데 외할머니를 데리고 나가서 병원에 입원시켜줘. 친구야, 내 마지막 부탁이야." 침쟁이 친구에게 말을 하는데 울음이 자꾸만 목에 걸렸다.

침쟁이 친구가 곧 하율스님이 도착할 테니 걱정하지 말라며 내 어깨를 가만히 만졌다. 희자씨가 걱정되어 하율스님에게 전화로 상의했더니 오겠다고 했다는 것이었다. 하율스님이라면 안심이었다. 지난 몇십년간 천사마을을 굽어보던 천사교회의 나무 십자가가 땅바닥에 떨어졌다. 십자가가 떨어지고 예배당이 해머에 박살이 났지만 하나님은 어떤 벌도 내리지 않았다. 어쩌면 외삼촌의 말대로 크고 근사하고 수많은 신도가 들락거리는 새 성전이 생기기 때문에 벌을 내리지 않는 것인지도 몰랐다. 천사교회에서 설교를 하던 최목사님은 감옥에 갔는데, 외삼촌 박예찬 목사님은 천사교회를 헐고 그 자리에 복음교회를 세울 터를 닦기 시작했다. 나는 어떻게 이런 일들이 생기는지 도무지 이해하지 못했다. 그리고 누구도 내게 이런 일이 생기는 까닭에 대해서 가르쳐주지 않았다. 그저 눈앞에서 벌어지는 일들을 보고 또 보고, 기억하고 또 기억할 뿐이었다. 천사교회가 완전히 철거당할 무렵에 하율스님이 도착했고, 거의 동시에 외할머니가 은행나무 밑동의 언 땅에서 흙이 잔뜩 묻은 작은 상자 하나를 꺼냈다.

"옥주야, 내 딸아."

엄마의 뼛가루가 담긴 작은 상자였다. 사년 전 그날, 화장터 근처의 산에서 아빠와 여동생의 뼛가루를 바람에 날려보내고 엄마의 뼛가루가 담긴 상자의 뚜껑을 열다가 외할머니와 눈이 마주쳤다. 나는 상자를 외할머니에게 건넸다. 외할머니는 상자를 검은 보자기에 쌌고 한시도 손에서 놓지 않았다. 나중에 외할머니는 아무도 몰래 은행나무 아래에 엄마의 뼈를 묻고 은행나무를 영혼의 집으로 삼게 만들었다. 외할머니는 그 사실을 첫 제사 때 내게 알려주었다. 그때부터 은행나무는 내게 엄마가 되었다. 외할머니가 광기에 사로잡힌 눈으로 주변 사람들을 둘러보다가 나와 눈이 마주치자 얼른 내 손을 잡아끌었다.

"만돌아, 니 어미가 왔다." 외할머니가 상자를 내 품에 안겼다.

언 땅에 묻혀 있던 차디찬 상자를 받아안는데 울컥하며 어떤 전율이 내 몸을 감쌌다. 내가 상자를 받자 외할머니가 맥을 놓고 풀썩 주저앉았다. 침쟁이 친구가 외할머니를 부축해 집으로 갔다. 나도 집으로 가서 상자에 묻은 흙을 털어내는데 은행알 하나가 떨어져나왔다. 그냥 던져버리려다 주머니에 넣고 외할머니가 만든 보지기에 상자를 정성스레 싸서 침쟁이 친구에게 맡겼다. 침쟁이 친구는 지혜와 함께 하율스님이 소개해준 치매병원으로 외힐미니를 모시고 떠났다. 외할머니가 골목에서 모습을 감추자 나는 은행나무로 갔다. 눈 속에서 녹슨 철사를 찾아 누구도 풀어낼 수 없게 나를 은행나무에 묶었다. 하율스님이 제발 그러지 말라고, 이제는 그냥 보내라고 했지만 나는 그 말을 듣지 않았다. 천사교회의 철거를 마친 외삼촌이 다시 은행나무로 왔다.

"우룡이 너도 참, 지독하게 말을 안 듣는구나. 우상을 섬기는 저 고집까지 꼭 지 에미를 빼다박았네. 주여~ 자, 가세나. 가서 저녁이나 먹고 다시 오자고. 하나님의 역사하심이 조금 뒤로 미뤄질 모양이네." 외삼촌이 용역들을 데리고 골목을 내려갔다.

하율스님이 폐허가 된 천사교회를 위해 백팔배를 올리고 은행나무로 왔다. 은행나무를 위해서도 끊임없이 절을 올리며 기도를 하고 있는데 지혜가 다시 왔다.

"만돌아, 할머니 갔어. 침쟁이 할아버지가 같이 가니까 안심해도 된다고 전해달래." 지혜가 말했다.

"고마워, 지혜야." 내 진심을 가득 담아 지혜에게 전했다.

하율스님이 지혜에게 서로 좋아하느냐고 물었다. 지혜가 나를 슬쩍 보더니 그렇다고 고개를 끄덕였다. 하율스님이 너털웃음을 터뜨리고는 '얼레리꼴레리' 하며 지혜와 나를 놀렸다. 하율스님이 짓궂게 놀리자 내 얼굴은 빨갛게 달아올랐는데 지혜는 당당했다. 나는 하율스님의 농담에 마음이 불편해졌다.

"첫사랑은 안 이뤄진대요. 그래도 나는요, 꼭 이루고 말 거예요. 우리 집도 철거되었지만, 나는 이 세상 어딘가에 반드시 다른 집이 있을 거라고 믿어요. 내가 이따맣게 큰 알을 낳을 둥지 말이에요." 지혜가 마치 기도하듯이 말했다. "스님, 집은 없지만 다행히 씽크대하고 가스레인지는 아직 남았어요. 제가 마지막 도시락을 만들어올 테니 잠깐만 기다리세요. 지혜표 도시락 기대하세요."

지혜가 팔랑거리며 집을 향해 갔다. 하율스님이 참 멋진 아가씨라며 너스레를 떨었다. 나는 맞장구를 치진 않았지만 속으로는 동의했다. 한시간쯤 지나자 지혜가 도시락 두개를 싸갖고 왔다. 식용유에 볶은 김치와 계란말이가 반찬의 전부였지만 밥이 따뜻해서 맛있게 먹었다. 따뜻한 커피를 타오겠다며 지혜가 빈 도시락을 챙겨 떠나자 철거용역들이 전기톱을 들고 다시 은행나무로 들이닥쳤다. 그들은 하율스님을 꼼짝 못하게 제압하고는 전기톱의 시동을 걸었다. 요란스러운 소리와 함께 전기톱이 돌아갔다. 그들은 간단하게 녹슨 철사를 끊어버리고는 나를 은행나무에서 떼어냈다. 반항할 틈도 없이 오백년 된 은행나무가 오분 만에 잘리는 것을 속수무책으로 바라보았다. 은행나무가 쓰러질 때 티라노가 울었다. 은행나무는 우리 집 지붕으로 쓰러졌다. 집이 무너졌다.

새로운 이야기의 시작

꽃이 피었다 졌고, 나무마다 신록이 올라왔다.
은행나무가 잘려나간 그날 밤 외삼촌네 아파트로 끌려간 나는 일주일 만에 주담 형과 함께 가출해 하율스님이 수행하고 있는 절로 갔다. 하율스님과 침쟁이 친구가 반갑게 맞아주었다. 침쟁이 친구는 절 가까운 마을에 비어 있는 농가를 싼값에 얻어 침을 놓으며 살고 있었다. 천사마을에 살 때보다도 얼굴이 훨씬 좋아 내 마음이 한결 편했다. 우리는 침쟁이 친구의 집에서 묵었다.
침쟁이 친구의 방에서 사흘을 뒹굴다가 주담 형은 하율스님의 절에 가서 작은 탑을 배경으로 인증사진을 찍어 외삼촌에게 보냈다. 외삼촌은 전화로 욕을 퍼부으며 당장 돌아오라고 길길이 날뛰었다. 그로부터 며칠 뒤 주담 형은 다신 절에 가지 않겠다는 약속을 하고 나와 함께 살 자취방을 얻어냈고, 우리는 독립했다. 주담 형은 물론 그 약속을 지키지 않았다.

 오늘은 토요일, 외할머니에게 가는 날이다. 나는 중학교 교복을 입고 가기로 했다. 주담 형이 촌스럽다며 약을 올렸지만 교복을 입은 모습을 외할머니에게 보여주고 싶었다. 나는 키가 한뼘이나 더 자랐고, 코밑에 수염도 한두개씩 났다. 지난겨울에 감옥에 간 사람들은 봄이 되어도 돌아오지 않았다. 지혜네도 어디로 이사를 갔는지 소식을 듣지 못했다. 어쩌면 폐허로 변한 천사마을에서 천막을 치고 농성하는 주민들 속에 여전히 있는지도 모르겠다. 많은 사람들이 그들의 농성에 응원을 보냈다. 여수경의 사진은 여수경이 없어도 인터넷 여기저기를 돌아다니고 있었다.

 주담 형은 병원에다 우리가 간다고 미리 전화를 걸었다. 외할머니가 요양하고 있는 치매병원은 서울에서 두시간이나 버스를 타고 가야 했다. 버스 차창에 머리를 기대고 아주 잠깐, 여수경과 지혜를 떠올렸다. 버스에서 내려 주담 형이 통닭을 샀다. 외할머니는 주담 형이 사가는 양념통닭을 아주 좋아했다. 입술 가득 양념을 묻히고 손가락을 쪽쪽 빨아가며 통닭을 먹어치웠다. 병원을 향해 걸어가는데 꽃보다 아름다운 신록에 자꾸만 눈길이 갔다. 병원에 도착하자마자 나는 목련나무 아래로 가보았다. 목련나무 아래, 내가 지난 겨울에 놓아둔 작은 화분에서 은행잎 두개가 올라오고 있었다. 주머니에 있던 은행알을 차마 버리지 못하고 컵처럼 작은 **화분**에 그냥 올려두었는데 이렇게 뿌리를 내리다니. 내 눈으로 보고도 믿기지 않았다. 나는 화분을 들고 주담 형에게 뛰어갔다.

"우아, 대단하다. 할머니에게 보여주자."

외할머니가 곱게 화장을 하고 병실에서 우리를 기다렸다. 주담 형을 보자 외할머니의 표정이 행복으로 넘쳐흘렀다. 첫사랑의 남자를 만나는 기쁨이 얼굴에 그대로 새겨진 행복이었다. 비록 외손자인 내 얼굴도 기억하지 못하지만 아주 오래전 옛 기억 속에서 하루하루를 웃으며 보낸다는 게 얼마나 다행인가 싶었다.

"희자씨, 은행나무." 내가 외할머니에게 화분을 내밀었다.

"애개, 잎사귀 두개뿐인 게 무슨 나무야?" 외할머니는 은행나무 화분을 밀어냈다.

"에이, 왜 그러셔, 희자씨. 이게 지금은 떡잎이지만 자라면 나무가 되는 거야. 다음에 와서 마음에 드는 땅에다 옮겨심자. 희자씨가 직접 옮겨심어. 알았지?" 주담 형이 옆에서 거들자 그제야 외할머니의 눈이 반짝거렸다.

"그래?" 외할머니가 활짝 웃으며 화분을 받아 창가에 놓았다. 햇살이 눈부시게 쏟아져내리는 자리였다.

"희자씨, 이걸로 날마다 은행나무를 찍어둬. 어떻게 자라는지 보게. 알았지?" 내 목에 걸려 있던 작은 카메라로 잎사귀 두개만 달랑 올라온 은행나무를 찍는 요령을 가르친 뒤에 외할머니에게 찍어보라고 내밀었다.

"싫어. 나무가 자라는 건 비밀이야. 그 비밀을 다 알려고 하지 마. 희자는 통닭 먹을 거야." 외할머니가 카메라를 밀어냈다.

나와 주담 형은 크게 웃었다. 우리 세 사람의 웃음소리가 병실에 햇살처럼 퍼졌다. 내 중학교 교복을 보고도 아무 말이 없는 외할머니에게 서운한 감정이 없는 것은 아니었지만 말이다. 5월 어느 날이었다.

작가의 말

때로는 아주 사소한 것이 인생을 지배하는 운명이 되기도 한다. 어깨를 툭 부딪쳤을 뿐인데 운명적인 사랑이 시작되고, 친구를 따라갔다가 우연히 접수한 오디션에서 정작 친구는 떨어지고 원서를 낼까 말까 망설이던 아가씨는 나중에 사랑받는 스타로 성장하기도 한다. 그런 사소한 것들과 우연찮게 직면했을 때 인간은 운명의 회오리에 휘둘리기도 한다. 그것은 누구의 탓도 아니다. 그중에서도 단연 최고는 교통사고이다. 그 어떤 잘못도 하지 않았음에도 느닷없이 일가족이 몰살당하는 경우가 자주 발생한다. 2010년의 통계에 의하면 우리나라의 한해 교통사고 사망자 숫자는 5,500명에 달한다. 교통사고 고아도 점차 증가하는 추세에 있다. 전쟁고아도 아닌 교통사고 고아. 어느날 문득 부모를 모두 잃고 고아가 되었는데 원인이 교통사고라니…… 그 실존의 부조리가 너무 사소해서 마음이 아팠다.

오래전부터 실존의 부조리와 그 속에서 피어난 인간의 존엄성에 대한 소설을 쓰고 싶었다. 소설에 등장하는 희자씨는 과거의 기억 속으로 퇴행하는 치매를 앓고 있는 할머니며 주인공 만돌이는 미래의 기억들이 몸과 마음에 아로새겨질 소년이다. 두 사람은 동일한 시공간을 살아가지만, 그들의 시간은 각기 다르게 흘러가며 공간 역시 다른 기억 속에 놓여 있다. 여기에서 실존의 부조리가 배태되는 것이다. '동일한 사물에 대한 거듭된 기억은 마침내 동일한 경험의 가능성을 이루어낸다'고 아리스토텔레스는 말했다. 하지만 인간은 저마다 동일한 사물에 대한 다른 기억들을 가지고 있다.

최근에 미디어에 의해 주목받고 있는 용역에 대해서 나는 몇해 전부터 관심을 갖고 있었다. 용역은 결코 부잣집 도련님들이 아니다. 가난한 누군가의 아들이고 형제이며 동시에 아르바이트를 하는 젊은이들로 구성되어 있다. 실제로도 정규직 용역은 거의 존재하지 않는다. 가혹하면서도 무차별적인 용역의 폭력은 언제나 스스로와 그 가족을 대상으로 한다. 여기에 실존과 부조리의 치열함이 있다고 나는 믿는다.

사막에 『낙타』를 두고 돌아온 뒤 자주 폐허를 서성거렸다. 폐허는 사람과 사람 사이에 섬처럼 존재했고, 서울의 곳곳에서 부스럼처럼 피어났다. 상도동 밤골마을, 개포동 구룡마을, 중계동 백사마을, 포이동 자활근로대마을, 그리고 용산을 서성거리다가 폐허의 한복판에서 한 소년을 만났다. 목덜미에 뱀파이어에게 물린 이빨자국이 선명한 소년은 그러나 울지 않았다. 소년은 디스토피아로 변한 자신의 집과 골목을, 유토피아로 변한 바로 길 건너 초고층 빌딩과 아파트 단지를 물끄러미 바라본다. '바라본다'는 것, '사진을 찍는다'는 행위는 물질과 기억에 대한 소년 나름의 삶을 견디는 방식이었으리라.

이 소설에 등장하는 천사마을은 서울에만 있지 않다. 아시아와 아프리카 그리고 남아메리카의 대도시마다 천사마을은 존재하고 또한 위협에 시달리고 있다. 주인공 만돌이 또한 서울에만 존재하는 소년이 아니다. 아프리카의 어떤 소년은 마약에 취한 채 동족을 살해하는 소년 병사로 살아가기도 하고, 아시아의 어느 곳에서는 소년 소녀 들이 하루의 대부분을 가혹한 노동에 시달리면서 살아가고 있는 게 엄연한 현실이다. 나는 그들의 슬픔을 그리고자 하지 않았다. 오히려 소년의 내면에서 꿈틀거리는 존엄성을 그려내고 싶었다. 장식과 허영의 언어를 버리고자 애를 썼다. 투쟁을 그리고자 하지 않았고 오히려 패배와 존엄성이 드러나기를 강렬히 소망했다.

생각해보면 천사마을 사람들은 재개발조합이나 용역, 그리고 경찰과 싸운 게 아니었다. 함께 마을을 이루었던 인간관계와 싸우고, 밀려오는 두려움과 싸우고, 보잘것없는 전재산과, 생의 밑바닥과 외로움과 싸웠다. 온갖 애증과 무너지려는 꿈과 격투했고 끝내 패배했다. 하지만 그 격투를 통해 그들은 존엄성을 지켜냈다. 존엄성이 전제된 패배는 패배가 아니다. 세상이 패배의 끝없는 반복처럼 보이지만, 사실은 그 패배를 통해 조금씩 앞으로 나가는 것이 아닐까 싶다. 그 패배 속에서 소년은 자란다.

 연재소설을 따라 읽어준 분들께 특별히 감사의 말을 전한다. 이 소설을 위해 함께 고생해준 모든 사람들에게 다시 한번 감사의 인사를 전하며, 이만 총총.

2012년 9월
세계의 변두리에서
정도상

은행나무 소년

초판 1쇄 발행 • 2012년 9월 14일

지은이/정도상
펴낸이/강일우
책임편집/이상술
펴낸곳/(주)창비
등록/1986년 8월 5일 제85호
주소/413-120 경기도 파주시 회동길 184
전화/031-955-3333
팩시밀리/영업 031-955-3399 · 편집 031-955-3400
홈페이지/www.changbi.com
전자우편/lit@changbi.com
인쇄/우진테크

ⓒ 정도상 2012
ISBN 978-89-364-3395-6 03810

* 이 책 내용의 전부 또는 일부를 재사용하려면
  반드시 저작권자와 창비 양측의 동의를 받아야 합니다.
* 책값은 뒤표지에 표시되어 있습니다.